KB269322

쇠꽃

쇠꽃

정길연 소설집

문이당

꼽아 보니, 여덟 번째 책이다. 칠전팔기인 셈인가. 혼자 덤비고 혼자 쓰러지고 혼자 일어서는 싸움판이 여덟 번째라, 그사이 세월도 어지간히 흘렀다. 그 세월, 생각처럼 써지지 않았고, 살아지지 않았다. 글에, 사람에, 몽매한 날들이었다.

지난여름, 한꺼번에 여러 가지 일들이 급습했다. 말할 수 없는 일도 있었으나, 말하지 못한 일도 있었다. 역시 혼자 감당해야 할 일들이었다. 그리고, 폭우 속에 이사를 했다. 인과(因果)에 매이는 버릇대로 내가 무슨 악덕을 지었는가, 잠시 뒤를 돌아다보았다. 크고 작은 허물과 과오가 선했다. 문득 사는 일에 자신이 없어졌다. 그러자 어떤 손이 가라고, 앞으로 가라고 내 등을 돌려세워 주었다. 폭우로 짐꾼들의 노역이 고되게 된 점과 세간이 조금 못 쓰게 된 점을 제외하면, 이상하게도 씻은 듯이 후련했다.

책을 엮기 위해 그동안 발표했던 소설 중에서 몇 편을 추려냈다. 부실할망정 부인할 수는 없는 소생들을 버리는 일로 마음깨나 뒤척였다. 덜 괴는 것을 버리는 일은 글이든 사람이든 무정한 정리(情理)임이 분명하다.

외중에, 세간의 일부를 내다 버리거나 불하를 했다. 적잖이 망설이다 덜어 낸 세간들인데도 막상 눈에 보이지 않자 전혀 아쉽지 않았다. 끝내 버리지도 불하하지도 못한 군살림은 아우

네로 밀어 놓았다. 자리 잡히는 대로 꼭 찾으러 오마고, 나중을 기약하고 남의 손에 맡기는 제 자식처럼. 그런데, 다니러 가서 얹혀살게 한 내 짐붙이들을 다시 보았는데 뜻밖에 데면데면했다. 끼고 살아야 제 몫인가 보았다. 눈에서 멀어지면 마음도 멀어진다는 말이 새삼 그럴듯했다.

무정인지, 아니면 무심인지, 지나간 일들을 잘 잊는 편이다. 남들이 기억하는 내게 일어난 일을, 정작 나만 까마득히 기억하지 못할 때가 많다. 책을 내고 나면 그 책에 대해서도 그렇다. 내가 쓴 소설 속 인물의 이름은 물론이거니와 심지어는 글의 제목조차 떠오르지 않아 어물거렸던 적이 있으니까. 이번에도 그럴 것이다. 가능하면 빨리, 가능하면 깨끗하게 잊히길. 그래야 살아 내야 할 시간들, 써내야 할 글들을 온전히 머릿속에 들여놓을 수 있을 테니까.

스물네 시간 외부의 소음에 무방비인, 새로 살게 된 집에 관해 설명하다가, 아뿔싸, 어쩌자고 글이 달라질 것 같다는 장담을 해버렸다. 무턱대고 배수진을 친 셈이다. 그러니 이제는 달라질 수밖에 없잖은가. 이 책을 내기까지 내 글을 읽어 주고 관심을 가져 주고 여러모로 수고를 아끼지 않은 분들이 기왕이면 이 앞지른 선언의 증인들이 되어 주면 고맙겠다.

2003년 9월

이 귀한 날에

정 길 연

연(緣)

「오늘은 안 되겠어요.」

「무슨 일이야?」

「친구 애를 봐주기로 했거든요.」

「친구 누구?」

「말해도 모르잖아요. 지금, 옆에 있어요.」

「친구?」

「아뇨, 친구 애요.」

그렇다면 진즉 연락을 줄 것이지 바로 코밑에서 허탕 치게 만드느냐는 수화기 저쪽의 볼멘소리는 영선이 어느 정도 예상한 바다. 그 볼멘소리를, 격렬하고도 길게 끄는 자동차 경적이 덮어 버린다. 빵빵 빠아아아아앙. 경적은 수화기 안에 갇혀 있지 않다. 마법의 호리병 속을 빠져나온 거인처럼 실감의 공간으로 뛰쳐나와서 거의 발작적이다시피 자지러진 다음, 수긋해진다.

영선은 무선 송수화기를 귀에 갖다 댄 채 베란다로 나가 아래를 내려다본다. 그의 자동차 앞으로 인라인스케이트를 신고 아스팔트 바닥에 나동그라진 사내아이가 보인다. 묵직한 스케이트화를 허우적거리며 몸을 일으키려는 사내아이와, 운전석에서 내리자마자 대뜸 고함을 쳐대는 그의 몸통으로 봐서 다행히 직접적인 충돌은 아닌 성싶다.

아마도 사내아이는 달리는 자동차 앞을 근사하게 가로지르려다 제풀에 미끄러져 엉덩방아를 찧었을 것이다. 그는 그대로 휴대전화기에다 대고 그녀에게 툴툴거리느라 상황 인지가 늦었을 것이고, 그 바람에 더욱 가슴이 철렁 내려앉았을 것이다. 송수화기 안팎에서 터져나오는 그의 거친 고함은 기실 다세대주택 2층 베란다에서 내려다보고 있는 그녀를 겨냥했을 게 분명하다. 이건 너 때문이야. 그 경황에도 책임 소재를 따져 두려는 듯이. 그와 이야기를 나누다 보면 언제나 모든 잘못은 그녀 쪽에 있는 것 같다. 그가 자신을 만나러 오는 것도 함께 시간을 보내기 위해서가 아니라 잘못을 들춰내고 몰아세우기 위해서가 아닐까, 의심이 들었을 정도다.

그녀의 시선이 저절로 그의 정수리로 옮겨 간다. 그의 한 손도 벌써 자신의 머리 위로 올라가고 있다. 의외의 민첩성이 오히려 주의를 집중시키는 역효과를 유발하는데도 그는 매번 손바닥으로 머리를 가리는 데 급급하다. 그는 원형 탈모가 진행 중이다. 그래서 누군가가 자신보다 높은 위치에서 내려다보는 걸 질색한다. 그사이 몸을 세운 사내아이가 바퀴를 굴려 공원 방향으로 달아난다. 그가 고개를 틀어 그녀 쪽을 힐끗 올려다 본다. 눈짓이나 손짓 한 번 없이 그대로 자동차 쪽으로 휙 돌아 선다. 탁, 차 문 닫히는 소리가 그녀에게까지 들린다. 운전석에 앉은 그의 목 윗부분은 보이지 않지만 전면 유리 너머 안전벨 트를 끌어당기는 신경질적인 손놀림은 고스란히 그녀의 시야 에 들어온다. 잘고 갑갑한 저 천성에 이만하면 오래 끌었다는 생각을 기어이 하게 만드는 행사가 아닐 수 없다.

차도 바깥쪽으로 붙는가 싶던 그의 자동차가 큰 호를 그리며 건너편으로 넘어간다. 정말 그는 바짝 코밑에서 돌아가고 있는 것이다. 그의 말대로 허탕을 친 때문인지, 운전자에게 무조건 불리할 수밖에 없는 어린이 보호 구역 내에서 사고를 낼 뻔했기 때문인지, 아니면 그녀가 위에서 그의 정수리를 내려다보았기 때문인지, 아무튼 화가 나서. 그렇기로 밴댕이 뭣만 한 속을 홀 랑 까뒤집어 보일 것까지야……. 영선은 그러나 그다지 애달픈 기색이 아니다. 함께 지향하는 미래가 없는 관계에서 가장 가상 한 점 하나를 들라면 애쓰지 않아도 우러나는 상대방에 대한 너 그러움일 것이다. 소유권 부재에 따르는 책임 부재든지.

「아줌마, 우리 엄만 언제 와요?」

문득 쌀쌀해진 얼굴로 송수화기를 내려놓는 영선이 두려워 졌는지 은임의 아이가 묻는다. 아이는 현관문에서 눈길을 거두 지 못하고 있다. 제 엄마가 그 문으로 나간 지 10분이 채 되지 않았음에도 그 눈엔 벌써 깊은 불안이 괴어 있다. 어쩐지 불안하기는 영선도 마찬가지다. 사정을 아는 마당에 차마 되딸려 보낼 수는 없어서 한 며칠 맡아보기로는 했지만 그녀는 취학 전의 아이를 돌보는 일에 도무지 서투르다. 더욱이 그녀는 아이에 대해서 아무것도 알지 못한다. 오직 은임의 아이라는 사실 외에는.

중간에 몇 년 공백이 있긴 했지만 은임과는 열여섯 살 이후로 죽 가까이 지내 온 친구 사이다. 집안 환경과 사소한 버릇까지, 서로에 대해 모른달 것이 없었다. 그러나 막상 영선은 아이의 존재와 아이가 존재하게 된 저간의 경위를 모르고 있었다. 한 4, 5년 연락이 끊겼다가 재작년에야 불쑥 다시 나타난 은임은 혼자가 아니었다. 웬 아이의 손목을 꼭 붙잡고 있었다. 은임의 아이라고는 생각지도 않은 채 영선은 은임의 무정하고도 무심한 행태부터 나무라고 들었다. 아이는 수선스럽게 구는 영선을 멀뚱히 올려다보고 있었다. 그런데 갠 누구니? 영선의 둔하고 늦은 질문에 은임은 턱을 약간 치켜들고, 누구나가 아는 사실을 새삼스럽게 묻느냐는 투로 꼿꼿하게 대답했다. 내 아들이야. 아줌마 안녕하세요, 해야지? 몇 년을 보지 않고서도 늘상 친근하고 익숙하게 마음에 자리하던 은임이 처음으로 아주 낯설게 느껴졌다. 영선은 앞서는 마음을 조금 물렀다. 영문을 캐기도 전에 그녀의 가슴 밑바닥에 불안이 먼저 똬리를 틀었다. 은임에게서 변화나 변신이라기보다는 풍파의 기미가 읽혀졌기 때문이었다.

영선은 아이의 나이로 미루어 햇수를 꼽았다. 자신과 붙어 지내던 시기였으므로 이번에는 그 무렵의 기억을 되살려 보았다. 그러자 더욱 어리둥절해졌다. 아무리 짚어 봐도 짚이는 얼굴이 없었던 것이다. 은임의 남편, 혹은 은임의 남자, 이를테면 은임의 아이의 아버지가 되었을 법한 인물을 본 적도 들은 적도 없었으니까. 게다가 영선은 은임의 당당함과 우쭐함이 자연스럽지 못하다고 생각했다. 그리고 거슬렸다. 영선은 아이와 은임을 번갈아 쳐다보며 조금 날카롭게 물었다. 어떻게 된 일이니? 그새 벼락 결혼이라도 한 거니? 은임은 명확한 답변을 피했다. 내막을 얼버무리고 있는 은임의 눈빛이 영선의 불안을 다져 놓았다. 그럼에도 영선은 모든 상황을 수긍하기로 했다. 묻지 말 것. 접어 줄 것. 발설은 전적으로 은임의 몫으로 넘겨둘 것. 불안감과는 별도로, 오랜 우의가 영선에게 처신해야 할 바를 가르쳐 주었던 것이다.

그날 이후, 이전처럼 자주는 아니지만 그녀들은 가끔씩 만나서 수다를 떨곤 했다. 별 의미 없는 우스개와 중요할 것도 없는 정보 교환으로도 우정의 지속은 가능했다. 다만 영선은 은임을 만나더라도 아이의 안부를 묻지 않았다. 은임 쪽에서 이상하리만치 아이의 이야기를 꺼내지 않는다는 사실을 감지했기 때문이다. 음식값을 치르느라 은임이 펼친 지갑 안쪽에서 우연히 아이와 함께 찍은 스티커 사진을 발견했을 때에도 둘 다 못 본

체 넘겼다. 아동복이나 장난감 가게 앞을 지나치게 될 때에도 은임은 시선을 내리깔았으며 걸음은 냉정했다. 그 냉정함 또한 자연스럽지 못했으며 기분을 거스르게 했지만 영선은 끝내 입을 다물었다. 침묵은 배려를 넘어 용의주도한 고집이 되어 갔다. 네가 입을 열지 않겠다면, 좋아, 나도 입을 다물겠다…….

어떻게 그럴 수 있었는지, 혹은 그럴 조건이 되었는지, 신고식처럼 아이를 데리고 나타났던 그날 말고는 은임은 언제나 가뿐하게 혼자 나다녔다. 늦은 밤에도 조바심을 치거나 집으로 생각이 끄달려 가는 눈치가 아니었다. 그러다 그 존재가 식별이 어려운 얼룩처럼 희미해진 오늘에야 은임이 다시 아이의 손목을 꼭 붙들고 영선을 찾아왔던 것이다.

영선은 아이를 두 번째 보았다. 아이는 기분이 썩 좋지 않은 듯했다. 억지가 통하지 않아 심통이 났는지 입술을 빼물고 있었다. 아줌마한테 인사해야지? 과장되거나 가장된, 당당함과 우쭐함이 밴 은임의 말투가 영선에게는 여전히 미심쩍고 불안했다. 거기에다 아이에 대해 아무것도 알지 못한 채 돌봐야 하는 불안이 겹치면서 영선은 지레 진이 빠져 버렸다. 마치 압력솥을 처음 사용해 보는 사람이 치익칙 김을 뿌리며 맹렬히 돌아가는 금속 추 앞에서 안절부절못하고 쩔쩔매듯이.

비린내…….
한 드럼의 물속에 퍼진 미량의 독극물을 추출해 내듯, 은임은 공기 중에서 날것과 썩은 것과 수조에 낀 물이끼의 거역스러운 혼합을 한 호흡에 포착해 낸다. 조씨가 막 지나갔나 보다. 은임이 이맛살을 찌푸린다. 문제는 조씨가 아니다. 그렇다고 조씨에게 문제가 없다는 말이 아니다. 조씨는 태양상가 122호 점주다. 태양상가는 재래시장과 백화점의 중간 형태인 하이퍼마켓이다. 그리고 1층 22호는 생선 코너로 분양된 세 점포 가운데 하나다.

그녀는 복도를 걸어가면서 짜증스레 중얼거린다. 제아무리 방향성이 뛰어난 세제로 몸 구석구석을 씻어 내더라도, 쇠수세미로 살거죽에 피딱지가 앉게 문질러 대더라도, 아무려니, 저 끈질긴 냄새를 없앨 수야 있나. 집요하게 살을 파먹는 기생충처럼 머리를 쪼갤 듯이 덤벼드는 생선 비린내에는 방도가 없다. 그녀는 개산댁이 누워 있는 병실 문을 열기도 전에 벌써 관자놀이가 지끈 패어 오는 걸 느낀다. 조씨 본인이 원하기도 했고 달리 궁리가 없기도 해서 개산댁의 보호자로 앉혀 두고 영선에게 다녀오긴 했지만, 그 빌미로 한 치씩 표나게 다가들 걸 생각하면 비린내로 콧속이 다 헐어 버릴 것처럼 겁이 난다. 은임은 병실 문을 밀면서 새로이 결론을 내린다. 결국은 조씨가 문제다.

「오네요.」

문제의 조씨가 낯을 반짝 펴며 눈을 감고 있는 개산댁에게 고한다. 은임은 개산댁이 그 급한 성미로 사람 무던한 조씨를 어지간히 들볶았으리라 짐작한다. 개산댁이 실눈을 뜨고 조씨부터 살핀다. 뒤늦게 입을 봉하긴 했지만 아까 조급이 들어 안할 소리를 해댄 것이 맘에 걸려서였다. 이년은 어째 한번 나가면 당최 제 시간에 기어 들어오는 법이 없을세. 헤실실 무슨 수작을 거는지 땡기는지……. 부러라도 덮어 두지는 못할망정 늘장 버릇을 부풀려서 산통을 깰 뻔했다. 은임이 들어서자 신호를 받은 것처럼 바로 괘념 없이 벙글거리는 조씨를 보고 개산댁은 적이 안도한다. 역시 사람 진득한 게, 제대로 보았다 싶은 것이다.

「좀 일찍일찍 다니지 그러냐?」

평소의 개산댁답지 않게 낮낮한 말투다. 은임은 제 귀를 의심하며 그런 개산댁을 물끄러미 쳐다본다. 귀에 선 것도 선 것이지만, 부지불식간에 들이치는 밀물과도 같은 서글픔이 먼저다. 조씨와 은임을 결부시키면서부터 천하의 개산댁도 어쩔 수 없이 비굴해져 가고 있는 것이다.

「조씨가 말이다, 장사도 장사지만 여기 눌어붙어 있다간 일껏 떼다 놓은 생물 몽땅 썩혀 버릴 판인데도 기어이 너 오는 것 보고 가겠다고 저러고 있었다. 나야 팔자에 없는 호강으로 대낮에 자빠져 있기를 다 해본다만, 조씨가 봉사심 발휘하다 단골 모조리 떼이게 생겼다.」

개산댁은 조씨를 치켜세우는 데 주력한다. 방수천 앞치마처럼 뻐덕하게 구는 은임이 조씨에게 떠안기곤 하는 서운함을 벌충하자면 대신 꽃재롱이라도 떨어야 할 판이라고 셈한 모양이다. 그게 아니더라도 수술을 하루 앞둔 환자치고는 체면이며 간섭이 번듯하다. 은임은 이 불운한 사태를 개산댁이 꾸민 작전처럼 느낄 때가 있다. 극적이고도 진부한, 목적이 분명한 병실 드라마……. 아, 그렇다면 얼마나 다행이겠는가마는.

조씨가 모자를 고쳐 쓴다. 그만 가야겠다는 뜻이다. 그는 '태양상가 번영회'라는 글자가 수놓인 모자를 어디나 쓰고 다닌다. 모자로 의사 표시를 하기 위해선지 태양상가 번영회 총무로서의 자부심인지, 착모의 변(辨)을 밝힌 적은 없지만 애용이 과도한 감은 있다. 은임이 복도 중앙 계단까지 그를 배웅한다. 자리 지켜 준 고마움도 고마움이지만 문간에서 까딱 목례로 그를 보냈다간 개산댁한테 된욕을 얻어먹기 십상인 까닭이다.

「애쓰셨어요.」

「애는 은임 씨가 쓰지, 나야, 뭐…….」

말수가 적은 데다 말재간도 없는 조씨다. 뻔한 몇 마디를 주고받을 때에도 차마 은임을 똑바로 쳐다보지 못한 채 말끝을 잇새에 밀어 넣고 우물거린다. 그러고도 제 단심(丹心) 다 내보였으니 가타부타 답을 바란다는 독촉의 눈길만큼은 예사롭지 않다.

「멀리 안 나가요.」

「너무 걱정 말아요. 뭐냐, 어머님 수술 무사히 끝나게 해달라고 부처님 하느님까지 죄 끌어다 무조건 빌었으니까…….」

「고맙네요.」

「저어기…….」

「살펴, 가세요.」

은임의 날렵한 인사에 조씨의 말꼬리가 잘려 나간다. 아무짝에도 못 쓰는 꼬리지느러미처럼. 조씨는 체념한 듯 돌아서서 계단을 내려간다. 은임은 조씨와 갈라서자마자 호주머니에서 껌을 꺼내 씹는다. 민트 향이 잠시나마 비위를 가라앉혀 준다. 언제부턴가 조씨는 독한 향수를 뿌리고 나타났다. 은임의 환심을 사기 위해서였겠지만 효과는커녕 그녀를 더 큰 절망 속으로 빠뜨렸다. 뼈에서 살을 발라내어 어포를 뜨듯 향수와 비린내는 정확히 분리되어 따로 놀거나, 고약한 화학 반응을 일으킬 뿐이었다. 이중의 괴로움을 견디기 위해 그녀는 늘 껌이나 박하사탕을 주머니에 넣고 다녔다. 그러자 이번에는 몰래 껌을 씹거나 사탕을 빠는 일이 등 뒤에서 칼을 들이대는 짓처럼 비열하게 느껴져서 마음이 켕겼다. 그녀는 내심 빌었다. 자신에게 만성 비염을 앓게 하시거나 조씨의 눈에 다른 여자가 확 띄게 하소서라고.

병실로 돌아오는 은임을 보자 개산댁은 그새 가지런한 마음 밭을 갈아엎은 듯 끌끌 혀부터 찬다. 저년이 입속에 처넣고 질겅거리는 껌 쪼가리를 쏙 뽑다가 지체 높은 척하는 콧구녕을 싹 발라 버리면 딱 좋으련만……. 얄궂은 이심전심으로, 개산댁이 굳이 발설하지 않아도 은임의 귀는 지레 알아듣고 따갑다. 참자, 환자의 심기를 건드려서 좋을 게 어딨다고. 은임은 개산댁이 보는 데서 아직 단물과 향이 덜 빠진 껌을 뱉어 휴지에 싸서 버린다. 개산댁은 뭐가 계속해서 못마땅한지 한 번 더 혀를 차더니 끄응 몸을 돌려 눕는다. 억울해진 은임은 생각한다. 하소연할 데 없는 억울함이 조씨에게 되돌려진다는 걸 개산댁이 알면 어떤 욕을 퍼부을까.

쭈뼛거리며 맴을 도는 조씨에게 오만 인상을 쓰며 무언의 타박을 줄 때마다 개산댁은 물 간 생선처럼 눈을 허옇게 까뒤집으며 딸을 몰아세웠다. 지년이 이날 입때껏 배 안 곯고 안 헐벗고 산 은공을 잊고 감히 코를 싸쥐어? 썩을년, 어디 생선 비린내가 니년 배 따고 들어가 그 귀한 창자를 마구 후벼 파기라도 한다더냐? 개산댁은 딸의 역성을 들 마음이 눈곱만치도 없는 듯했다. 하긴 딸의 역성을 들기 전에 그녀는 조씨와 동업자였다. 아니, 정확하게는 동종업의 경쟁자였다. 122호 옆 121호 점주로서.

태양상가 121호 두 평짜리 점포는 그녀가 평생 비린 물고기의 배를 가르고 내장을 긁어내고 토막을 쳐서 일군 마지막 일터였다. 은임이 별나게 유난을 떠는 생선 비린내는 개산댁의 머리카락과 피부뿐만이 아니라 그녀의 온 생애에 깊숙이 침투해 있었다. 긍지까지는 아니어도 부끄러울 일이 아니었다. 그랬으므로 조씨에 대한, 조씨에게서 벗겨 낼 수 없는 비린내에 대한 은임의 고통스러운 호소는 개산댁에게 씨알도 먹혀들지 않았다. 오히려 아니꼽고 꼴같잖아서 밸이 꼴릴 지경이었다. 더군다나 눈에 넣어도 아프지 않을 손자 재미가 쏠쏠한 건 사실이지만, 남의 딸자식에게 쉬쉬 일어났을 출산이면 개산댁 역시도 그 험한 입에 욕깨나 달았을 사생(私生)의 허물을 진 주제가 아니던가. 그것이 은임에게 은근히 목을 매고 있는 조씨에게 개산댁이 감지덕지 수그리고 들어가는 이유였다.

물론 조씨는 까맣게 모르는 허물이었다. 시장 사람들 중 내력을 꿰고 있는 누군가가 악심을 품고 그에게 까바치지 않은 다음에야 은임을 그저 아이 하나 딸린 이혼녀쯤으로 여기고 있을 터였다. 이혼녀래도 민망스러울 신세거늘 미혼모라니, 어쩌다 그런 기막힌 소박을 팔자에 지녔을까. 개산댁은 자다가도 오뚝 일어나 앉아 자리끼를 벌컥벌컥 들이켜곤 했다. 시(時)를 잘못 타고 나 그런가, 조상을 잘못 모셔 그런가, 부질없는 궁리에 용을 쓰다 보면 어느새 창밖은 푸른빛이 돌았고, 생업에 나서야 할 삭신은 작신작신 두들겨 맞은 북어처럼 쑤셔 오는 것이었다.

개산댁은 언뜻 팔팔해 뵈는 겉 기운과 달리 속으로는 조씨에게 납작 엎드려서라도 딸을 밀어 주고 싶은 심정이었다. 그래 세상이 다 덮어 줘도 하늘이 아는 허물을 지닌 마당이니 국으로 입을 다물고 있으라고 은임에게 신신당부를 해오던 참이었다. 사람 웬만큼 겪어 봤고 가게 말고도 본인 명의로 된 아파트도 있다고 허고. 감 놔라 배 놔라 참섭할 집안어른들도 전무허

단다. 아무려면 니년이 내 딸년만 아니라면 도시락 싸갖고 댕기면서 뜯어말릴 혼처다마다. 제 쪽에서 운김 달아 들이는 공을 헛물로 맨들지 마라. 분수 모르는 딸년 구슬리고 을러서라도 성사를 보고 말리라, 공작에 여념이 없던 개산댁이었다. 한데 설설 되어 가는 떡 구경도 하기 전에 덜컥 자신이 중병으로 내몰렸다. 자연 다급한 마음만 더했다. 개산댁은 자신이 막판 떨이를 외치는 것이나 다름없이 딸에게 강요하고 있다는 사실을 미처 깨닫지 못했다. 깨달았다 하더라도 달라질 것은 없었을 테지만.

「니 오래비가 살았어도 조씨만큼 지성스럽게는 못했을 것이다.」

개산댁이 돌아누운 채 쿨쩍인다. 저 지긋지긋하고도 교활한 십팔번. 오늘은 그냥 넘어가나 했더니……. 은임이 속엣말로 받아치면서도 고개를 갸웃거린다. 조씨를 보내고 나면 으레 치러지는 뒤풀이가 조금 늦춰졌다. 그런데 쿨쩍이는 이유가 뭘까? 꽃다운 스물하나, 전방 군인 가서 도강 훈련 중에 떠내려간 가엾은 오빠일까, 오빠를 능가하리라는 지성스러움으로 버석마른 가슴에 매번 뜨뜻한 감동을 안겨 주는 122호 조씨일까.

「그러니까 너 말이다. 아니지, 꼴같잖은 분수에 지 에미도 우습게 아는 네깟 년한테 구구하게 읊어 봤자 내 혓바닥만 고단허지.」

아니면 말든지, 뭔 말의 알맹이는 쏙 빼고 퇴박만 구구할까.

그조차 응당 오려 붙이는 사족이요 후렴일 뿐이다. 은임은 한 귀로 듣고 한 귀로 털어 낸다. 그러나 새하얀 시트에 파묻혀 온갖 약제의 세례를 받고 있는 개산댁에게서도 비린내만큼은 털어지지 않는다. 그 무엇으로도 어찌할 수 없는 존재의 냄새. 이웃 병상의 문병객들도 6인실 병실 안을 떠도는 희미한 비린내를 숨 몇 차례에 가려냈다. 그들은 순진하게 떠들었다. 이거, 무슨 냄새야? 이미 만성화된 두통에 시달리는 은임이 창문을 열 차례였다. 그런다고 냄새가 즉각 흩어지는 건 아니었다. 원인을 제공한 입장이니 성의를 보이려는 시늉이었다. 그럴 때마다 개산댁은 복어 독이라도 삼킨 듯 푸르뎅뎅한 분기와 지목을 당한 데서 오는 무안을 오락가락했다.

거의 사위나 다름없는 행세로 조씨가 드나들면서부터는 비린내에 대한 원성이 암암리에 같은 층 전체로 확산되었다. 그랬으나 환자건 보호자건 딱히 문병 자제를 요청할 몰인정들은 못 되었다. 반쯤은 숨을 틀어막고 태양혈을 중지로 짓누르며 근근 참아 내는 눈치들이었다. 병실을 함께 사용하는 사이 개산댁의 가망 없는 병증을 그들이 재빨리 알아챈 점도 너그럽게 작용했다. 예정된 수술이 그저 마지막 도리로 밟는 절차인 것을, 당사자인 개산댁만 묵살하고 있는 실정이었으니까. 개산댁은 3주 전에 난소암 말기 진단을 받았다. 병원을 찾기 직전까지, 적어도 겉으로는 말짱해 보였다. 간호사로부터 검사 결과가 나왔으니 병원에 다녀가라는 전화 연락을 받을 때까지도 고단한 삶에 대해 보복이라도 하듯 괄괄하게 칼질을 해대던 그녀가 의사의 말 한마디에 흙빛이 되었다.

개산댁은 순식간에 무너졌다. 어제 다르고 오늘 다르더라는 일상의 진리처럼, 하루아침에 기력이 다해 버린 듯 때맞춰 모든 기능이 반란을 일으켰다. 소화 불량이겠거니 하고 병을 키우는 동안 양을 점점 늘려 오긴 했지만 진통제로 버텨 내던 복통이 이제는 한 움큼을 집어 삼켜도 가라앉지 않았으며, 속엣것을 죄 게워 올리고도 헛구역질을 멈추지 못했으며, 문 닫아건 지 오래인 아랫도리로 시커멓게 죽은 피를 뭉텅뭉텅 쏟아 냈다. 병세는 벼랑 끝에서 오직 몸을 날릴 일만 남은 도망자처럼 급전직하로 내리닫고 있었다. 정확한 병명을 모를 때에는 헐렁헐렁 속아 넘어가 주던 몸이 고집 센 나귀처럼 말을 듣지 않았다. 말기 암의 증상이라기보다는 충격의 반사로 얻은 화병의 제 증상들이라고 할 만큼 갑작스러운 병의 진행이었다.

개산댁은 이부자리를 지고 누워서 지나간 시간들을 돌이켰다. 잘한 일보다는 잘못한 일이, 잘된 일보다는 잘못된 일이 더 많았던 인생이었다. 나이를 먹는 날수만큼 살 수 있는 날수가 줄어든다는 것을 잊고 살지는 않았지만, 아직은 남겨 둔 계획과 소망을 이룰 앞날이 있을 줄 알았다. 그래서 억울했다. 허공에 대고 패악을 부리다가, 금세 풀이 죽어 콧물을 쿨적거리다가, 벌떡 몸을 일으키고는 팽 코를 풀었다. 기어코 살아야겠다는 의지가 맹렬해질 때에는 주위로부터 답지하는 민간요법들을 고분고분 챙겨 들으며 인정에 눈물을 뿌리다가도 뭔가 뜨악해지면 묵은 일을 들춰 가며 상대를 헐뜯었다. 그렇게 여러 날 속을 부대끼고 난 연후에야 개산댁의 억척같던 성미가 조금씩 눅어들기 시작했다.

은임이 수술을 우겼다. 어차피 용 못 쓰고 썩어 문드러질 몸뚱어리, 몇 날 더 일으켜 세워 놓겠다고 생돈을 처넣냐? 악다구니 섞어 사래를 치던 개산댁도 종당에는 그러마고 했다. 은임은 희망보다는 수순을 밟는다는 심경이었다. 하루하루 수술 날짜가 다가오자 또다시 개산댁의 변덕과 채근이 심해졌지만 기운이 달려서인지 체념도 빨라졌다. 그길로 영 떠날 사람처럼 당부가 늘었으며, 불현듯 은임의 아이를 바라보는 눈가에 물기가 잡히곤 했다. 예감인지 단순한 불안인지, 무기력한 헛손질로 선잠에서 깨어나는 일도 잦아졌다. 꿈속에서 무엇을 보았을까. 무엇을 잡으려고 허우적허우적 두 팔을 뻗었을까. 퍼뜩 잠에서 깨어 망연히 빈손을 들여다보다가 돌연 입술을 사리물며 생의 마지막 의지를 개진하는 개산댁 옆에서 은임도 덩달아 제 손을 펼쳤다가 꼭 그러쥐어 보곤 했다. 그러나…… 사람 하나 붙들지 못한 서러운 빈손일 뿐이었다.

「내 아침에 했던 말, 허투루 듣지 마라.」

숨소리가 고르기에 잠든 줄 알았던 개산댁이 침대가 삐걱거리도록 요란하게 돌아누우며 다짐을 준다. 오전에 개산댁은, 수술 후 퇴원할 때까지만이라도 아이를 친구한테 맡겨 두고 오겠다며 나서는 은임에게, 두 눈을 질끈 감고 말했다. 만약에 내가 못 일어나면 니 새끼, 지 애비한테 데려다 줘라. 너한테도 조씨한테도 훗날 짐이 될지도 모르니까. 은임이 누가 듣거나 말거나 버럭 고함을 질렀다. 엄마, 미쳤어? 개산댁은 모질게도 천연스러웠다. 지들도 사람 구실 하게 해야지. 한 하늘 똥구녕 아래 지 새끼 싸지르게 해놓고도 몰라라 하는 인간을 옳은 인간이랄 수 없겠지만, 그런다고 사람 구실 할 기회도 안 줘보고 천륜을 막아 버리는 니년도 매한가지로 터럭 없는 짐승이다.

「엄마 안 죽어. 안 죽는다고. 멀쩡하게 깨어나서 미역국에 밥 한 그릇 뚝딱 해치우고는 나더러 이년 저년 저 주리를 틀 년, 호령을 해댈 텐데, 뭘.」

「지랄, 내가 죽고 안 죽고는 니년 주둥아리에 달린 것이 아니고 하늘에 달렸다. 새끼 지 애비 찾아다 주는 것도 하늘의 섭리인 것이고. 알아 처먹냐?」

은임은 막막히 떠오르는 얼굴 하나를 얼른 지운다. 물속에 밀어 넣어도 되올라 오는 풍선처럼 한시도 가라앉지 않고 의식의 표면에 떠 있는 얼굴이다. 아이는 용케 그 얼굴을 닮지 않았다. 그랬는데도 은임은 아이에게서 언제나 그 얼굴을 보았다. 그게…… 없어요. 그 말에 하얗게 질려서 일그러지던 그 얼굴, 그리고 광활한 우주 너머로 사라지는 유성처럼 이미 붙잡을 수 없게 아득히 멀리 줄행랑치던 그의 영혼…….

개산댁은 은임의 낯빛이 삽시에 어두워지는 걸 보자 역정이

나서 참을 수가 없다. 젊디젊은 년 눈 밑에 까무끄름한 기미가 깔린 것도 새삼 못마땅해 죽을 지경이다. 기미는 애를 가진 은임이 저 홀로 생병을 앓을 때 생긴 것이다. 그때 개산댁은 하늘이 샛노래지는 것 같게 입덧을 하던 은임 못지않게 싯누렇게 무너지는 하늘을 보았던 듯싶었다. 그녀는 모지락스러운 말만 골라서 몸 함부로 굴린 딸을 핍박하고 윽박질렀다. 나중에야 겁 많고 덜떨어진 그 속이 얼마나 무섭게 탔을까, 후회에 후회를 거듭했지만. 서방 보내고 생때같은 자식까지 앞세운 자신보다 열 배 스무 배는 화사해야 할 딸의 나이를 생각하면 지금도 개산댁은 가슴이 먹먹하고 뼈가 저릿저릿하다. 그러면서도 지금처럼 은임이 바람 빠진 풍선같이 픽 찌그러져서 낯짝에 먹장 그늘 드리울 적마다 복장이 확 뒤집히는 것이다.

「하이고, 낼모레 서른에 애 어미면 뭣 하냐? 지 밑구녁으로 빠뜨린 새끼보다 더 맘이 안 놓이는 저 철딱서니 없는 화상을, 쯧.」

듣기 싫은 척 고개를 돌리지만 은임은 속이 헛헛하다. 엄마가 가면…… 잠깐 쉬어 갈 돌부리 하나 만나지 못한 채 허영허영 물길을 따라 떠내려가는 나뭇잎처럼 고단해지리라는 것, 정처 없어지리라는 것, 그녀도 안다. 알고 있다.

썩은 이 두 개를 아이의 손바닥에 올려 준다. 아이는 반이나 넘게 부스러져 나간 데다 까맣게 파먹혀 들어간 충치를 막 발굴해 낸 보물이나 미제(未濟) 사건의 결정적인 증거물이라도 되는 양 진지하게 들여다보고 있다.

「이거, 나 가져도 돼요?」

「그러엄, 네 거잖니?」

흔들거리는 이 때문에 음식을 두려워하는 아이의 입을 벌리게 하고 보니 줄줄이 충치투성이였다. 언젠가 올케가 조카를 데리고 치과에 다녀와서 하던 말이 떠올랐다. 의사가요, 할머니가 애를 봐주시나 보죠, 그러더라니까요. 할머니들은 손자가 그저 귀하고 예뻐서이거나 이겨 먹지를 못해서 달라는 대로 단것을 내준다고, 그래서 할머니가 봐주는 애들은 대개 충치가 많아서 표가 난다고 그러데요. 그 말을 옮기는 올케의 의도는 치과 의사의 직업적 통찰을 빙자하여 시어머니를 은근히 질책하는 데 있었을 것이다. 영선은, 그럼 언니가 병풍같이 들앉아서 육아에 전념하지 그러느냐고 야무지게 받아치지 못했다. 올케가 집에 들어앉는다는 것은 어머니의 입지가 불안정해진다는 의미였으니까. 어머니는 올케를 등지고서 한쪽 눈을 찡긋거렸다. 공연히 건드려 동티 내지 말라는 눈짓이었다.

「가만있어 봐라…….」

영선은 서랍을 뒤져 원래 압정이 들어 있던 둥글고 납작한 플라스틱 통을 찾아낸다. 아이의 손바닥에 놓인 반 토막 충치 두 개를 그 안에 넣고 뚜껑을 닫아서 통째로 쥐여 준다. 아이의 얼굴이 비로소 환해진다. 그녀의 집에 온 후 웃는 얼굴은 처음이다.

「그리고 이건, 나중에 엄마한테 보여 주자.」

「할머니한테 보여 줄 거예요.」

「것두 네 맘이야. 네 거니까.」

「울 할머니 많이 아파요. 할머니 뱃속도 내 이빨처럼 까맣게 썩었대요.」

「누가 그래?」

「할머니가요. 그래서 수술한대요. 할머니도 내 이빨처럼 새로 태어났으면 좋겠어요.」

「할머니가 어떻게 새로 태어나지?」

영선이 짐짓 못 알아듣는 체하자 아이는 답답해 죽겠다는 표정이다.

「아이참, 할머니가 새로 태어나는 게 아니구요, 할머니 뱃속이요. 울 할머니가 아긴가요 뭐, 새로 태어나게?」

「그렇구나.」

영선은 드디어 알아들었다는 듯이 고개를 끄덕여 준다. 이제는 묻는 말에 곧잘 대답도 하고 으스댈 줄도 알지만 아침까지만 해도 아이는 잘 웃지도 먹지도 않았다. 너무 잦다 싶게 화장실을 들락거렸고 그때마다 꼭 오줌을 누는 것 같지는 않았다. 지난밤 영선이 봐준 첫 잠자리에서는 한참 뒤척인 끝에 잠잠해졌는데 그 잠도 깊지 못했다. 아이는 비디오테이프 대여점에서 자신이 직접 골라 온 애니메이션 영화를 보면서도 흘끔흘끔 현관 쪽을 살피거나 한 번씩 전화기를 쳐다보곤 했었다. 당연히 제 엄마를 기다리는 것이려니 여겼다가 아이의 잠꼬대를 듣고서 영선은 달리 결론을 내렸다. 아이가 뻗고 있는 마음의 손은 제 엄마인 은임이 아니라 할머니에게 닿아 있는 것이라고.

은임에게서는 새로운 연락이 없다. 경황이 없으리라는 짐작은 하지만 한편으로는 납득이 가지 않는다. 전에 밖에서 만날 때에도 의식적이든 무의식적이든 아이에 대해 무심한 태도를 취하던 은임이었다. 나와 있는 동안 집에 전화라도 걸어 곰살맞게 주거니 받거니 하는 법이 없었다는 걸 진작에 알았으니 망정이지, 그러잖았으면 영 엉뚱한 오해도 가능할 기별 없음이었다.

아닌 게 아니라 좀 전에 통화를 했던 영선의 모친만 하더라도 야단이었다. 은임의 아이가 와 있다고 했더니 모친은 뜻밖에 기겁을 하며 말도 안 되는 소리로 그녀를 나무랐다. 이따금 너 참 어리숙하게 굴더라. 은임이 개 그러다 애 찾으러 나타나지 않음 어쩔래? 시장것들이라 역시 쌍스럽다느니, 팔자 드세게 생긴 골상이라느니, 이전부터 은임을 탐탁잖게 여기던 모친의 발상치고도 기상천외해서 영선이 풋, 웃고 말았다. 엄마는 무슨 말이 그래? 자기 자식을 찾으러 안 오다니, 그런 경우가 어딨다구? 모친은 물러서지 않았다. 보지 않아도 거드름 피우는 눈꼬리며 샐쭉한 입매며 눈에 선했다. 누가 아니? 제 손으로 고아원에 내다 버릴 수는 없었을 테고⋯⋯. 그 대목에서 영선이 빽 소리를 질렀다. 말두 안 돼! 그리고 제 쪽에서 먼저 송수화기를 탁 내려놓아 버렸다. 은임의 아이를 계속 데리고 있게 되면 내일 조카의 생일에 함께 가겠다는 말을 할 참이었던 게 그제야 생각났다.

덮어 둘걸, 괜히……. 영선은 뒤늦게 후회했다. 지난번 아버지 추도 예배를 위해 가족이 모였을 때 이런저런 옛이야기들을 나누다가 은임의 처지를 화제에 올렸던 게 불찰이었다. 그때 모친은 앞뒤 없이 펄쩍 뛰며 남의 상처에 소금물을 쫙쫙 끼얹었다. 혼인도 안 올린 처녀가 애 낳을 엄두를 다 낸다니? 무서워라, 어떻게든 순진한 사내 코를 꿰서라도 번듯하게 들어앉으려는 수작이었지, 뭐였겠니? 당신 자식이 몇 년째 남의 남자를 만나 오고 있음을 모르는지라 그 비난은 찌를 듯 드세었고 구김 없이 당당했다. 모친은 주름 진 눈가를 파르르 떨어 대면서까지, 인정머리라고는 눈곱만큼도 찾아볼 수 없게 야멸친 소리들을 골라 해댔다. 식구들끼리라고 조심성 없이 말을 꺼낸 영선은 적잖이 당황했다. 아무리 탐탁잖게 여겨 왔기로 불행한 첫 단추를 끼운 딸의 친구보다는, 필시 어어 뜨거워라 식으로 발을 뺐을 남자 쪽을 은근슬쩍 두둔하고 나설 줄이야. 그런 모친에게 영선은 솔직히 정나미가 떨어졌다. 영선은 세상을 속이고 있는 자신보다 속는 줄도 모르고 있는 어머니를 더 딱하다고 여겼다. 또 자식의 일을 알고 모르고를 떠나, 한 다리 건너 남이면 무작정 깎아내리려는 천성이 새삼 끔찍스러웠다. 그리고 은임에게 못할 짓을 한 당사자의 가족이기라도 한 듯 내도록 마음이 아리고 시큰거렸다.

「근데 우리 엄마는 왜 안 오지?」

영선은 은임에게 전화를 넣어 볼까 하다 그제야 연락할 방법이 없다는 사실을 깨닫는다. 그녀는 은임의 집 전화번호를 받아 두지 않았다. 염두에 두었다가도 막상 같이 있을 때면 잊어버리곤 했던 것이다. 은임은 요즘 사람으로는 드물게 휴대전화를 갖고 있지도 않았다. 헤어질 때 다음 약속을 정해 두거나, 그럴 새가 없었더라도 은임 쪽에서 항상 연락을 취해 왔으므로, 영선은 그 결락(缺落)을 크게 의식하지 못하고 있었다. 정말이지 은임이 나타나지 않는다면 아이를 앞세워 길을 찾아 나설 수밖에 없는 상황인 것이다. 그런 황망한 경우를 상상하자 영선은 기분이 묘하다.

모친의 주장은 물론 말도 안 되는 억지일 뿐이다. 그렇지만 뭐랄까, 새삼스럽게 모성 부재처럼 보였던 은임의 무덤덤함이 마음에 걸리기 시작하는 것이다. 모자간 역할 구분이 뚜렷한 분별심에서 기인하는 것이었을까, 입에 올리기 민망한 수치심에서 연유하는 것이었을까, 영선으로서는 알 길이 없다. 알고 싶지도 않다. 그런데 어쩌자고 자꾸 아이의 그늘에 애가 쓰이는지, 영선은 고개를 흔든다. 성가신 일이다. 아주 적은 함량일지라도 한 존재가 다른 존재를 바라보며 느끼는 책임감이란 것은.

오솔길을 따라 숲 속으로 걸어 들어간다. 함부로 자란 활엽교목들의 터부룩한 머릿단 위로 푸른 하늘과 뭉게구름이 언뜻언뜻 드러난다. 따가운 햇살이 촘촘한 녹음의 그물망을 뚫고 강바닥을 찌르는 작살처럼 좁고 외진 길 위로 내리꽂히고 있다. 선행자들의 은밀한 발자국으로 다져진 숲길은 적막하면서도 아늑하다. 기대하지 않았던 위안이 그러하듯 은임은 참담하고 성급한 세월로부터 비껴 앉은 이 길이 적이 반갑고 고맙다. 개산댁이 몸 숨길 데 없이 발가벗겨진 심정으로 지내 온 시간들을 그나마 가려 주었던 것처럼. 이제 은임은 그 유일한 은신처가 무너지는 광경을 묵묵히 보아 내야 한다.

길의 경사는 완만하지만 8월하고도 대낮임을 감안하면 수월한 행보는 아니다. 풀기 없는 면바지가 허벅지살에 척척 들러붙는다. 걸음새가 거북하다. 겨드랑이와 등줄기에 밴 땀이 셔츠를 짙게 물들인다. 잔댓잎이 맨발목을 칼질하듯 썩썩 그어 댄다. 은임의 손에는 검은 비닐봉지가 들려 있다. 손아귀에서 힘이 빠지려고 한다. 봉지에는 정문 밖 24시 편의점에 들러서 산 디스 담배 한 갑과 일회용 라이터와 소주 한 병이 들어 있다. 그녀는 오솔길이 흐지부지 끊어지는 지점에서 걸음을 멈추지 않고 내처 깊숙이 안으로 들어간다. 기껏해야 철조망으로 둘러쳐진 병원 뒷산일 뿐이다. 그녀는 심심산중의 조난객처럼 길을 벗어나 숲을 헤매고 있다. 살면서 또 얼마나 여러 번 길을 잃을 것인가, 또 얼마나 먼 길을 에두를 것인가…… 막막해하

면서.

손바닥만 한 그루터기에 간신히 엉덩이를 걸치고 앉는다. 찌르찌르 찌르르르르……. 은임의 머리 위로 매미 울음소리가 폭우처럼 쏟아진다. 봉지에서 소주병을 꺼낸다. 뚜껑을 돌려 따자마자 병째 한 모금 급히 들이켠다. 맑은 액체가 천둥 치듯 식도를 달려 내려가 내장에다 불을 놓는다. 몸속 길 굽이굽이, 이내 뜨거운 열기에 활활 휩싸인다. 허둥대는 그녀의 손이 담뱃갑의 셀로판 포장지를 벗긴다. 거푸 두 개비를 연기로 날려 보낸다. 기침과 헛구역질. 삐질삐질 눈물꽃이 돋고, 숨이 턱턱 막힌다. 기나긴 회랑에 갇혀 떠도는 영혼의 메아리처럼 미처 몸 밖으로 빠져나가지 못한 열기와 타르 연기가 몸속 통로에 무정형의 벽을 쌓아 가는 것 같다. 다시 소주를 들이켠다. 알코올에 젖어들수록 그녀의 영혼은 검불처럼 가벼워지고 있다. 불기운에 닿기만 해도 그대로 타버리거나 오그라붙어 버릴 듯이.

은임은 소주 한 병을 다 비울 때까지 세 개비의 담배를 더 태운다. 담배를 끼우고 있는 손가락 사이에 상처가 나 있는 것을 무심한 눈길이 발견한다. 날카로운 것에 베였던 모양이다. 어디서 얻은 상처인지 알 수 없다. 상처는 부주의함에서 온 것일 수도 있고, 크고 작은 불운에서 비롯된 것일 수도 있다. 부주의해서 불운을 자초하는 것이지는 않을까. 커가는 자신의 아이를 바라볼 때 이따금 그녀는 곤혹스러웠다. 저 아이는 부주의함의 결과일까, 유독 자신에게 호의적이지 않다고 여겨지는 운명의 결과일까. 경각의 목숨을 애곡하는 매미의 울음소리가 쉴 새 없이 고막을 파고든다. 발치에 쌓인 꽁초들을 봉지에 주워 담으며 은임은 지체하고 있는 자신을 타이른다. 내려가야 한다. 가서, 호의적이지 않은 운명과 합류해야 한다…….

그녀는 몸을 일으키다 말고 주저앉는다. 눈앞의 사물과 헐거워진 제 몸이 동시에 핑그르르 돌면서 중심을 잃은 것이다. 그녀는 자신을 주저앉힌 힘센 것이 알코올인지 담배에 함유된 유독성 물질인지 절망의 상황인지 가늠할 수가 없다. 엎어진 김에 쉬어 간다던가, 그녀는 쭈그리고 앉은 채 급기야 꺼억꺼억 마른 울음을 토해 낸다. 울음은 투항이다. 드디어 그녀는 패배를 인정하는 심정으로 자신이 기적을 기대하고 있었다는 사실을 인정한다. 희망보다는 수순을 밟는 심경으로……는, 거짓이었다. 생의 진리를 터득한 사람처럼 초연하게 군 것은 부정을 타지 않으려는 정(淨)한 안간힘이었지 않았을까. 그녀는 그 어느 때보다도 간절하게 희망을, 기적을 바랐다. 개산댁도 조씨도 모르게 죄 많은 두 손을 모았고, 불경한 머리를 못 박듯 마룻장에 조아렸다. 차라리, 나를 치시든가. 차라리 나를 넘어뜨리시든가……. 무렴하고 무망(無望)하되 절박한 비손이었다.

그러나 개산댁은 은총과는 무관한 그녀의 삶의 궤도대로 속절없이 붕괴되어 가고 있는 중이다. 그녀는 곧 죽을 것이다. 신의 손은커녕 인간의 손을 쓸 시기마저도 놓쳐 버렸으므로. 개복(開腹)은 바로 그 손쓸 틈 없이 놓쳐 버린 시기를 확인하고 확인시키는 과정에 불과했다. 암세포는 송이 엉성한 포도알처럼, 난소뿐 아니라 이미 복부 전체에 퍼져 있다고 했다. 속수무책이었다고 했다. 개산댁의 갈라진 배는 도로 닫혔다. 그 시간, 개산댁의 깊은 무의식은 어쩌면 관의 뚜껑이 닫히는 소리를 들었을지도 모른다. 어둠 속 구덩이에서 꾸물꾸물 기어 나온 구더기들에게 눈과 귀와 코가 파먹히는 꿈을 꾸었을지도 모른다. 남아 있는 생의 마지막 몇 달 내내 그녀는 평생을 이끌어 온 전투력으로도 그 무시무시한 공포와 통증을 이겨 낼 수 없을 것이다.

은임은 몸보다 마음을 추슬러 오솔길을 되짚어 내려간다. 그새 어스레해지고 있는 하늘 빛이 돌멩이처럼 무겁게 지상으로 가라앉는다. 그녀는 울기 전보다 더 딱딱하고 건조한 낯빛이다. 짓누르는 두려움으로부터 벗어나려는 노력이 오히려 그녀를 가면을 뒤집어쓴 것같이 만들어 버렸다. 그녀는 체념이라고 생각하지만, 의지적인 누군가에게는 바로 그 순간에 삶이 시작될 수 있으리라고도 생각하지만, 확신에 차서 제 삶을 끌어안지 못하는 이상 앞으로도 웃을 수 없을 것이다.

「정말 모를 사람이네요. 아니, 못 믿을 사람이네요.」

비린내⋯⋯. 은임은 소리가 들려온 쪽으로, 아니 냄새가 날아온 쪽으로 고개를 돌린다. 목소리의 주인공은 보지 않고서도 알아챈 대로 조씨가 맞다. 저물어 가는 숲에서 빠져나와 허청거리는 걸음을 병동 쪽으로 옮기고 있는 그녀의 덜미를 뜰채로 낚아채듯, 다분히 양양한 비난이다. 그녀는 우물거리지 않는 그의 말투와 숫기가 얼떨떨하기만 하다.

「무슨……?」

조씨가 이마의 땀을 훔치며 한 차례 숨을 가다듬는다. 비린 날숨에 뒤섞여 그녀에게 끼쳐 오는 땀내와 독한 향수 냄새. 그녀의 미간이 저절로 좁혀지고 있다.

「은임 씨, 대체 왜 이래요? 어딜 갔었어요? 중환자실에서 보호자 찾는 방송을 얼마나 했는지 알기나 해요?」

쿵. 은임은 묵직한 벽돌에 발등이 찍힌 듯한 기분이다. 맙소사, 그새 무슨 일이 생긴 것이라면……. 개산댁은 수술실에서 중환자실로 옮겨져 있었다. 은임은 그러지 말아야 한다는 걸 알면서도 보호자 대기실을 벗어났다. 대기실의 무기력한 침묵이 숨통을 죄어 왔고, 다음 면회 시간이 될 때까지 닫힌 문을 바라보며 기다릴 일이 초조하고 아득해서였다. 잊고 있었던 건 아니지만 가능하면 잊고 싶었다. 겁이 났고, 날름거리는 불운의 혓바닥으로부터 잠시라도 숨고 싶었다. 그녀가 뛰어갈 태세로 허둥대자 조씨가 그녀의 팔을 거칠게 붙들며 바짝 자신의 얼굴을 들이댄다.

「술, 마셨어요?」

은임이 마음 급해져서 그의 손을 뿌리치려고 하자 그의 표정이 일그러진다. 그는 자신의 몸에 배어 있는 비린내 때문에 은임이 아무 때 아무 곳에서고 짜증을 내는 것으로 받아들인다.

그는 그녀의 팔을 더욱 세게 잡아 비튼다.

「어디, 맘껏 달아나 봐요.」

그의 얼굴은 모욕감과 수치심으로 벌겋게 달아올라 있다. 장사 수완에 비해 여자를 대하는 데에는 숙맥인 그가 정작 난감해하는 것은 자신에게서 풍겨 나는 생선 비린내가 아니라 그 비린내를 못 견뎌 일으키는 은임의 두통이다. 아무튼 은임이 그 비린내 덕으로 밥을 굶지 않았고, 높은 학교를 다녔고, 온갖 모양을 내며 살았다고 여기는 조씨인 만큼 그녀가 호소하는 두통은 그에게도 골칫거리이면서 동시에 가증스러운 도리질로 여겨졌다. 그러나 그동안 조씨는 그녀에게 일절 그런 내색을 하지 않았다. 은임 역시 생선 비린내에 담뿍 싸여 커온 성장의 배경이기에 단지 그 이유만으로 저를 물리친다면 우습다고 생각한 것이지, 곱게 자란 다른 여자라면 지극히 당연하달 도리질인 걸 그도 알기 때문이었다.

「은임 씨가 아무리 버둥대도 이 냄새로부터 달아날 수는 없네요. 왠지 알아요? 이 냄샌, 은임 씨 자신한테서 나기 때문이네요. 세상천지가 다 아는 걸, 똑똑한 은임 씨만 여태 모르고 있었네요.」

모욕감과 수치심을 느끼기는 은임도 마찬가지다. 그녀는 그에게 잡히지 않은 다른 손을 휘둘러 그의 뺨을 후려친다. 그의 눈동자가 조금 커진다. 눈 둘 데 없어 쩔쩔매는 건 이제 그녀 쪽이다. 왜 모를까, 그 따귀는 그에게 가해질 몫이 아니다. 그

것은 오래전에, 그녀와 그녀의 아이로부터 아득히 멀리 줄행랑을 치던 비겁한 영혼의 주인에게 가해졌어야 할 것이었다. 없던 편두통이 생겼어. 네게서 나는 생선 비린내 탓이야. 좀 강한 향수를 써보지 그러니? 침을 뱉듯 그렇게 내뱉었던 어느 비열한 육신에게.

조씨가 그녀를 놔준다. 순순하고, 약간은 쓸쓸한 얼굴이다. 반격은커녕 속을 알 수 없게 잠잠한 그가 은임은 오히려 두렵다. 어렵고 꺼림칙하다. 그녀는 뒤로 몇 걸음 물러나다가 몸을 돌려 병동 쪽으로 달음질치기 시작한다. 제 부끄러움으로부터 달아나고 있는 그녀의 등 뒤에 대고 그가 덧붙인다.

「어머닌 다시 잠드셨어요. 지금은, 엎어지게 뛰어가 봐야 소용없을 거네요.」

택시의 후미등이 완전히 사라질 때까지 영선은 닿지 못할 눈으로 그들을 배웅한다. 홀가분하면서도 머뭇거림 없는 그들의 정리(情理)가 섭섭하고 야속하다. 그녀는 트레이닝 복 호주머니에 양손을 찔러 넣고 집 쪽으로 걷는다. 동네 아이들 몇이 어둠이 내리는 길 한가운데서 공을 차고 있다. 월드컵 이후로, 골목이라고는 하지만 그래도 심심찮게 자동차와 배달 오토바이가 지나다니는 길에까지 나와 공을 차는 아이들이 늘었다. 그에 비례해서 아이들이 공을 차며 시끌시끌 떠드는 소리와 자동차 경적과 타이어 마찰음과 욕설과 고함질도 늘었다. 영선은 제 발 앞으로 굴러 온 공을 가볍게 밀어 준다.

머칠 전 그가 차를 돌려 가버린 지점 곁을 지나친다. 때를 맞춘 듯 커피 자동판매기 옆 보안등에 불이 팟 들어온다. 날벌레들이 불빛을 향해 달려든다. 빛을 향한 저 눈먼 열정, 저 무모한 집중, 부질없어라. 그녀는 길바닥에 아무렇게나 뒹구는 일회용 종이컵을 걷어찬다. 그에게서는 그 뒤로 연락이 없다. 그녀 쪽에서 먼저 연락하기를 기다리는 것일 수도 있다. 그는 화가 났던 것이 아니라 싫증이 났을 것이다. 벌점을 가산하듯 그녀의 잘못들을 수집해서 모종의 결단을 내릴 것이다. 어쩌면 그는 이 관계를 유지하는 데 들어간 비용을 계산하면서 머리카락 몇 올쯤 더 빠지는 스트레스를 겪고 있을지도 모르겠다. 그녀는 그가 가거나 오거나 별 미련이 없다. 그가 그녀에게 별 미안함을 느끼지 않듯이. 관성적인 관계의 최악은 증오가 아니라 무관심이다. 그녀는, 그전에 끝냈어야 했다고 생각한다.

아이들과 공이 또 영선에게 몰려왔다 몰려간다. 개중에 몇몇은 여전히 붉은 셔츠를 입고 있다. 치과를 다녀오는 길에 은임의 아이에게도 붉은 셔츠를 한 장 사 입혔다. 지난 세기의 유행을 좇는 것처럼 때늦은 감이 드는 구매였지만 아이도 영선도 흔쾌했다. 그 녀석, 가서 내 생각이나 할까 몰라. 영선의 얼굴에 희미한 미소가 잠깐 떠올랐다 사라진다.

영선은 걸을 때마다 호주머니 안에서 달그락거리고 있는 물건을 꺼낸다. 충치를 넣어 둔 플라스틱 압정통이다. 이런, 이걸

두고 갔네. 이것이 어쩌다 내 호주머니에 들어와 있었을까. 그녀는 택시가 사라진 지 이미 오래인 큰길 쪽을 뒤돌아보며 하나마나 한 탓을 한다. 은임이 조금 찬찬하게만 굴었어도……. 은임은 신발도 벗지 않았다. 현관에 선 채로 준비가 덜 된 아이를 채근해서 데려갔다. 마치 두어서는 안 될 곳에 놓아 둔 물건을 빼앗길세라 급히 되찾아 가는 것처럼. 그러게 미리미리 네 소지품 챙겨 놓으랬지? 아까 엄마가 전화했을 때 뭘 들었어? 제 어미 품으로 용수철처럼 튕겨서 안겨들지 않는 아이를 닦달하는 서슬이 사나웠다. 영선은 은임의 닦달이 자신을 겨냥한 것 같아 공연히 죄스럽고 불안했다. 확실히 은임은 누군가에게 화를 내고 있었다. 그 대상이 눈멀고 무모했던 시절의 은임 자신인지, 은임 자신을 제외한 다른 모두인지 모호하긴 했지만.

영선은 세 들어 사는 다세대 주택 계단을 오르려다 흠칫 소스라친다. 반지하로 내려가는 첫 계단에 쭈그리고 앉은 사내의 등이 낯익다. 그 낯익음은 그러나, 놓일 자리가 아닌 곳에 놓여서 생뚱맞은 이물감으로 다가오는 그런 낯익음이다. 게다가 그 낯익은 등의 주인은 어깨를 들썩이며 으허으허, 울음인지 신음인지를 토해 내고 있지 않은가. 왜, 무엇 때문에? 그녀는 얼른 주위를 둘러본다. 다행히 내다보는 입주자도, 그 우스꽝스러운 풍경에 신경을 쓰는 행인도 없다. 그녀는 황당하고 난감한, 봉변과도 같은 국면을 어떻게 이해해야 할지 알 수 없다. 낯익은 등을 지나칠 수도 없는 노릇이다.

「……맞지?」

영선의 조심스러운 접근에 들썩이던 어깨가 굳는다. 두부처럼 납작한 뒤통수, 여자처럼 둥그스름한 어깨…… 맞다. 영목이 분명하다. 영목은 그녀의 오빠다. 1년에 한 번이나 그녀의 셋집을 찾을까 말까 한 무덤덤한 그가 아니던가. 그런 그가 하필이면 남의 눈 흘김을 당할 만한 계단에서 심상찮은 장면을 연출하고 있는 것에 그녀는 내심 충격을 받는다.

「여기서 뭘 해? 아니, 무슨 일이야? 엄마한테 무슨 일 있어?」

영목이 고개를 가로저으며 얼굴을 돌린다. 번민과 비통, 그녀는 자신이 왜 하필 그 두 단어를 주저없이 떠올렸는지 모르지만 그의 현재의 내적 상태를 설명하는 데 그처럼 적절한 단어는 없을 것이라고 확신한다. 그가 결혼하고, 그녀가 분가인지 가출인지를 한 뒤로 그들은 속 깊은 이야기를 나눈 적이 없다. 아니, 이전에도 각별한 남매 사이는 아니었다. 별반 닮지도 않은 데다 집 밖에서 마주쳐도 데면데면 남같이 굴어서 이복남매간이냐는 무례한 질문을 받은 적이 있었을 정도다. 그가 이제거의 봉두난발의 분위기로 자신을 찾아와 통곡할 일이 무엇인지 짐작할 길 없어 그녀는 갑갑하다. 갑갑해서 죽을 지경이라는 눈빛으로 이실직고를 채근해도 그는 쉬이 입을 열려고 하지 않는다. 그의 두 눈은 매달리듯 그녀를 응시하고 있지만, 실은 전혀 자신을 바라보고 있지 않다는 사실을 깨닫고 나서야 그녀가 부드러운 말로 그를 이끈다.

「일단 올라가. 올라가서 얘기해.」

그러나 영목은 영선에게 붙잡힌 팔을 슬그머니 빼더니 2층이 아닌 바깥으로 몸을 돌린다. 아직 이른 시간에 어디서 술을 들이켰는지 매무새나 걸음걸이가 어지간히 풀려 있다. 육친의 정이 과약하기로 그대로 보낼 수는 없다. 그녀가 그를 따라 건물 밖으로 나선다. 그는 돌아보지도 않은 채 머리 위로 한 손을 휘휘 내저어서 그녀의 눈 부축을 뿌리친다.

「이제 와서…… 어디서든 잘 살면 되었지. 안 그러냐?」

「누구……?」

「내가 그러더라고, 잘 살아라…… 그래라.」

영목이 요령부득의 말을 남긴 채 휘청거리는 걸음으로 멀어져 간다. 결국은 선 자리에서 그를 보낸 셈이다. 그녀는 그의 뒷모습을 걱정 어린 눈으로 배웅하며 그가 두고 간 말을 곱씹는다. 나더러는 아닌 게 확실하고…… 그럼 누구더러…… 잘 살라는 거지?

한참 만에야 정신이 번쩍 든다. 영선이 때늦은 심증과 황급한 눈길로 영목을 뒤좇지만, 늦었다. 그는 벌써 멀어져 갔다. 은임과 아이를 실은 택시가 사라진 길 끝, 그 명멸하는 빛과 어둠의 공간 속으로 그 공간의 일부가 되어 묻혀 가고 있는 중이다. 그녀는 소리쳐 그를 부르려다 입을 다문다. 익모초를 씹을 때처럼 쓰거운 침이 입 안에 괸다. 침을 삼킨다. 바늘을 한 줌 삼킨 것같이 금세 목젖이 부풀어 오른다.

그녀는 호주머니에 손을 넣어 압정통을 찾아 쥐고 달칵달칵
흔들어 본다. 좁은 호주머니 속 압정통 안에서 은임의 아이의
잇몸에서 뽑혀 나온 충치 두 개가 속삭이듯 작은 소리로 달그
락거리고 있다. 더듬어 보니, 아이의 뒤통수가 그 플라스틱 압
정통처럼 둥글고 납작했던 것도 같다.

몸살

1

「저어, 혹시……?」

갈수록 요란해지는 꾸밈새에 씁쓸한 입맛을 다시며 진열대
에 쌓인 신간들을 뒤적이고 있는데, 누군가 가볍게 팔꿈치를
잡아당긴다. 뒤를 돌아다본다. 너무 바투 붙어 선 거리 때문인
가, 낯선 얼굴 하나가 좁은 구멍 속을 들여다보듯 빠끔한 눈동
자를 들이대고 있다. 나, 말예요? 나는 좀 쌀쌀맞게 보일 수 있
는 표정으로 고개를 갸웃, 기울인다. 키가 크고 마른 여자다.
짙은 분 화장으로도 가리지 못한 잔주름이 그대로 헤아려지는
코끝의 거리에서 여자는 잠시 난감한 기색이다. 사람 잘못 보
았어요, 하는 뜻이 전달되어지도록 나는 좀 전에 만지던 책으
로 시선을 되옮긴다.

'미모의 고학력 무속인 주수연의 꽃잎점 이야기.' 제목을 2단
으로 뽑은 건 상식적인데 글자체나 배치가 상투적이다. '미모

의 고학력 무속인 주수연의'까지는 포인트가 낮은 명조체로, 그 아래 '꽃잎점 이야기'는 포인트가 큰 명조체에다 금박 돋을 새김으로 호사를 부렸다. 금박은 누구의 아이디어였을까. 북 디자이너나 편집자 쪽이었을 것 같지는 않고, 사장이나 주수연 쪽의 고집이었겠지, 아마. 의기투합인지 야합인지, 사장이 발행 일과 표지의 색상까지를 그녀의 신기(神氣)에 의뢰했다는 귀띔 을 들은 마당이다. 야단스러운 금박으로 액막이와 보화를 보장 받고자 했으리라는 짐작이 간다. 지푸라기라도 잡고 싶은 출판 시장의 속사정이야 누구보다도 잘 아는 입장이니, 대박의 미망 에 사로잡힌 출판업자의 미혹을 나무랄 수만도 없다. 그건 남 의 소망에 재 뿌리는 짓이며 주제넘은 내정 간섭일 테니까. 어 차피 나는 내가 맡은 일만 넘겨주면 끝인 것이다.

펼쳐 보지 않아도 표지 안쪽으로 접혀 들어간 책날개에는 날 퍼런 작두에 몸을 실은 주수연의 사진이 박혀 있을 것이다. 빛 을 받는 각도에 따라 인상이 달라질 수밖에 없는 조형물처럼, 그녀는 도회풍의 이목구비에 관능과 무기(巫氣)와 천진스러움 이 한데 녹아 있는 다중 인격적인 외모를 하고 있었다. 그래선 지 그녀에게서는 상대방을 옥죄는 카리스마와 그 가슴에 엎어 지고 싶은 요요한 백치미가 함께 느껴졌다. 성정은 뜻밖에도 물러서 대목대목 울기도 잘하고 웃기도 잘했다. 어쨌거나 동시 다발적으로 쏟아져 나오는 신간들 가운데서도 그녀의 살아온 내력을 옮긴 '꽃잎점 이야기'만이 그 쌓아 올린 높이가 움푹 꺼져 있어 다행이다. 이 바닥에 흔히 나도는, 책에도 사주팔자가 있다는 속설이 공연히 생기지는 않은 모양이다. 판매 부수까지 책임질 수는 없지만 그래도 기왕이면 잘 나가 주는 것이 고맙고 대견스럽다. 데려다 키운 자식인들 세상에 나가 선전한다는데 흐뭇하지 않을 기른 정이 어디 있겠는가.

「실례지만…….」

여자는 그때까지도 물러서지 않고 있었다. 다시 머릿속을 뒤적여 보지만 여자에 관해 입력된 정보는 찾을 수 없다. 나는 좀 자신 있게 말끝을 치켜세운다.

「저 말씀이세요?」

여자가 어깨에서 미끄러져 내린 가방끈 한 가닥을 추슬러 올린다. 그 몸짓이, 난방이 잘된 실내인데도 한기를 못 이겨 옹송그리는 것처럼 좀 딱해 보인다.

「혹시 제문출판사에서 일하던……?」

여자는 집요하다. 그리고 정확했다. 나는 그제야 여자를 찬찬히 뜯어보기 시작한다. 너무 오래, 혹은 너무 자주 열이 가해진 탓에 푸석푸석한 머리카락은 목덜미 뒤쪽에서 바짝 치켜 올려져서 한 가닥으로 묶여 있고, 주름살뿐 아니라 기미까지 깔린 눈 밑은 윤기 없이 거뭇하다. 거칠고 메마른 입술을 유난히 빨갛게 강조했는데 약간 벌어진 입술 안쪽 앞니에까지 루주가 묻어 있다. 얇고 폭 좁은 귓밥으로는 도저히 감당하기 힘들 성싶은 남미풍 은제 귀고리가 축 늘어진 채로 달랑거린다. 아무래도 눈앞의 여자는 낯설다.

「전에요. 한참 옛날 일인데, 기억하시나 봐요?」

나는 다소 도전적인 말투로 긍정과 동시에 반문을 달아 낸다. 그 시절의 나를 기억하고 있다면, 더구나 지금의 내 모습에서 그 시절의 나를 용케 끄집어냈다면, 솔직히 여자의 기억력을 끔찍하게 느낄 수밖에 없다. 그럼에도, 웬걸요, 난 직장을 가져본 적이 없는 걸요, 하는 식으로 딱 잡아떼지 못하는 데에는 여자가 누군지 알아야겠다는 느닷없는 호기심과, 마치 거울과 유리 양면으로 된 속임수의 방에 갇힌 것처럼 일방적으로 관찰당하고 있었다는 불쾌감이 작용했다.

아닌 게 아니라 소설류에서 비소설류 서가로 돌아 나오는 동안 내내 누군가의 시선을 감지하고 있었다. 그 때문에 스스로도 어딘지 부자연스럽고 어색하게 굴었다는 자각이 소급되면서 여자의 알은체가 괘씸하고 뒤늦게 억울했다. 나로서는 그 막연하지만 분명히 전해 오는 눈초리의 임자를 여기 서점에서 도난을 방지할 목적으로 심어 놓은 시간제 직원이거나 폐쇄 회로의 카메라 렌즈쯤으로 여겼던 터이다. 내게 전혀 절도의 의도가 없음을 강조하기 위해 책을 들고서는 한두 장쯤 넘겨 보았다가 다시 제자리에 놓아 두는 일련의 동작들을, 짐짓 우스꽝스럽도록 과장해 대고 있었던 것이다.

「맞죠? 그렇죠?」

여자는 자신의 기억력이 무척 대견한 모양이다. 일상의 피로

감이 덕지덕지 앉은 얼굴에 잠깐 득의의 미소가 떠올랐다 사라
진다.

「첨부터 알아보겠더라구요. 눈 마주치려고 애썼는데 곁을 안
주기에 발등이라도 꾹 밟아 볼까 했네요.」

나는 여자의 시시껄렁한 농담 따위에는 관심이 없다. 그랬으
므로 여자의 말에 웃지도 다른 반응을 보이지도 않는다. 나로
말하자면 상대방이 정나미 떨어져서 주춤거릴 정도로 냉랭한
표정을 지어 보이는 솜씨가 제법인 사람이니까 당연히 여자가
무안해할 줄 알았다. 그런데도 여자는 뼈 없이 혼자 키득거리
고 있다. 나는 여자의 웃음에 신경이 쓰여 주위를 살핀다. 일행
으로 취급당하기 싫다는 편협한 오기가 무작정 치밀 때가 있는
데, 꼭 그런 경우다. 유니폼을 입은 여직원이 여자와 나를 번갈
아 쳐다보고는 슬몃 딴 곳을 바라본다.

키득거리며 웃는 바람에 여자의 앞니에 묻은 새빨간 루주 자
국이 더욱 거슬린다. 결코 한가롭지 않은 대형 서점의 빼곡한
서가들 사이에서 열서너 살짜리 계집애처럼 어울리지 않는 재
미를 내고 있는 여자를 어떻게 상대해야 할지 모르겠다. 여자
의 뜻 모를 웃음이 길어질수록 나는 내 속에서 은근히 달아오
르는 적의를, 평소에도 이따금 제어 장치가 끊어져 버리곤 하
는 노염의 서서한 부풀림을, 그 막바지 눈금을, 실로 위태로이
읽어 내고 있다. 정말 이 여자는 누구인가. 알아볼 수 없게 부
식되어 버린 철기 시대의 유물 같은 이 여자는, 내 기억 속에

실재하는 존재이기나 한 것인가.

　물론 여자가 말한 제문출판사를 잊은 건 아니다. 잊기는커녕 내 일상이란 것이 독립문 영천시장 건너편 야트막한 언덕에 소재했던 제문출판사 시절과 적지 않게 줄이 걸려 있어 잊을래야 잊을 수도 없는 노릇이다. 여자가 그 남루하던 시절 어느 행간에 옹긋이 뿔을 내밀었는가, 하는 부분만 제외하면, 비교적 소상한 재생이 가능하달 수 있다. 20대 초반 내 밥과 잠자리를 벌어 주던 황당무계한 아메리칸 스타일 무협지의 주인공 이름들과, 편집부의 왈왈한 식구들과, 눈치껏 불심[火力]을 키우던 조개탄 때는 무쇠 화로와, 그 화로 덮개를 열고 일인 다역(多役)의 사장이 곧잘 손수 끓여 찬밥덩이 사이로 밀어 놓아 주던 돼지비계 찌개까지도 신호만 주어지면 얼마든지 나열할 준비가 돼 있다. 더 거슬러 올라가, 반전의 첫 장면처럼 이제껏 생생한 제문출판사에서의 첫날까지도 선명하게.

　그해 봄에 학교를 때려치운 처지로서는 마땅히 문서가 될 만한 이력이 있을 리 만무했다. 나는 미리 전화를 놓아 두었다는 은사의 배려만 달랑 믿고 연남동 완만한 언덕배기로 올라갔다. 출판사는 대중목욕탕과 바짝 달라붙어 약간 어처구니없는 상상을 불러일으키는 낡은 건물 2층에 세 들어 있었다. 터 생긴 모양새에 맞춰 알뜰히 지어 올린 건축물이어서 잘못 그린 도형처럼 삐딱하니 우스꽝스러운 공간인 데다, 편집과 영업이 구별

없이 한데 섞인 어줍은 규모의 사무실이었다. 대단한 기대를 품은 것도 아니었으면서 왠지 힘이 빠졌다. 문 소리를 내지 않고 조심스럽게 들어섰는가 했는데 사람들의 시선이 일제히 내게 쏠렸음으로 쭈뼛거리며 그 자리에 멈춰 설 수밖에 없었다. 낯선 방문객을 빤히 바라보면서도 누구도 나서서 말을 걸지 않는 난처한 상황이 한순간, 그러나 내게는 무척 길게 느껴지는 동안 이어졌다. 처음으로 말을 건넨 사람은 입구에서 가장 먼 위치에 놓인 책상 쪽에서 뒤늦게 고개를 쳐든, 말하자면 그들 가운데 가장 연장에다 서열이 높을 것으로 짐작되는 중년의 남자였다.

「어떻게, 왔지요?」

그는 그 짤막한 문장을 둘로 끊어서 느릿하게 발음했다.

「여기가, 제문출판사, 맞습니까?」

까닭 없이 숨이 찼다. 띄어쓰기라도 하듯 나 역시 한 문장을 똑똑 끊어서 발음했다. 그 어법은 내가 듣기에도 영 모자라는 느낌이었다. 2층으로 오르는 계단 입구의 머리 간판에서 이미 출판사가 소재하는 곳임을 일차 확인한 바였고, 사무실 출입문 간유리에 부착된 고딕체 로고 스티커를 손가락으로 한 번 문질러 본 다음 그 문을 열었던 것이었으니까.

「들어와요.」

애초에 말을 건넨 중년의 남자 외엔 아무도 내게 관심을 두지 않았다. 그들은 내가 안으로 한 걸음 더 들어서자 이내 각자의 책상으로 머리를 돌려 버렸다. 외면이건 배척이건, 어쨌든 살가운 붙임성이 아닌 건 분명했다. 여자 셋에 남자가 하나, 빈 책상이 넷이었다. 책상은 모두 벽이나 창문을 향하고 있어 서로서로 등을 돌리고 있는 형편이었다. 그 배타적인 배치가 이상하게 위로가 되었다. 나는 나를 불러들인 남자의 손짓으로 인조 가죽 소파에 안내되었다. 자, 용건이 뭐죠? 이번에는 그가 눈짓으로 물었다.

「사장님을 뵙고 말씀드려야 하는데요.」

내 대답에 그는 멋쩍은 듯 웃었다. 나는 내 짐작이 틀렸으며 그가 바로 사장이라는 사실을 알아챘다. 나는 그를 오갈 데 없어 눌러앉은 편집장쯤일 것이라고 짐작하고 있었으므로 당황하며 은사의 이름을 댔다. 그러자 그는 아무것도 더 묻지 않고 소파에서 일어서더니 나를 뒤따라오게 하고는 사무실을 가로질렀다. 곧 비어 있는 책상 가운데 하나가 내게 배당되었다. 그러고는, 급여에 대해서 물어볼 수도 없었거니와 사전에 어떤 언급도 받지 못한 채, 다짜고짜 일감부터 주어졌다. 은사의 영향력도 작용했겠지만 그보다는 그만큼 손이 급했던 사정이었다는 걸 나중에야 알게 되었다. 겉보기와 달리 상당히 알짜인 경영 구조와 함께. 그러나 그날 내 기분은 취업으로 인한 안도감과는 무관하게 심란하고 곤혹스러웠다. 광휘의 기미, 아마 나는 그 옹색하게나마 새로운 출발에서 내게 닿지 않을 어떤 것을 엿보고 싶었던 게 아니었을까.

52

그렇게 시작한 제문출판사 편집부 시절이었고, 이제는 어디에고 기재할 기회나 필요가 생기지도 않는 오래된 이력의 한 줄이었다. 그 시간의 언저리를 뜬금없이 기억하게 만드는 고리란 것도 따지고 보면 별것 아니었다. 가령, 목욕탕과는 반대편으로 수수한 2층 양옥이 출판사 건물과 맞대어 있다는 것, 그 집에 지금은 고인이 된 영화 평론가가 살았다는 것, 그 영화 평론가가 당시에는 꽤나 시청률이 높던 토크 프로그램의 공동 진행자이기도 해서 출판사를 그만둔 후로도 화면 속의 노타이 신사를 대할 때마다 출판사 시절이 고스란히 떠오르곤 한다는 것, 그런 식이었다. 어느 날 영화 평론가의 부고가 나가고 그 냉소적인 언변가의 자리에 다른 사람이 채워지고 나서부터는 모든 망자를 생각할 때마다 저절로 빠지곤 하는 세월의 허망함이 거꾸로 망자의 산 세월을 환기하게끔 만들었고, 다시 그 우중충한 나날들로 유도되곤 한다는, 별반 특별할 것도 없는 기억의 연장 공연이었다. 게다가 이제는 그 프로그램이 없어진 지도 제법 긴 시간이 흐른 뒤였다.

어느 날은 건성 선택한 채널의 영화가 어쩐지 낯이 익다 싶어 끙끙거리며 기억을 더듬고 보니, 맙소사, 제문출판사 시절 내 손을 거쳐 간 미국판 무협지 시리즈 가운데 몇 편을 뒤섞어 영화화한 액션 첩보물이 아니겠는가. 나는 미숙하고 조잡하기 이를 데 없는 문장들로 넘어온 그 번역 원고들을 '매끄럽게' 다듬는 작업에 쓰이고자 채용된 신분이었다. 그때엔 원고지 칸을 일일이 메워야 하는 수작업 시절이었다. 곁눈질하듯 번역 초고를 읽어 가면서 손으로는 새 원고지에다 수정과 교정과 정서를 겸해 하루 60여 장씩을 의무적으로 갈겨 댔다. 어깨와 팔은 언제나 뻐근했으며 손가락의 볼펜 눌린 자국은 굳은살이 박인 채로 반들거렸다. 영락없는 육체 노동자라는 푸념이 늘 입에 붙어 다녔다.

포켓북 한 권 분량의 번역 원고는 대체로 두세 종류의 글씨체로 한데 묶여 돌아왔다. 요령부득의 난삽한 문장들과 내용들로 미루어 버젓이 번역 문학가를 자처하는 역자가 기실은 텍스트를 두세 뭉치로 뭉텅 찢어 대학생들에게 아르바이트로 하청을 준 게 틀림없어 보였다. 하다못해 주인공의 이름까지도 통일되지 않아 앞부분에서는 '리모'이던 것이 뒷부분에 가서는 '르모'로 등장하는 지경이었다. 그랬으니 지명이며 최첨단 살상 무기들의 명칭이며가 죄 주관적 어감의 차이에 의해 다르게 표기되기는 더더구나 예사였다. 어차피 상관은 없었다. 우리는 모든 고유 명사가 처음 등장할 때마다 따로 메모해 두었다가 기준을 삼는 방식을 취하면 되었다. 가능한 한 빠른 시간 내에 납품만 된다면 반제품이든 불량품이든 아랑곳하지 않는 것이 그와 같은 오락물의 생리였고 관행이었다. 갈고 다듬고 살 붙이고 때로는 원본에는 전혀 없는 창작도 인공 조미료처럼 가미하는 데 이력이 난 가공업자가 그 덕에 추운 한 시절 밥을 부쳐 먹고 살았으니까.

그런 얼렁뚱땅함으로도 어김없이 제 날짜에 책은 만들어졌고, 낙본도 되기 전에 벌써 몇 군데 총판에 배본되었으며, 서점의 서가나 터미널의 가판대에 일제히 깔리는 것이었다. 이제나저제나 나는 소설가라든가 시인이라든가 하는 숭고한 타이틀을 획득한 처지가 아니었으므로 주제넘은 양심에 휘둘릴 염려는 없었다. 단지 얄팍한 '문학적' 소양을 밑천으로 월세와 은행 창구에 갖다 바칠 융자 상환금과 최소한의 생활비를 벌어들여야 하는 경제 활동 인구임을 망각하지 않을 따름이었다.

리라이팅. 그 윤문 작업에 편집부의 거의 전 부원이 매달려 있다시피 했다. 나는 그 일을 그다지 오래 하지는 않았는데, 그럼에도 불구하고 종종 내 인생이 그 시점에서 출발되었다는 느낌을 지울 수 없을 때가 있다. 그곳이 내 생의 도약대였는지, 아니면 어두운 터널의 입구였는지, 그것에 대한 확신조차 아직은 서지 않는다. 간신히 생의 반환점에 이르렀으며, 때로는 옳지 못했고 때로는 불성실했던 순간들을 뒤돌아보는 길 위에 서 있을 뿐이니까.

한 가지 확실한 사실은, 내가 일상의 사소한 환기 장치들에 의해 반추하는 제문출판사와 달리, 이제 낯 모를 여자에 의해 정면으로 제기된 그 시절에는 어딘가 '추억적'이지 못한 것이 얼룩으로 남아 있다는 점이다. 어린 시절 내가 저지른 비행처럼 보다 어둡고 보다 떳떳하지 못한 그런 떨떠름한 구석 말이다.

「서운하네요. 여태 생뚱한 표정이라니. 나, 그렇게 몰라보게 달라졌어요?」

달라진 게 아니라 세월에 떼밀려 흔적이 없어진 것일 테지. 닳아 없어진 손금처럼. 차마 혀끝으로 밀어내지 못할 말을 가래처럼 입 속에다 담고 있자니 비위가 상한다. 한심스럽다. 어쩌자고 여자에게 이끌려 자리를 옮길 생각을 다 했을까. 찻잔을 사이에 놓고 마주 앉긴 했지만 캄캄한 기억 앞에서 여자는 여전히 생면부지나 다름없다. 나는 퉁명스러운 변명으로 밀고 나간다.

「벌써 십오륙 년 전인걸요.」

그렇다. 15, 6년 더 저쪽의 일이다. 그간에 유난히 많은 사람들, 그중에서도 유난히 많은 여자들을 만나 왔다. 서너 번, 길게는 열 번쯤 만나게 되기도 하지만 대개는 한두 번으로 끝나는 관계들이었다. 새로운 사람, 새로운 여자, 새로운 관계. 그러나 한없이 닮은 모습, 닮은 욕망들. 잊으려 애쓰지 않아도 저절로 잊히는 그런 얼굴들. 그러므로 여자를 기억하지 못하는 것이 오히려 자연스러운 일일 수 있다. 그러나 여자에겐 통하지 않는다. 여자처럼 첫눈에 상대를 알아채 버리는 기억력을 소지한 경우, 상대에게도 자신과 마찬가지의 기억력을 요구할 권리가 있다고 믿게 되는지도 모를 일이다. 그렇다면 장님 손 보듯 하는 내 멀뚱한 시선에 조바심이 날 법도 한데 여자는 겹겹의 피곤기를 떨쳐 내면서 점점 생기를 띠어 가고 있다. 그 무렵 여자

는 행복했던 것일까. 적어도 시종 도리질을 치고 있는, 자신보다 젊은 여자와 일방통행이나 다를 바 없는 스무고개를 펼치자고 덤빌 만큼 즐거운 나날이었을까.

「스물둘? 아니면 셋이었나?」

「……?」

나는 여자가 하는 말의 의미를 얼른 알아듣지 못한다.

「미스 송, 아니 이젠 미세스신가……? 암튼 그때 그 나이쯤이었죠, 아마?」

징그러운 기억력이다. 여자의 입가에 아련한 미소가 맴돈다. 마치 자신의 젊은 날들을 돌아보고 있는 듯 눈빛이 아슴아슴해지기까지 한다. 나는 어떤 식으로든 상한 감정을 드러내고 싶다는 충동을 느낀다. 직업상의 일로 사람을 만날 때에도 가끔 그런 종류의 함정에 빠지곤 한다. 천금을 준대도 한 시간 이상 봐주기 힘든 유형이 있게 마련이다. 자신의 감정을 자제하고 통제하는 것도 능력이고 자질이다. 초보나 직정(直情)이 지나치게 승한 사람은 현재 내가 몸담고 있는 세계에서 몸값을 올리기 어렵다. 있는 대로 속이 틀어져도 의뢰인을 치켜세우는 데 인색해서는 안 되니까.

「저보다 절 더 잘 기억하시네요.」

「불안해요?」

「불편하네요.」

기억이란 때로 매설된 지뢰와 같은 것이다. 내가 여자를 기억하지 못하고 있는 것이 흔적을 지운 여자의 세월에도 책임이 있겠지만 무의식적인 망각의 의지일 수도 있다. 아니면, 선택적 기억 상실이랄지. 일상의 사소한 줄들에도 걸려 넘나들곤 하는 제문출판사 무렵이 유독 여자에게 와서 더듬수를 놓고 있는 것을 보면 그런 혐의를 배제할 수도 없겠다.

「미세스……? 그냥 미스 송이라고 하지, 뭐. 그런데 어째서 미스 송은 날 알아보지 못할까? 나보다 훨씬 더 내 속을 낱낱이 아는 것처럼 굴어 놓구선.」

「무슨……?」

여자는 한꺼번에 속 시원히 카드를 뒤집어 보이지 않는다. 유도라기보다 유인하고 있다는 인상을 그래서 더욱 강하게 받게 되는지도 모르겠다. 이만하면 내 인내심도 바닥에 닿았다고 여기고 있는데 여자가 문득 결연한 눈빛을 들이댄다.

「요즘도 그 일 해요?」

작은 전구에 불이 탁 켜지면서, 비로소 무엇인가 명료해지는 기분이다. 여자가 말하는 '그 일'이 괴력을 지닌 인조인간을 열심히 복사해 내는 일이 아니리라는 짐작이 스쳐 지나간 때문이다. 나는 여자를 다시금 조각조각 뜯어본다. 갸름하다기엔 길쭉한 얼굴형에, 웅숭깊다기엔 그저 우묵해서 음침함을 자아내는 두 눈, 각질이 들떠 군데군데 뭉친 분 자국과 기미. 여자가 말한 '그 일'에 관련된 사람들의 얼굴은 정작 일이 끝나면 가물가물해진다. 짐작이 맞다면 여자도 '그 일'에 연루된 사람 중의 하나일 것이다.

「내가 너무 짜증나게 했나 봐. 박채선, 그게 내 이름인데.」

지리하게 뜸을 들이고도 제 입으로 제 이름을 발설하고 말았다는 허탈 때문일까, 여자가 말끝을 흐리며 가볍게 한숨짓는다. 나는 도리어 멍청해져서 여자를 건너다본다. 박채선, 채선……. 내가 기억하는 그 이름과 눈앞의 여자는 천 년이 흐르도록 한 번도 몸을 섞은 적이 없는 물길처럼 동떨어져 있다. 지독한 배신의 말을 들었을 때처럼 핏기가 가실 지경이다. 그럴 리가 없어요. 하마터면 그 말을 혀끝에 붙들어 매지 못할 뻔했다.

「미스 송이 날 못 알아보는 게 어쩌면 더 당연할지 몰라. 그건 내가 아주 다르게 변해서가 아니라 미스 송 쪽에서 전혀 다른 나를 기억하고 있어서일 거예요. 그 왜곡된 기억을 제공한 사람이 나였을까, 가끔 그 생각을 하게 돼요.」

과민이라고 믿고 싶지만 여자의 말에서는 어렴풋한 원망이 전해져 온다. 원망이라면, 그 원망의 처음은 등등한 노기가 아니었을까. 더디게 더디게 무뎌졌을 노여움. 그러나 왜? 여자의 원망을 감각하고 근원의 노기를 어림하는 순간에 용수철처럼 튕겨 오르는 의문 부호가 그 시절로 돌이키려는 속발 걸음을 고꾸라뜨릴 듯 낚아챈다. 여자가 자신의 입으로 밝힌 대로 채선이라면, 채선으로 세상에 내보여진 박채선이라면, 불유쾌한 염탐과 유인과 곰삭은 원망이 아니라 치하를 받아야 마땅하다……는 발끈함이 대뜸 발을 거는 것이다.

「잘 부탁해요.」

단순히 인사치레였을 뿐이었다 하더라도 첫 대면에서 여자는 분명 그렇게 말했다. 입사한 지 5개월이 지났고, 해가 바뀌어 스물둘이 되었고, 미국판 무협지를 매일 수십 장씩 쉬지 않고 긁어 대는 것에 넌더리가 나 있을 즈음이었다. 이렇게 가망 없는 날들이 계속된다면…… 자고 일어날 때마다 한 살씩 나이를 먹어 마흔이나 쉰쯤 되어 더 이상 흔들리지 않고 부대끼지 않는 먼 미래의 시간에 닿아 있기를……. 깊이 들여다보면 조금도 진심이지 않는 그런 희망을 파지(破紙) 위에다 끼적거리며 엄살을 부리고 있었다. 제문출판사 염 사장이 새로운 일감에 대한 언질을 주었을 때 나는 내심 쾌재를 불렀던가. 그랬던 것 같다. 가히 원맨쇼나 다름없는 일인(一人) 첩보극으로부터 해방된다는 후련함에 앞뒤 재지 못하고 반색을 한 게 마장(魔障)이라면 마장이었다.

하늘색 스카프를 두른 여잘 찾아. 사장이 일러 준 대로 출판사 인근의 커피숍에서 여자를 만났다. 딱히 하늘색 스카프가 아니더라도 그 시간 커피숍에 혼자 앉아 있는 여자는 그녀뿐이었다. 그 자리에서 여자는 터울이 크게 지는 막냇동생이나 조카뻘일 내게 잘 부탁한다고 말했다. 긴장과 설렘으로 여자는 사뭇 들떠 있었다. 시선은 약간 불안정했으며 의외로 손가락이 길고 가지런했다. 여자는 철끈으로 엉성하게 가제본한 종이 묶음을 건네며 덧붙였다.

「이건 내 누드나 마찬가지예요.」

하긴 괜스레 주위를 두리번거리는 품이나 과장된 말투가 어쩐지 내 눈에도 때 없이 훌렁훌렁 옷 벗어부치는 것쯤 어렵잖을 여자의 교태로 보였다. 막 스물둘이 된 나는 서른대여섯의 결혼한 여자들에게 그것 말고도 온갖 근거 없는 편견들을 갖고 있었다.

「작가 지망이라고, 염 사장님이 말씀하시데요. 그 말씀 들으니까 안심도 되고 부끄럽기도 하고 그렇더라구요.」

결코, 그리고 어느 누구에게도, 나는 작가가 되고 싶다는 말을 한 적이 없었다. 이 정도라면 나도 하겠어. 속 썩이는 원고 뭉치를 화라락 넘기면서 핏대를 올려 본 경험이야 여러 번이었지만. 순전히 작가 지망이라는 애매모호한 소개만으로도 여자가 신뢰를 표하는 마당인데, 솔직해지자고 말을 뒤집으면 내 입장을 떠나 회사일을 그르칠 상황이었다. 떼밀려 올라선 무대였으나 기왕에 붙잡은 마이크인 셈이었다.

「믿어요. 잘 부탁하구요.」

믿을 만한 사람도, 부탁받을 만한 위치에 있지도 않다는 말 대신 나는 벌써부터 아득해지는 속을 감추고 여자의 '누드집'을 끌어안았다. 여자의 벗은 몸을 끌어안듯이. 커피값은 여자가 지불했고 커피숍 입구에서 헤어졌다. 헤어지기 전에 여자는 생각난 듯이 손을 내밀었는데, 유일하게 맘에 들었던 그 손은 깡마른 여자의 것답지 않게 실제의 촉감은 눅눅했고 끈적거렸다. 나는 여자의 '누드집'을 안고 사무실 내 자리로 돌아왔다. '내 영혼의 고백'이 누드집의 제목이었다. 칸이 넓은 공책을 원고지 대신 사용하고 있었다. 제목도 본문도 모두 초록색 볼펜 글씨였다.

「완전히 소녀 취향이군.」

시샘 반 호기심 반으로 넘겨다보던 옆 책상의 동료가 젠체하는 말투로 김을 뺐다. 그 일이 내게 넘어온 것에 대해 가장 신경질적인 태도를 보이던 다른 동료는 일별도 주지 않은 채 리라이팅 원고에 코를 처박고 있었다. 나는 심드렁해진 사무실 분위기를 모른 체했다. 의자 등받이에 느긋하게 등을 기대고 '내 영혼의 고백'을 읽어 나갔다.

여자가 맡긴 원고는 정체가 아리송했다. 제목이 씌어 있는 겉장의 상단에 '소설'이라고 당당히 달아 놓았는데 뒷장으로 넘어갈수록 픽션의 구조가 무시된 논픽션으로 읽히더니 급기야 일기장을 그대로 옮겨 적은 듯 설익은 감상의 투가 역력해서 종잡을 수가 없었다. 아무리 여자가 우긴다 하더라도 자전적 소설이라는 명찰을 달기에는 함량 미달이었다. 얼핏 두툼해 보였던 부피와는 달리 장수를 계산해 보니 분량으로도 어림없었다. 느긋하게 등을 기대고 있던 자세가 원고 뭉치에 이마를 박을 듯 점점 앞으로 수그러들었다. 절레절레 고개를 흔들어 가며 혀를 차대며 겨우겨우 마지막 문장을 읽고 난 뒤의 소감은 한마디로 어처구니없음이었다. 건축에다 대면 설계도 감리도 없이 마구잡이로 지어 올린 용도 불분명한 부실 구조물이었다. 아무것도 건질 게 없어서 차라리 난해했다. 이걸 책으로 내겠다는 말이지? 여자는 그래, 그렇다 치고, 이런 걸 어떻게……?

사장은 개의치 않았다.

「글쎄, 한번 물건으로 만들어 봐요. 미스 송이라면 잘해 낼 것 같은데 말이야.」

사장의 부추김 때문이 아니었다. 좋은 낯으로 말을 가려 하고는 있지만 엄연히 나는 사장에게 고용된 신분이었다. 무협지든 자전적 소설 대필이든 그가 시키는 일을 하지 않을 작정이면 사표를 낼 배짱이 있어야 했다. 그럴 수는 없는 노릇이었다. 배부른 투정을 할 만큼 내 사정이 한가롭지 않았다. 나는 어깨를 늘어뜨리고 책상으로 돌아와서 '내 영혼의 고백'을 노려보았다. 그리고 중얼거렸다. 무슨 짓을 못할까. 감정 이입이든 빙의(憑依)든 그 무엇이든, 하라면 하지.

발레리나에서 카페 주인으로, 다시 중소 도시의 관광 호텔 지배인에서 한 외국인 엔지니어와의 감당할 수 없는 열정의 주인공으로, 전락인지 전투인지 모를 생의 나들이. 평범하지 않은 주인공의 과거가 나름대로 소상히 진술되어 있는 몇 부분을 제외하고는 나는 완전히 여자의 글에서 벗어났다. 중언부언의 넋두리와 자기 합리화를 다 잘라 내고 나니 남는 게 그것뿐이기도 했다. 사장이 원하는 물건이 되었는지 어쨌는지는 알 수 없으되 아무튼 나는 꼬박 한 달을 그 일에 매달렸다. 출간 일정이 빡빡했으므로 자취방에까지 일감을 들고 오갔다. 간간이 혼란이 찾아왔다. 나는 여자의 작품을 손질하고 있는 것인가. 여자의 생애를 각색하고 있는 것인가. 아니면, 몇 개의 에피소드에 의거해 한 편의 거짓말을 꾸며 대고 있는가. 내가 절대로 잊어서는 안 되는 건 그 일이 내 밥줄이라는 점이었다. 또 있었다. 결국 그 작업의 결실은 여자의 이름으로 세상에 내보여진다는 점이었다.

제대로 말하면 나는 여자의 이름으로 한 편의 자전적 소설을 쓴 셈이었다. 여자가 제공한 소재에 새로운 문장과 주해와 심리를 이식하는 일은 지긋지긋한 대로 수상쩍은 성취감을 가져다 주었다. 소녀 취향이 아닌 성숙하면서도 선정적인 분위기가 암암히 풍겨 나는 새 제목을 달고 '채선'이라는 필명이 인쇄되어 책이 만들어지도록 여자에게서는 어떤 공식적인 항의도 전달되지 않았다. 항의라니, 이후 여자의 행보가 보여 주었듯 한동안 여자는 자신의 이름을 수식하는 작가라는 타이틀에 사뭇 양양해 있었다. 여자야말로 그 글이 자신의 것임을 전혀 의심하지 않는 눈치였다. 여자는 계약상의 인세를 받아 갔고, 자신의 사진과 이름이 인쇄된 책을 들고 몇몇 여성지와 인터뷰했으며, 내게는 밥을 샀다. 그랬다. 나는 밥을 먹기 위해 그 일을 했다. 그리고 그 일은 다른 '그 일'의 출발이었다.

「맨 첨엔 정말이지 얼떨떨해서 내가 무슨 짓을 하고 있는지도 몰랐어요. 이게 옳은 일인가, 당연히 그런 자각이 없었던 거죠. 난 진짜로 작가가 되고 싶었거든. 책을 내기만 하면 작가가 되는 줄 알았고. 그랬는데…… 딸아이가 그 책을 읽었던가 봐요. 어느 날 냉장고 앞에 서서 물을 마시다가 날 빤히 쳐다보며 정색으로 묻는 거예요. 그거 정말 엄마가 썼어요?」

여자가 물컵을 톡톡 건드린다. 길고 가지런해서 참 예쁘구나 싶었던 여자의 손은 이제 갈퀴처럼 앙상할 뿐이다. 검푸른 정맥이 불거진 손등에 엷은 다갈색 저승꽃이 피어 있다. 마흔이나 쉰이 되면 더는 흔들리지 않고 아름다워지리라는 믿음은 서른으로 들어서면서 버렸다. 마흔을 몇 해 앞둔 지금의 나이에도 속절없이 흔들리는 날들이 한 해의 3분의 1쯤이고, 가망 없이 버티는 날들이라고 여기는 순간순간과 언제나 숨바꼭질이다. 그러다 언젠가는 나도 내 손등에 가만 회한처럼 내려앉은 저승꽃을 들여다보게 되리라.

「웃을지 모르지만, 그래서 그 책들을 어쨌는지 알아요?」

여자가 말을 끊고 물을 마신다. 갈증보다는 내 반응을 기다리는 것이다. 나는 여자와 눈이 마주치지 않기 위해 탁자의 긁힌 자국들을 일일이 헤아리고 있다. 누군가 날카로운 물체로 부러 긁어 놓은 듯 힘이 더해진 자국들을 살필 때면 때때로 내게 상처를 안긴 얼굴들이 떠오른다. 그렇게 나도 누군가에게 상처가 되었나 보다, 흉터를 지었나 보다. 그렇더라도 여자의 행간은 불순하다. 부당하고 생급스럽다. 나는 침묵으로써 여자의 의도에 저항한다. 그러니 여자가 다시 말을 계속할 수밖에 없다.

「그 책들…… 전부 태워 버렸어요.」

나는 울컥 치밀어 오르는 욕지기와도 같은 한숨을 목구멍 너머로 되삼킨다. 거친 음식을 씹지도 않고 넘긴 것처럼 목젖이 아프다. 여자는 이제 또렷이 기억나는 그 소싯적처럼 다소 고양되어 있다.

「서점을 통해 팔렸거나 좀 멀리 가버린 책들은 어쩔 수 없었지만 주위에 돌린 것들은 죄 되돌려 받았어요. 영문을 몰라 하더군요. 차마 이건 가짜다, 내가 쓴 것이 아니다, 그렇게까지 말할 용기는 없었어요. 그 정도의 허영심은 용서가 되겠죠?」

「아뇨. 용서할 수 없어요.」

거의 침묵으로 일관하던 끝이어선지, 냉랭하면서도 격앙된 어조 탓인지, 내 말에 여자가 흠칫 몸을 떤다. 성급하게도, 우묵한 두 눈에 화르르 불꽃이 댕겨지고 있다. 여자의 눈에 나 역시 그렇게 비쳐질 것이다. 나는 여자를 똑바로 쳐다보며 말한다.

「그건 또 다른 허영심이니까요. 충분히 번민했으므로, 충분히 고통스러웠으므로, 나야말로 양심의 굴레에서 벗어날 자격이 있다, 하는 건가요? 비겁한 발뺌뿐, 아무것도 달라진 건 없는데도 말예요?」

「미스 송은 왜 날 비난하죠?」

「날 비난하기 때문이에요. 이번에는, 어느 순정한 영혼의 고백이라는 제목으로요.」

한껏 비아냥거린 셈이다. 여자의 두 눈에 댕겨진 불꽃이 생목처럼 뻣뻣한 그녀 자신의 몸뚱어리를 삼켜 버릴 듯 일렁거린다. 그러면서도 침착하려고 안간힘을 쓰는 여자는 보기에도 딱하다. 어쩌다 이런 조우가 되었을까. 이 겨룸은 악연일까, 악행일까.

「미스 송은 그 일에 대해서 아무런 가책이 없나 보죠?」

「내가 왜요?」

주춤거린 적의도 잠시, 나는 다시 발끈하고 만다. 양심의 우위에 서 있는 듯 뜬금없이 거들먹거리는 여자의 말투가 그 순간 도저히 참아지지 않는 까닭이다.

「왜냐하면…… 옳은 일이 아니었기 때문이죠.」

여자의 턱이 점점 치켜져 올라가고 있다. 고매한 양심으로 상대방을 한껏 내려보고 있지만 천만에, 나는 그 위선을 참을 수 없다.

「아주 재미있는 말씀을 하시네요. 이제는 손을 씻었다, 과거의 죄로부터 자유롭다, 단상에서 구속의 역사를 간증하는 전과자처럼요. 네에, 맞아요, 옳은 일은 아니었죠. 하지만 난 그 옳지 않은 일을 했어요. 해야 했어요. 당신은 허명에 대한 허영심을 채우기 위해서였지만, 난 허기를 채우기 위해서였어요. 당신은 타이틀이 필요했겠지만 난 직장이 필요했어요. 이제 와서 당신은 자체 제작한 면죄부로 양심의 복원을 선언하네요. 훌륭하세요. 양심을 버리고 양식을 얻은 나는 덕분에 아직도 그 일을 하고 있을 뿐만 아니라 오직 그 일만 하고 있죠. 그때완 판이하게 유리한 조건, 유리한 환경에서요. 타협이든 야합이든 그야 생각하기에 달렸죠. 세상의 수많은 거래들 중의 한 거래일 뿐이다, 까짓 편하게 맘먹으면서요.」

최대한 목소리를 낮추긴 했어도 내 안의 나는 기실 고래고래 악을 쓰고 있었다고 해야 할 것이다. 사명감도 없이 자격지심을 가지고, 모조품일 뿐인 문장 기술자로서, 그러고도 그만두지 못하는 '그 일'을 하고 있는 자의 악다구니. 여자의 말대로라면 부정한 일을 가책 없이 해내고 있는 자의 적반하장. 여자는 알까. 턱을 치켜든 채 경멸을 연기하고자 하는 저 여자는 너무 깊숙이 내 안으로 들어오고 말았다.

2

텔레비전 화면 속에서 무속인 주수연은 조신하고 진지하다. 그 조신함과 진지함이 어째 낯설다. 신접한 그녀는 꽃잎점을 친다. 꽃잎처럼 하늘거리는 날개옷을 입고 점을 칠 때 외의 그녀는 요즘 젊은 여자들과 조금도 다르지 않았다. 이성과 다이어트와 성형에 관심이 많은 것까지. 내 앞에서 그녀는 적당히 적나라했으며 적당히 어리광을 부렸다. 아이, 표현을 잘 못하겠네. 아무튼 선생님이 알아서 써주세요. 내림굿을 받기까지의 신산했던 이력을 주절주절 털어놓다가 말이 막히면 그녀는 그런 식으로 눙치며 눈웃음을 치곤 했다. 그녀는 가장 최근의 내 고객이었다. 의외로 고집이 적어서 진행이 수월했다. 구술을 받아 완성한 원고에 더했느니 뺐느니 이의를 달지도 않았다. 그녀 바로 전에는 모델 출신의 톱 탤런트 황원경의 일을 했는데, 그 여자는 징그럽게도 애를 먹였었다.

「그럼 글은 언제 쓰셨나요?」

「사실 따로 짬을 내서 글 쓸 시간을 마련할 순 없었어요. 한밤중에 사색이 되어 뛰어오시는 분들도 있거든요. 그래서 식탁 한쪽에다 대학 노트를 펼쳐 두고요, 밥 먹다가 커피 마시다가 간식을 먹다가, 그렇게 들락날락거리며 떠오르는 대로 메모해 두었죠. 그랬더니 어느 새 책 한 권 분량이 되었구요.」

사회자의 물음에 막힘 없이 또박또박 답변하는 수연을 바라본다. 내 손으로 만들어진 저자들이 신문이나 방송에 나와 인터뷰하는 것을 볼 때마다 나는 신기하다. 내막을 영 모르지도 않을 기자나 사회자가 매번 고개를 끄덕여 주는 것을 볼 때에도 알레르기 환자처럼 온몸이 가렵다. 아무도 그들더러 거짓말을 하고 있다고, 진실을 밝히라고 다그치지 않는다. 매스컴이 언제나 진실만을 알려 주고 있다고 믿는 사람이 없기 때문이 아닐까. 특히 텔레비전에 출연하는 모든 사람들은 연기자라고 생각하고 있기 때문인지도 모른다.

수연이 오늘의 이야기 손님으로 초대된 토크 쇼 프로그램을 시청한 주부들 중 일부는 내일 아침 집안일을 끝내고 백화점 문화 센터나 수영장에서 시간을 보내다가 서점에 들르기도 할 것이다. 좋은 집안 출신에다 대학원 과정을 수료한 재원이며, 자신이 치는 점의 재료인 꽃잎처럼 화사한 미모가 돋보이는 신세대 무속인 주수연은 한동안 여러 매체의 인터뷰에 불려 다니며 자신의 완결되지 않은 생을 글로 진술하게 된 과정과 무속인으로 살아가야 하는 고충에 대해 차분차분 심정을 밝힐 것이다. 나는 그것으로 만족한다.

텔레비전 전원을 끄고 이부자리 속으로 기어 들어간다. 피곤이 어긋난 뼈처럼 등을 찔러 온다. 모로 돌아누워 봐도 마찬가지다. 요에 닿는 부위마다 화끈거리는 통증은 몸살기의 전조다. 책 한 권을 끝내고 쉴 때마다 뒤풀이처럼 찾아오는 후유증이다. 한바탕 진하게 앓고 나야 나는 내가 주인공이 되어 열연했던 드라마로부터 빠져나와 다음 드라마로 넘어갈 준비를 할 수 있다. 다음 드라마는, 공천을 앞둔 국회의원의 눈물겨운 아내 간병기일 수도 있고, 유명 연예인의 성 편력기일 수도 있고, 명퇴 끝에 재기한 벤처 사업가나 사이버 주식 투자가의 성공 사례담일 수도 있다. 내키지 않는 일은 거절해도 되며, 일에 대한 선수금이나 대가는 내 쪽에서 임의로 제시할 수 있다. 대부분은 내 제안을 받아들인다. 여기까지 오는 데 꼬박 15년이 걸렸다.

　강조하지만, 내 꿈과, 그 꿈에 붙들려 있을 동안 감수해야 할 남루를 벗어 버리자 내 삶은 눈에 띄게 풍요로워지고 달콤해졌다. ……졌을 것이다. 미스 송은 자신의 이름으로 글을 쓰고 싶지 않아요? 그 여자, 박채선의 마지막 말에 나가떨어질 만큼 나는 나약하지 않다. ……하지 않을 것이다. 난 새로 시작했어요. 문예 창작반에 나가고 있죠. 진짜 내 글에다 내 이름을 걸 거예요. 아무려나, 그건 그 여자의 몫이다. 나는 내 글을 사겠다는 사람들을 위해 신물이 나도록 글을 써대고 있다. 그 여자가 그토록 원하는 글을 말이다. ……그럴 것이다.

　진땀이 난다. 끄응, 앓는 소리가 깨문 입술을 비집고 새어 나온다. 몸살기가 예사롭지 않다. 주수연의 일은 비교적 수월하게 마무리된 데다 예상을 넘어서는 성공이어서 홀가분했는데, 결국은 낮의 외출이 무리였나. 뜨거운 재를 뒤집어쓴 것처럼, 몸의 빈틈을 뜨거운 재로 꽉꽉 메운 것처럼, 이마와 눈두덩에서 발끝까지, 편도와 식도를 지나 창자 속에 이르기까지 견딜 수 없게 후끈거린다. 발열과 오한, 그리고 불끈불끈 치솟는 각혈과도 같은 자의식……. 이번 후유증은 아무래도 좀 오래갈 모양이다.

쇠꽃

주정차 금지 구역

　중인환시리에, 배기량 3천 시시 뉴 그랜저 승용차가 사라지고 있었다. 이른바 탈취였다. 그것도 운전자와 동승자가 차체에서 채 2미터도 떨어져 있지 않은 상태에서, 말하자면 바로 눈앞에서. 사라져 가고 있는 승용차는 총 주행 거리 4천 킬로미터를 막 넘겼을 뿐으로, 뽑은 지 6개월이 안 되는 사양 선택 최상급의 2002년식이었다.

　문제의 승용차를 도로변에 바짝 붙여 세운 건 불과 수분 전이었다. 선희는 차에서 내리기에 앞서 클랙슨을 짧게 두 번 눌렀다. 숍에다 도착을 알리는 신호였다. 그런 다음 트렁크에서 휠체어를 꺼내 인도에 펼쳤고, 뒷좌석의 조 여사를 부축해 휠체어로 옮겨 앉혔다. 숍 매니저가 쇼윈도 안에서 밖을 내다보며 손을 흔들었다. 선희는 잠깐이나마 가로수 그늘 아래로 휠체어를 이동시켰다. 매니저에게 조 여사를 맡기고 나서 자신은 주차 타워에 차를 넣으러 가야 했다.

그때였다. 누군가 재빠르게 승용차의 운전석으로 뛰어들었다. 순식간에 일어난 일이라 선희는 그 돌발적인 사태에 얼른 대응하지 못했다. 선희뿐만 아니라 숍에서 걸어 나오고 있던 매니저도 마찬가지였다. 등 뒤쪽의 일을 볼 수 없었던 조 여사는 두 사람의 허둥대는 태도에 얼마간 얼떨떨해하는 정도였다. 운전석으로 뛰어든 누군가가 급히 핸들을 꺾고 액셀러레이터를 밟는 순간에야 선희가 어어 소리치며 몸을 틀었다. 그러나 그녀는 승용차로 즉각 되돌아갈 수 없었다. 그녀가 달려갈 태세를 취하느라 손잡이를 놓는 바람에 휠체어가 균형을 잃으며 기우뚱거렸고, 그러자 이번에는 휠체어에 앉아 있던 조 여사가 자지러지는 비명을 질렀기 때문이었다. 휠체어는 브레이크가 풀려 있는 상태였으며, 인도는 도로 쪽으로 완만한 경사가 져 있었다.

선희가 매니저에게 조 여사를 맡기고 승용차를 세워 둔 곳으로 되돌아갔을 땐 이미 늦어 있었다. 승용차는 급가속으로 차선을 변경한 뒤 차량들의 흐름 속으로 유유히 합류한 다음이었다. 소통이 원활한 구간이어서 속도를 내는 데 아무런 지장이 없어 보였다. 선희는 단숨에 수십 미터씩 간격을 벌리며 내달리는 차의 꽁무니를 멍하니 쳐다볼 수밖에 달리 방도가 없었다. 차는 점점 멀어져 갔다. 곧 시야에서 완전히 사라질 터였

다. 백주 대낮, 오가는 행인들이 적지 않은 시간에 일어난 일이
어서 더욱 황당했다.

늘 그래 왔던 대로였다. 출발부터 도착까지, 주정차 금지 구
역인 그 자리에 잠시 승용차를 세운 것, 차 문을 잠그고 말고 할
겨를이 없었으므로 그대로 놔두고 움직인 것, 이내 차를 옮겨야
했으므로 당연히 시동이 걸려 있었던 것이 모두. 그렇지만 어떻
게 그런 일이 가능할까. 그보다 먼저, 그런 일이 가능하다는 생
각이 어떻게 가능할까. 범행에 운용할 수 있는 시간적 공백이래
야 간발의 차라고 할 만한 빈틈뿐이었다. 설명이 불가능하다기
보다는 예상이 거의 불가능한 일이었다고 해야 할 것이다.

처음부터 주차장을 이용하지 않은 것에 대해서는 선희도 할
말이 없지 않았다. 조 여사는 뷰티 숍과 일정한 계약 관계에 있
는 주차 타워를 싫어했다. 주차 타워의 좁고 삭막한 공간에서
휠체어로 옮겨 앉는 것을 영 불편하게 여겼다. 주차 타워의 웅
웅거리는 기계 소음에도 신경질적으로 반응했으며, 무엇보다
차량째 승강기로 들려 올려지는 상승감에 멀미를 호소하면서
몹시 불안해했다. 뿐만 아니라 휠체어에 실려서 숍까지 가는
동안 부딪칠 시선들에 대해서도 적대적이었다. 조 여사는 그
시선들을 무례하다고 느꼈다. 양보하고 배려하는 호의적인 시
선들조차 견딜 수 없어했다. 그 모든 마뜩찮은 것들과의 상종
을 피하기 위해 조 여사는 단골 숍에 자신을 먼저 내려 두고 가
서 건물 뒤편 주차 타워에 차를 넣고 되돌아오도록 선희에게

지시를 내렸었다.

보통의 경우라면, 주정차 금지 구역이라고는 해도 비상등을 켜놓고 혹 있을지도 모르는 단속을 대비해 가며 차 안에서 요령껏 대기하는 게 나을 것이었다. 그편이 선희에게도 덜 번거로운 일이랄 수 있었다. 그러나 조 여사의 수족 노릇을 제대로 수행하려면 수족처럼 붙어 다녀야 했다. 옷 시중은 숍 직원에게 맡긴다 치더라도 화장실 시중은 곤란했다. 게다가 숍에서 시간을 얼마나 지체하게 될지 알 수 없거니와, 채근을 받는 것 같아 기분을 망친다는 점 또한 조 여사가 불평한 사항에 들어 있었다.

그랬으므로 선희는 본인에게 향해지고 있는 조 여사의 은근한 추궁의 눈초리가 억울했다. 피고용자의 단순한 부주의나 무신경이 부른 과실이 아니었다. 고용자의 사소한 편의를 무조건 수용하도록 압력하는 금권적 권위주의가 선행된 사건이었다.

글쎄, 짐작이나 했겠어요? 꼭 무엇에 홀린 것 같다니까요. 모든 게 평소대로였으니까 특별히 주의를 기울이고 말고가 없었어요. 길거리에 사람들 지나다니는 거야 당연지사니까 신경 쓰지 않았구요. 실제로 그런 일이 일어났다는 얘길 들었어도 마찬가지였을 거예요. 야간에 지하 주차장 같은 데도 아니고……차량 도난 이야기야 자주 들어 봤지만 뭐랄까, 이건 일종의 쓰리 같은 거잖아요? 날치기, 뻔히 눈 뜨고 당하는 거 말예요. 워낙 갑작스러워서 인상착의를 살필 새가 없었어요. 기억나는 건 모자를 썼다는 거요. 푹 눌러쓰는 벙거지 말고 챙모자요. 하긴 챙모자를 푹 눌러쓰고 있었지만요. 그러고 보니까 항공 점퍼 비슷한 걸 입었던 것 같은데……. 거 왜 갓길에 봉고차 세워놓고 조종사용 점퍼라며 파는 거 있잖아요, 그런 거. 정비사용하고 뭐가 다른지는 잘 모르구요, 어쨌든 연한 국방색이었던 건 확실해요. 얼굴을 어떻게 봐요? 자동차 지붕 위로 머리통이 올라오긴 했지만 그건 잠깐이었고, 모자를 푹 눌러쓴 데다가 간신히 드러난 얼굴도 바짝 가린 옆모습이었는걸요. 말 그대로 '휙'이었죠. 말씀드렸잖아요? 사모님 휠체어를 잡고 있었다구요. 물론 나도 얼떨결에 뛰어가려고 했죠. 근데 사모님이 비명을 지르셨어요. 거기, 경사가 졌거든요. 안전 장치를 하고 뛰었어도 마찬가지였을걸요? 1, 2초 사이에 차는 벌써 출발을 했으니까요. 닭 쫓던 개 됐죠, 뭐. 무슨 수로 달리는 차를 따라잡아요? 뒤에서 다른 차들도 마구 달려오고 있는데요. 숍 매니저한테 물어보세요. 내 말이 틀리나.

오시겠다는 연락을 받은 건 맞아요. 숍 앞에 도착하면 클랙슨을 울리는 것도 맞구요. 그러면 곧장 뛰어나가는데 아깐 마침 통화 중이었거든요. 그래서 조금 지체되긴 했지만 그렇다고 길에서 오래 기다리시게 한 건 아녜요. 소홀하게 대접한다는 느낌을 드렸다간 매출도 매출이지만 당장 숍 이미지에 지장이 있는걸요. 단골에 씀씀이도 크시고 입김도 세시죠. 집안이 장난 아니게 빵빵해서 함부로 못해요. 콧대 높은 우리 선생님도 쩔쩔매실 때가 있으시더라구요. 접때 새로 온 직원 애가 사모님더러 할머니 어쩌고 했다가 그 자리에서 잘렸잖아요. 사전 교육을 단단히 시키는데 그날 걔가 아침에 뭘 잘못 먹었는지 욱 올려 버린 거예요. 사모님 연줄로 숍에 나오시는 분들이 꽤 되는데 말이 돌아 봐요, 큰일 나죠. 평생 떠받들려 살아온 분들은 쬐끔만 거슬려도 안색이 싹 변해요. 인정이 없어서는 아니고 적응이 안 되는 모양이더라구요. 갑자기 떼돈 번 사람들이나 벼락출세한 사람들은 다루기가 차라리 쉽죠. 줏대가 없고 의외로 물러서 이쪽에서 프라이드를 세우면 대개 끄떡끄떡하거든요. 권하는 대로 몇 점이고 구매하는 스타일들이에요. 돈으로 뻐기겠다는 건데, 사실 우리 숍에 오시는 분들 돈이야 기본이죠. 기본 갖고 명함 내밀었다간 더 우습게 보인다는 걸 몰라요. 아니, 알까? 숍에서 나가자마자 자동차 뒷좌석에 쇼핑백 팽개치면서 욕하기도 하겠죠. 뭔가 밀리고 꿀렸다는 건 눈치로 바로 알거든요. 근데 뭘 물어보셨더라? 내가 본 건 다 얘기했는데. 아, 그 여자? 기사도 아니고 비서도 아니고, 이야기벗 도우미래나 뭐래나, 하여간 요샌 별 요상한 직업도 다 있더라구요. 사모님 몸이 그러시니까, 옷 갈아입을 때도 그렇고, 일 보실 때도 그렇고…… 괜찮을 거 같아요. 파트 타임이면서도 페이도 나쁘지 않고…… 꽤 받을걸요? 그리고 솔직히 그런 차 언제 몰아 보겠어요? 나 같음 천금을 준대도 그런 하녀 역은 마다하겠지만요. 우리야 엄연히 고객 서비스 차원이지 봉사 자체를 상품으로 파는 건 아니거든요.

노블 팰리스

아니나 다를까, 프런트 직원이 선희를 불러 세웠다. 수칙에 입각해서 차등을 두고 내방객을 통제하는 프런트 직원과는 피차간에 충분히 낯이 익었다. 그는 그녀가 출입하는 경위와 목적지를 모를 리 없었다. 그럼에도 프리 패스라는, 단 한 번의 예외를 두지 않았다. 조 여사와 동행인 상황을 뻔히 눈으로 보면서도 원칙을 고수하는 마당이었다. 조 여사도 애초에 거들 마음이 없어서인지 선희의 기분을 헤아린 어떤 보증의 말도 보태지 않았다. 타인의 기분을 헤아릴 필요성을 느끼지 못하고 살아왔을 뿐 아니라 결코 이해하지 못할 영역일 터였다. 시위의 의미가 전달되기를 바라면서, 선희는 신분증을 담보로 교환한 패스를 옷섶에 달지 않고 호주머니에 쑤셔 넣었다. 그러고는 휠체어를 엘리베이터 쪽으로 밀고 갔다.

하루 이틀 드나든 곳이 아닌데 선희는 신분증을 내밀 때마다 매번 주눅이 들었다. 깊은 속을 들여다보면 박탈감에 열등감일 것이었다. 아무리 용을 써도 닿을 수 없는 높이를 소망하진 않더라도, 그 소망 불가를 번번이 주입당한다는 것은 조롱이었고

고문이었다. 태생이 다르고 이력이 다르고 안목이 다르고 규모가 다르다는 것이 다름의 문제가 아니라 인간의 질의 문제로 변환된다는 사실이 선희의 내재된 분노를 일깨웠다. 그녀는 관리부 직원이나 미화부 아주머니가 보이지 않는 틈을 타서 열쇠 같은 쇳조각으로 호화스럽기 그지없는 노블 팰리스의 기물들의 표면을 긁었다. 보안과 경호를 이유로 설치된 카메라의 위치를 잘 알고 있는 그녀로서는 그 은밀한 훼손을 들킬 염려가 없다는 점도 잘 알고 있었다.

「작은애는 이리로 오겠다고 했는데…….」

엘리베이터 안에서 드디어 조 여사가 입을 열었다. 여차여차하게 되었다는 기별을 띄웠건만 큰아들네에서는 가족 중 누구도 달려오지 않았었다. 기사 딸려서 차편만 제공했을 뿐이었다. 하는 수 없이 큰아들네 기사와 선희의 부축을 받으며 차에 오르긴 했었지만 조 여사는 그때부터 심기가 완전히 틀어져 있었다.

「어쩔 거야?」

「네?」

작은애란 조 여사의 작은며느리 하 여사를 말하는 걸 선희도 알겠는데 어쩔 거냐는 뒷말은 가닥이 잡히지 않아서 그렇게 되물을 수밖에 없었다.

「난 모르니까 작은애더러 오라고 했어. 나보다 젊은 애들이 이런 일은 더 잘 처리하겠지. 있다가 아범도 올 거고.」

「네에…….」

여전히 애매했다. 그 와중에도 하 여사가 오기 전에 돌아가라는 지시인 것만은 알아들었다. 선희를 물리고 나서 오늘 일과 그녀에게 지울 수 있는 책임의 범위에 대해 머리를 맞댈 모양이었다. 선희는 마음을 단단히 죄어 먹었다. 그 정도 예상과 각오야 없지 않았다.

조 여사는 며느리 셋 중에서 둘째인 하 여사를 가장 수월하게 여겼다. 궁합이 잘 맞는다는 거였다. 그러나 선희가 남이 아줌마에게 들은 말대로라면 하 여사는 두 동서와도 다르고 제 안과 밖하고도 달랐다. 뒷소릴 구시렁댈망정 듣고 보는 앞에서는 우선 달짝지근하고 약게 구는 짓이 그것이었다. 최근 열을 내고 있는 고위 공직자 부인들의 월례 모임인 자선 단체 간사들에게나 친정 쪽 자매들에게 시모인 조 여사를 깎아내려 우스개로 삼는다는 건 하 여사네서 일하는 남이 아줌마가 쉬는 날 집에 다니러 와서 풀어놓는 수다에도 섞여 있었다.

그에 비하면 큰며느리는 무뚝뚝하고 고지식한 데다 가끔씩 경우 아닌 일에는 상대가 시어머니라도 정면으로 치고 나와서 복장을 뒤집어 놓는다고 했고, 미국에 나가 있는 막내며느리는 어려서부터 외국 생활이 익은 때문인지 타고난 성정 때문인지 오직 제 일 외엔 관심이 없다고 했다. 선희도 면접이나 다름없는 첫 대면 이후로 노블 펠리스에 다니러 온 하 여사와 몇 번을 더 마주쳤다. 선입견 탓인지 특히 전심전력을 기울이는 티가 역력한 하 여사의 사근거리는 말투는 닳고 닳은 데를 느끼게 하면서도 착 감겨드는 데가 있었다. 외로움을 감추느라 더욱 고집스러워지는 노인네들로서는 그 얕고 빤한 속이야 모른 체하면 그만일 허물일 것이었다.

선희는 한두 마디 응당한 관여도 생략하는 큰며느리보다 눈과 입이 재바른 하 여사 쪽에 당연히 신경을 썼다. 어쨌거나 하 여사가 조 여사의 가려운 데를 알아서 상납한 진상품이 선희였던 것이다. 특급 호텔급 실버 타운인 노블 팰리스 측에서 모든 룸서비스와 의료 편의를 제공함에도 불구하고 조 여사는 말동무 겸 잔수발을 들어 줄 도우미를 별도로 두길 원했었다. 외부에서 보면 노블 팰리스에 노후를 의탁한 그룹은 대부분 대단한 재력가와 명망가의 당사자이거나 배우자이거나 그 직계 존속이었다. 비록 은퇴를 했을지라도 현역 시절의 추억과 영향력을 간직하고 과시할 수 있는 원로들이었다. 그런 만큼 보이지 않는 경쟁이 은근했는데, 조 여사가 굳이 도우미를 원하는 데에도 허세의 측면이 있었다.

이 사람 저 사람 주물럭대던 손으로 내 몸 건드리는 거, 난 딱 질색이야. 이건 퀄리티의 문제야. 글쎄, 노친네가 그러더라니까? 당신 몸뚱어리 건사도 남의 손 빌려야 하는 꼴 사나운 신세에 웬 퀄리티? 거기 상주 의사에 간호사에 간병인 다 놔두고 유별을 떠는 이유가 그놈의 퀄리티 때문이래. 보증금에 의료 비용까지 포함돼 있는데도 말이야. 못 말리는 노친네, 앞으로 한참 남았지 뭐니? 그나저나 적당한 애 있음 소개해.

집안일을 하다 하 여사의 이기죽거리는 통화를 들은 남이 아줌마가 나서서 다리를 놓게 된 배경이 그러했다. 그 집 일을 오래 봐온 아줌마의 추천에다 유치원 보조 교사로 일할 때 통원 차량을 운전했던 경력이 주효했다. 더군다나 끼고 살기는 싫지만 깔고 앉은 재산이 아직 만만찮은 시어머니를 수발할 자리였다. 미리 점수를 챙기면서 그 동태를 지속적으로 살펴야 하는 여우의 입장에서는 야무진 대졸보다는 남이댁을 통해 쉽게 흔들 수 있으리라고 믿어지는 허술한 알음알음이 훨씬 나았을 것이었다. 취업난에 보수를 후하게 쳐준다고 하더라도 몸종 노릇이나 매한가지인 일의 성격상 선뜻 나설, 좀 배운 여자는 찾기 어려워서이기도 했다.

「샤워하시겠어요?」

복도를 지나 숙소의 문 앞에 이르렀을 때 선희가 물었다. 외출에서 돌아오면 으레 샤워부터 주문하는 조 여사였다. 조 여사는 새삼스럽게 상체로 잠금장치의 번호를 가리며 대꾸했다.

「그래야지.」

역시 시큰둥했다. 그럴 만도 했다. 쇼핑은 고사하고 외동사위가 노블 펠리스 입주 선물로 보내 준 승용차를 불과 몇 시간 전에 두 눈 뜨고 날린 날이었다. 그 과정에 관련이 없지 않은 선희의 시중이 기꺼울 리 없었다. 선희는 묵묵히 감수하며 현관 안에 휠체어를 들여놓고 조 여사를 안아 올렸다. 칠순을 넘긴 노인이라고는 하지만 버쩍 들어 올리기엔 버거운 무게였다. 마음 같았으면 아무 데나 패대기를 치고 싶은데, 조 여사는 냉랭한 표정을 풀지 않은 채 턱짓으로 창가의 안락의자를 가리켰다. 허공을 향한 공간 한 면이 전부 유리창으로 되어 있어 전망이 기막힌 자리였다. 탁 트인 하늘과 녹음이 무성한 야산과 언뜻언뜻 드러났다 숨어 버리기도 하는 통나뭇길과 인공 섬이 떠 있는 호수와 겹겹이 포개지며 물러나는 먼 능선까지, 한 사람의 노인을 위한 풍경으로는 실로 과분하달 단독 점거요, 호사였다.

선희는 조 여사에게 읽을거리를 안겨 주고 목욕물을 받으러 욕실로 들어갔다. 화장대가 놓여 있는 부속실을 포함해서 욕실만 해도 선희가 세 들어 사는 방의 두 배 넓이에 가까웠다. 입주 보증금만 수억 원이 넘는 곳이었다. 그러니만큼 최고급 수입 마감재로 휘갑을 둘렀으면서도 타일 하나 손잡이 하나에도 거동이 불편하거나 근력이 달리는 노인들을 위한 인체 공학적 배려가 절절이 묻어났다. 목욕물의 온도를 맞추는 것도 잊고 선희는 한 번 더 마음을 오지게 죄어 먹었다. 그만두라면 그만두는 것이고, 물어 내라면 먹고 죽을 것도 없으니까 집어넣든지 달아매든지 맘대로 하라고 뻗댈 것이고……. 눈을 홉뜨고 김이 서려 뿌예지는 거울을 들여다보며 부러 낮은 소리로 중얼거리는데 까닭 없이 목이 컥 잠겼다. 그보다, 창대는 괜찮을까.

선희가 조 여사를 욕실로 옮겨 가기 위해 거실로 나왔을 때

조 여사는 노블 팰리스 측에서 오락거리로 제공하는 주말 공연 팸플릿을 밀쳐 놓고 일주일치 식단표를 물끄러미 들여다보고 있었다. 조 여사가 입을 쩝 다셨다. 입맛은 줄어드는데 식탐은 갈수록 느는 게 신기했다. 낮의 식사가 엉망이었다고 생각하는 조 여사는 제대로 된 저녁 식사를 즐기고 싶은 마음이 맹렬했다. 쇼핑을 마치고 느긋한 외식을 즐기려고 했던 계획이 망쳐지는 바람에 숍에서 위로 삼아 낸 중화요리로 때워야 했던 것이 못마땅하던 참이었다. 그 시간에 선희는 파출소에서 진술을 했다. 급히 달려오느라 아침도 굶었으므로 거의 종일 빈속으로 허둥거린 셈이었다.

선희는 조 여사의 옷을 벗기고 욕조에 들여앉혔다. 하반신을 쓸 수 없달 뿐, 적당히 오른 살집과 놀라울 정도로 팽팽한 피부는 도저히 일흔다섯 노인의 육체 같지 않았다. 몇 가닥 남지 않은 치모와 거뭇하게 늘어진 성기가 그나마 조 여사의 지나온 세월을 입증해 주었다. 조 여사보다 근 열 살이나 아래인 해주댁만 해도 팔뚝이며 손등이며에 마른버짐과 저승꽃이 자욱자욱 내려앉아 있었다. 해주댁은 선희에게 남은 유일한 혈육인 고모였다. 태에 꼬무락거리는 생명 한 번 실어 보지 못한 처녀의 몸인데도 해주댁은 비탈의 돌처럼 굴러먹은 삶의 내력 탓인지 일치감치 탄력을 잃고 허물어져 갔다.

선희는 천천히 조 여사의 몸 구석구석에 비누질을 하기 시작했다. 욕조 속으로 흘러내려 익사하는 희고 부드러운 거품을 보면서 선희는 문득 우주의 시공간에서는 한 개인이 부지한 세월조차 한 획 획 긋는 섬광일 뿐임을 생각했다. 한순간에 시야에서 멀어지던 승용차의 눈부신 질주를, 새로운 일자리와 새로운 가능성을 생각했다. 그리고 고모와, 고모 모르게 자신의 삶에 편입된 지 오래인 창대는 지금 무슨 생각을 하고 있을까를 생각했다.

작은애냐? 걔, 지금 막 내려갔다. 넌 어디냐? 출발이나 했니? 난 허기져 죽겠구나. 입맛이 써서 뭘 삼킬 수가 있어야지. 지난번 윤 회장 댁 사모님이랑 같이 식사했던 데 말이다, 거기 홍삼튀김 몇 점 먹었으면 좋겠는데…… 양 기사 보낼래? 여긴 어쩌다 먹을 만한 것이 나오긴 하는데 오늘은 보니 별로더라. 첨에 입주자들이 항의하고 난 뒤로 나아지는가 했더니 다시 해이해졌어. 식대를 올리더라도 제대로 된 걸 제공한다면 모르지만, 암튼 이런 대우 받을 거면 왜 들어왔겠어? 미리 말하지만 이번 참에 도우미도 새로 구했음 좋겠고. 니네 일하는 여자 소개 받을 거 없이 다른 쪽으로 알아봐. 정말이야, 오늘 걔 하는 짓 네가 봤어야 되는 건데. 내가 저더러 찻값 물어내랠까 봐 지레 성깔 부리더라. 아까 비누질하는 데도 아주 껍데길 벗겨 놓을 작정으로 문질러 대는 거야. 그리구, 물어내래면 물어낼 수나 있데? 부모도 없구 물려받은 유산두 하나 없다면서. 그래, 내가 뭐랬니? 근본을 봐야 한댔잖니? 말투도 본데없이 뚝뚝하고, 뿌리는 향수며 옷 입는 안목이며 어째 그게 네 눈엔 안 거슬리든? 너 성질 참 좋아. 여하튼 어떻게 할 건지는 와서 얘기하자. 말할 기운도 없으니까.

엘리베이터는 위에서 내려오는 중이었다. 문이 열렸다. 잠시라도 엉덩이를 걸칠 수 있도록 마련된 폭이 좁은 간이의자에 노부부가 나란히 앉아서 엘리베이터 안으로 걸음을 들이는 선희를 훑어보았다. 뜻 없는 눈길이었지만 선희는 그들이 벌써 그녀의 냄새를 맡았으리라고 단정했다. 자신들과 다른 세계의 냄새에 유난히 민감한 사람들이었다. 어쩌면 선희야말로 자신과 다른 세계의 냄새에 무턱대고 적의를 가지는지 모를 일이었다.

엘리베이터 문은 센서에 의해 자동으로 열리고 닫혔다. 선희는 현관층 버튼을 눌렀다. 엘리베이터는 중간에 한 번 더 멈춰섰다. 식당층이었다. 노부부가 굼뜬 동작으로 엘리베이터에서 내리는 사이, 음식 냄새가 선희의 빈 위장을 자극했다. 그들의 오늘 저녁 메뉴는 일식일까, 한식일까. 일식이든 한식이든 뷔페든, 허기로 인한 단순한 연결이었을 뿐 정말로 궁금해서는 아니었다. 게다가 선희에게 노블 팰리스의 식당은 끔찍하리만치 기묘한 느낌을 주는 곳이었다.

식당은 한껏 빼입은 부유한 노인들의 사교장인 동시에 경륜의 경연장이었다. 영양사가 노인의 소화력을 고려해서 영양학적으로 나무랄 데 없는 식단을 짜고, 호텔 주방장 출신의 일류

요리사는 엄선된 재료만으로 조리를 지휘했다. 하지만 결국은 집단 배식일 뿐이었다. 차례를 지켜야 하고 흘리거나 남겨서는 지켜보는 눈들이 께름한 단체 급식. 그 서글픈 식탁을 위해 그들이 지불하는 한 달 식대가 일인당 백만 원을 넘는다는 사실을 듣게 되었을 때 선희는 뒤로 나자빠지는 줄 알았다. 각 호로 전해진 식단표 하단에서 식당 출입시 가급적 복장을 단정히 해달라는 문구를 발견했을 때에는 실소를 금할 수 없었다. 파자마 바람의 부스스한 입성으로는 한 끼 밥조차 허용되지 않는 공공의 식탁이 도무지 행복할 것 같지 않았다.

그러나 그건 어디까지나 자신의 시각일 터, 선희는 갈급한 현실적 과제로 생각을 돌이켰다. 자신의 텅 빈 위장의 행복을 위해, 버스 정류장 앞 편의점에서 컵라면을 익혀 먹을까, 한 줄 천 원짜리 김밥이라도 우겨넣을까, 걸어가는 동안 결정을 내려야 했다.

산 253─1번지

'바다여인숙' 간판을 볼 때마다 선희는 피식 웃음이 새어 나왔다. 바다는커녕 수채 고랑창조차 시멘트 뚜껑으로 덮어 버린 시장통이었다. 길바닥에다 대야째 좌악 끼얹는 구정물 아니면 땟국뿐인 건삽한 동네에 바다라니, 상상력이 지나쳤다. 더군다나 이 개명한 천지에 여인숙은 또 뭔가. 제아무리 허름한 외관에 쥐똥으로 도배한 내부일지언정 버젓이 장이나 여관 정도는 갖다 붙이는 추세도 벌써 낡은 유행이 되었지 않은가.

하긴 중고 가전 제품 수리점인 금성상회와 나이킥신발가게와 꼬꼬통닭집 위로 다락처럼 엉성하게 가로걸려 있는 2층을 한 번 올려다보고 나면 바다는 좀 뭣해도 여인숙이라는 기념비적인 작명에는 대체로 수긍이 간다는 얼굴들을 했다. 원래의 빛깔을 가늠하기 어려운 슬레이트 지붕, 바래고 삭은 두 짝짜리 목재 창틀, 그 한쪽 창틀을 메운 바닷빛 모기장…… 여인숙 외엔 그 어떤 이름으로도 설명이 안 될 분위기였다.

선희는 바로 그 바다여인숙 아래를 지나면서 다시 핸드폰을 꺼내 들었다. 조바심 반 건짜증 반 창대의 전화번호를 눌렀다. 여전히 먹통이었다. 노블 팰리스를 벗어나면서부터 조금 전 버스에서 내릴 때까지 거의 10분 간격으로 전화를 넣었지만 계속 그랬다. 핸드폰을 꺼두었거나 배터리가 다되었다는 뜻인데, 처음에는 그저 가벼운 불안이던 것이 차츰 불길함 쪽으로 걱정이 커져 갔다. 무슨 일이 생긴 것일까. 그렇다면 창대 쪽에서 연락을 했을 텐데, 설마 연락조차 할 수 없는 지경에 처한 건 아니겠지. 선희는 초조한 마음으로 음성 메시지를 남겼다. 죽었니? 살았니? 살았으면 빨리 전화해. 그 비슷한 문장의 문자 메시지도 여러 차례 남겼지만 창대는 여태 종무소식이었다.

선희는 바다여인숙 건물 앞으로 되돌아가 위를 올려다보다가 꼬꼬통닭집으로 들어갔다. 닭집 여자가 졸음을 쫓는 얼굴로 선희를 맞았다.

「한 마리요. 바싹 튀겨 줘요.」

닭집 여자는 튀김솥의 기름 온도를 높인 뒤 냉장고에서 생닭을 꺼내 왔다. 가운데가 움푹 팬 둥근 통나무 도마에 얼다시피 한 생닭을 올려놓고 토막을 치는 동안 선희는 쩐득쩐득한 기름때가 들러붙을세라 몸피를 잔뜩 줄인 채 닭집 여자가 앉아서 길가를 내다보던 의자에 대신 걸터앉아 자신도 여자처럼 길가를 내다보았다.

선희의 눈빛은 몽롱하면서도 진지했다. 닭집은 아니지만 언젠가는 자신의 가게 안에서 거리를 내다보는 것이 선희의 꿈이었다. 선희 저로서는 옷 가게나 패션 소품 가게가 무난할 것 같은데 창대는 카 오디오나 자동차 액세서리용품을 취급하고 싶어했다. 선희가 나중을 생각해서 정비 기술을 익혀 두면 유용하지 않겠느냐고 물었다가, 기름밥은 당최 싫다며 누굴 공돌이로 만들 작정이냐고 펄쩍 뛰는 창대의 빤둥빤둥한 인생관과 부딪치고 말았다.

노는 물이 다르다나 때깔이 어쩼다나, 하여간에 폼생폼사 신봉자인 창대를 믿어도 좋을 것인지 선희도 때때로 답이 헷갈렸다. 그렇지만 새삼 지우고 새로 쓰자니 말자니 할 수도 없는 노릇이었다. 벅벅 지우다 종이만 찢어지는 경우가 왕왕 있는 법이었다. 끝까지 가보는 거지, 뭐. 딱 들어맞는다고는 할 수 없으되 여태 알아 온 남자들보다는 인물이나 언변에서 창대가 앞서는 건 사실이었다. 선희는 창대의 그 미끈함에 끌렸고, 그걸 아는 창대가 가끔씩 무리한 요구를 해오면 미적대다가도 결국은 들어주게 되는 것이었다. 제 눈에 안경이라고 하지만, 그 눈이 하필 맹목이었다.

「튈라, 조심해요.」

닭집 여자는 넋을 흘리고 있는 선희에게 주의를 주고는 토막 친 닭에 반죽옷을 입혀서 튀김솥 안에 빠뜨려 넣었다. 자그르르르, 기름 끓는 소리가 요란했다. 갑자기 정신이 돌아온 듯 선희가 다시 핸드폰을 열었다. 새끼손가락으로 열 개의 숫자들을 재빠르게 꾹꾹 찍어 나갔다.

이번에는 신호는 가는데 전화를 받지 않았다. 선희는 빈방을 사납게 휘젓고 있을 전화벨 소리가 제 고막을 파고드는 것 같아서 부르르 진저리 치며 핸드폰 플립을 닫았다. 관할 소방서에서 독거 노인을 위해 설치해 준 긴급 전화의 벨 소리를 최대한 높여 놓은 건 물론 해주댁이었다. 고모두 참, 가는귀가 먹지도 않았으면서 방 안을 쩡쩡 뒤흔들어 놓을 만큼 음량을 키울 게 뭐야? 간혹 한방에 앉았다가 벼락같이 울리는 전화벨 소리에 기겁을 하며 해주댁에게 핀잔을 주었지만, 그래야 대문간 옆 변소에서도 들을 수 있다는 해명이 돌아올 뿐이었다.

해주댁은 또 마실을 나가고 없는 모양이었다. 무릎 관절이 쑤셔서 걷기가 힘들다는 말은 말짱 거짓이지 싶었다. 해주댁이 가는 곳이라야 언제나 빤했다. 아침저녁으로는 노인 회관에서

어깨 너머로 동전 내기 화투판을 들여다보았고, 낮에는 주로 동네 의원이나 약국을 돌았다. 어떤 날엔 총기 흐린 노인들을 상대로 건강 보조 기구나 보양 식품 판촉을 벌이는 수상쩍은 행사장에 가서 머릿수 채워 주고 박수 쳐준 값으로 먼지 풀풀 나는 두루마리 휴지나 반찬통 세트를 얻어 오거나, 생색 일색인 경로 잔치에 동원되어 가서 눌린 머릿고기 몇 점에 쑥인절미를 집어 먹고 오고는 했다. 얼마 전에는 좀 멀리 무슨 무슨 복지관에서 상설로 연다는 노인 대학 한글반에 등록해서 필기구와 공책 따위를 받아 왔다. 뒤늦게 열심이 났는지 한 며칠 들락거리는가 했더니 이내 때려치우고는 다시 동네 노인 회관으로 복귀했다. 머리에 쥐가 날 것 같잖냐? 애처럼 혀를 쑥 내밀었다 들이며 웃는 바람에 선희도 야단을 못했다.

해주댁은 평생 글씨를 모르고 살았다. 생전에 해주댁의 오빠인 선희의 아버지가 온갖 구박으로 글씨를 가르치려 들었지만, 웬걸, 해주댁은 그럴 때마다 입을 헤벌리고 까막눈 시늉을 했다. 모자라는 듯하지만 아주 모자라지는 않아서 장바구니셈은 어긋나지 않았고 그럭저럭 말귀도 알아먹었다. 하지만 해주댁은 천성이 게으르고 놀기 좋아하고 귀가 얇아서 살기가 고달팠다. 부지런히 손을 놀려도 먹고 살기 빠듯할 마당에 젊어서부터 진득이 일을 붙이지 못하고 구경거리 따라 내빼는 통에 얹혀사는 오빠에게 욕도 많이 듣고 매도 많이 맞았다.

해주댁은 제 식구 없이 혼자 늙었다. 젊어서는 '해주처니'로 불리다가 나이 들면서는 자연 해주댁으로 굳어졌다. 처음에는 일찍 상처한 오빠가 걸려서 혼사를 미뤘고 나중에는 애 딸린 재취 자리도 나서지 않아서 인연 맺음을 포기했다. 시근(始根)이 모자랐어도 모지락스럽지 못한 해주댁이었다. 선희를 낳고 이레 만에 산독증으로 죽은 올케 대신 선희를 씻기고 먹이고 입혔으며, 펼 날 없는 안살림을 재주껏 쪼개 붙였다. 페인트 도장공이던 선희 아버지가 직장암으로 운신을 못하게 되자 죽는 날까지 대소변 치다꺼리를 찡그림 없이 해냈다. 살면서 고집을 세우는 일도 그악을 떠는 일도 적었다.

그런데, 선희는 몰래 고개를 저었다. 남들에게는 미덕이었을 해주댁의 그 모든 헌신이 어쩌자고 자신에게는 비굴한 미련으로 비쳤을까라고. 선희는 해주댁이 있어 자신이 있을 수 있었다는 사실을 부정하지 않았다. 그러나 한편으론 제 의지가 되어 주어야 할 고모가 아버지에 이어 저를 의지붙이로 삼는 현실은 부담스러웠다. 등에 진 짐짝처럼 무겁고 거추장스러웠다.

창대를 만나고부터였는지, 떨쳐 내고 싶은 패도한 욕망이 창대 같은 누군가의 쏘삭질을 필요로 했는지, 선희는 찌든 궁상과 해주댁에게서 달아날 궁리를 세우기 시작했고, 이제는 하나둘씩 실행에 옮기는 중이었다. 배은망덕이라고 손가락질을 해도 하는 수 없는 일이었다. 다행인 것은 해주댁이 법적으로 무의탁의 처지인 데다 생활 보호 대상자로 등재되어 있어서 다달이 정부 보조금이 나온다는 점이었다. 거기에 무료 의료 혜택과 민간 후원 단체의 정기적인 방문과 관리도 받고 있었다. 무의탁 독거 노인치고는 형편이 나은 편이었다. 최소한의 기초 생활은 가능했으므로 선희는 자신의 이기심이 저지를 유기에 대해 죄책감이 한결 덜어지리라고 믿었다. 비록 그 죄책감으로부터 완전히 자유로울 수는 없으리라는 것도 모르진 않았지만.

「다 됐어요.」

닭집 여자가 검은 비닐봉지를 내밀었다. 선희는 만 원권 지폐를 건네고 닭집 여자가 주는 대로 받아 쥔 거스름돈을 세어 보지도 않고 지갑에 쑤셔 넣었다.

선희는 따끈따끈한 온기가 전해지는 비닐봉지를 들고 시장통 길로 나섰다. 오래된 주택가답게 세상살이의 이런저런 수요와 공급의 법칙에 의해 자연적으로 형성된 상권이었다. 그러나 모든 것이 이전 같지 않았다. 투박한 대로 그 거리의 일상을 주도하던 나름의 활기는 자고 나면 한 치씩 뒤로 밀려나 있곤 하는 터 싸움에 휘말려 들어갔을 때처럼 열패감과 조바심으로 꺾이고 있었다. 한 블럭 아래까지 아파트 단지와 단지를 낀 대형 상가들이 반듯한 규모로 들어서고 있어서 삶의 터전이 상대적으로 옹색해져 버린 까닭이었다.

선희는 바다여인숙의 바닷빛 모기장 창문을 올려다보지 않고 빠른 걸음으로 그 앞을 벗어났다. 해주댁으로 인해 더러 낯을 익힌 얼굴들과 부딪쳤지만 모두 데면데면하게 지나쳤다. 선희는 해주댁이 세 들어 사는 집에서 가장 가까운 과일 가게에서 값이 보통 것의 두 배나 되는 크고 좋은 수박 한 덩이를 골랐다. 드문 과용이었다.

해주댁은 아직 집에 돌아와 있지 않았다. 힘 한 번 쓰면 우지끈 넘어갈 것 같은 허술한 쪽문에 두꺼비만 한 자물통이 다물린 채 걸려 있었다. 선희는 허드레 물건들을 담아 두는 궤짝 밑을 들치고 비눗갑 속에서 열쇠를 꺼냈다. 열쇠는 자물쇠 안에서 쉽게 돌아가지 않았다. 지난번에 재봉틀 기름을 칠한 뒤로 한동안 부드러운 기척으로 열리는 듯하더니 요 며칠 꿉꿉하던 날씨가 또 구멍 안에다 녹꽃을 피운 모양이었다. 한참 더 실랑이가 있고서야 간신히 쇠 벌어지는 소리가 나면서 구멍에 박혔던 막대 부분이 튀어올랐다.

선희는 문을 열고 안으로 들어섰다. 부엌이었다. 천장이 낮고 출입문 외엔 빛 드는 창이 없는 구조였다. 부엌에는 언제나 음식 냄새보다 물비린내와 곰팡내와 눅눅한 냉기가 진을 치고 있었다. 전구를 켜면 배수구 둘레의 미끈거리는 암녹색 물이끼가 불빛을 받아 번들거렸다. 부엌을 통과해서 방으로 올라서자면 열쇠로 문을 한 번 더 따야 했다. 집어 갈 것도 없는 살림 단속에 열성을 다하는 이유를 물었을 때 해주댁은 쑥스러운 듯 늙었거나 젊었거나 명색 여자 혼자 사는 처지임을 강조했었다. 그 답을 들었을 때에는 선희도 마음이 시큰 아렸다. 고모는 남자를 알까, 싶었다. 날림 집이라 옆방에 세 든 늙수그레한 홀아비의 밭은기침 소리가 밤에 벽을 건너온다는 말을 전할 때의 고모의 말투에는 분명 내외의 기색이 실려 있었다. 드나드는 시간대가 달라 마주치는 법이 거의 없다면서도. 결코 교태라고 할 수 없는 그 수줍음은 남자에 대한 무지와 낯섦과 기이한 동경에서 기인하는 것이 아닐까, 선희는 짐작했다.

그래도 방에는 들창이라고 하나 뚫려 있었다. 들창은 뒷집 담벼락과 맞닿다시피 붙어 있어서 환풍이 여의치 않았지만 외기가 들이치니 숨쉬기는 나았다. 여기저기 엉성한 꼴을 하고 있어도 세는 만만찮았다. 해주댁의 생활 보조금에서 매달 10만 원이 주인의 손으로 건너갔다. 수도세와 전기세 따위 명목으로 걷어 가는 돈이 별도로 1만 5천 원이었다.

선희는 물정 흐리고 매사 어리숙한 해주댁이 저와는 상의 없이 구해 옮긴 방을 둘러보고는 발칵 성질을 냈었다. 순 도둑년 심보야. 해주댁은 보증금 백만 원짜리 방이 오죽하겠느냐고, 양로원 차례도 쉽지 않으니 그저 감사할밖에라고 선희의 입을 막았다. 주인 여자가 들을지 몰라서였다. 해주댁은 해야 할 말엔 서투르고 저보다 낮게 보이는 사람에겐 약했다. 해주댁이 특히 기신거리는 대상은 주인집 족속이나 각종 정부 보조의 칼자루를 쥐고 있는 통장, 관변 단체나 시설에서 나오는 담당자들이었다. 선희는 해주댁의 그 점을 못마땅히 여겼지만 상전 모시듯 쩔쩔매는 태도를 고쳐 놓을 수는 없었다.

「웬 수박이냐?」

어느새 왔는지 해주댁이 뒤따라 들어섰다. 기분이 좋거나 삐딱하거나 가는 말씨가 늘상 곱지 않은데도 해주댁은 선희만 보면 히쭉 웃었다. 그러고 보니 오빠인 선희 아버지와 조카인 선희에게도 매양 저자세였었다. 선희는 공연히 툴툴거렸다.

「만날 어딜 돌아다녀, 다리 아프다면서?」

「병원 가서 찜질하고 거기서 주는 쪽지 받아다가 약국에 가서 약 타오고…… 근데 뭔 날이냐? 온 닭을 다 튀겨 오게?」

해주댁이 선희가 들고 온 비닐봉지를 풀어헤치며 지레 너스레를 떨었다. 그러나 선희는 해주댁의 혜식은 웃음기에 넘어가지 않았다. 손윗어른이거나 말거나 일마다 미덥지 못한 고모인지라 단단히 잡도리를 해둘 요량이었다.

「허구한 날 병원 가면, 거기서는 반가워라 한데? 약국도 그래. 공짜 약이라고 뻔질나게 타먹으면 뒤에서 욕하는 거 몰라? 그뿐인가? 나중엔 주삿발 약발도 안 듣는다구.」

「애는, 간호사 아가씬지 새댁인지가 얼마나 친절한데. 거기 의사 양반도 싹싹해서, 할머니 쑤시면 언제든지 나오세요, 그런다? 약국에서도 나 들어서기 무섭게 냉장고에서 박카스 비스무레한 것부터 꺼내…….」

「고모!」

선희의 서슬에 해주댁이 움찔 어깨를 좁히며 물러앉았다. 눈 둘 곳 찾지 못해 뚜렷거리는 해주댁이 한편으론 측은해서 선희는 다정까지는 아니어도 어조를 조금 누그러뜨려서 물었다.

「밥은?」

그 한마디에 해주댁이 냉큼 반색으로 다가들었다. 무르디무른 성정이었다.

「너 사온 닭이랑 수박 먹으면 되겠네. 참, 너는? 밥해 주랴?」

「관둬. 여태 밥도 안 먹구 다녀?」

「병원에서 깜빡 잠이 들어 버렸다. 푹 자라고, 부러 안 깨웠댄다. 니 생각하고는 달러. 사람들이 내 형편을 아니까 불쌍하다고⋯⋯.」

「제발 거지같이 굴지 말랬지? 만날 얻어먹고 얻어쓰고 얻어타고, 아주 인이 박였어. 창피하지도 않아? 고모보다 더 나이 많은 호성이 할머니도 닭집 건너편에서 도라지 까고 앉았더라. 아람이 할아버지는 저 아래 아파트에 가서 빈 박스 걷어 오고 아람이 할머니는 새마을금고 앞에서 도토리묵 쑤어다 팔더라. 다들 그렇게 살아. 까짓 돈 몇 푼, 우습지. 어쨌거나 기를 쓰고 살잖아? 기를 쓰고 살려고들 하잖아? 나도 힘들게 일해. 하늘에서 뚝 떨어진 듯이 잘난 척하는 년들 비위 맞춰 가면서 일해. 고모처럼 주는 거 거저 받아먹는 짓 안 한다구. 뺏어서라도, 훔쳐서라도, 사기를 쳐서라도 가져올 궁리를 하지 동냥하듯이 던져 주는 건 안 받아 온다구!」

선희가 악을 써대는 사이 해주댁은 세운 무릎을 두 팔로 끌어앉은 채 쿨적거리고 있었다. 아버지가 살았을 때에도 그랬었다. 해주댁은 매질도 욕질도 피하지 않고 우두커니 앉아서 당하곤 했었다. 선희는 생각과는 다르게 튀어나가는 말들을 수습하지 못하는 가운데에서도 자신이 세상에서 가장 만만한 고모를 상대로 화풀이를 하고 있다는 사실은 깨닫고 있었다. 제발 고모가 맞고함이라도 질러 자신의 말을 막아 주기를 바랐건만, 해주댁은 선희의 악다구니에 백치 같은 울음으로 맞서고 있을 뿐이었다.

형님, 내가 저를 어떻게 키웠는데? 올케 언니, 선희년 낳고 젖 한 번 옳게 못 빨려 보고 죽는 바람에 내 빈 젖 물렸더니, 아이고 어린것이 젖뿌리 빠지게 빨아 대면서 울어 젖히는데…… 그야 젖이 안 나오니까 울지, 배고픈 줄은 아니까. 요샛말로 치면 그게 바로 공갈 젖꼭지지, 안 그래, 형님? 그땐 시절도 그랬고, 민종아리 내놓는 것 부끄러워 낯 붉힐 처녀 적인데도 숨 넘어가게 자지러지는 핏덩이 앞에서는 에라, 가슴 벌려서 물리게 되더라니까. 어떻긴? 얼얼하고 근질거리고, 지금도 그 생각하면 기분이 요상하구먼. 말 말우, 올케 언니 죽고 나서부텀 울 오빤 술에 절어 살았어. 애는 뒷전이고, 죽이 끓는지 밥이 끓는지 살림도 나 몰라라고. 울 언니 안 죽고 살았으면 어쨌을라나 몰라도, 울 오빠 하던 행사로 봐서는 살았어도 고생깨나 했겠습다. 울 언니 대신 그 고생바가지 내가 옴팍 덮어썼지. 울 오빠나 선희년이나 지들 덕에 내가 밥술 안 굶고 산 것처럼 말하지만, 형님, 말이야 바른 말이지, 내 평생 식모살이한 삯이 겨우 고거야. 절반에 절반도 못 미치지, 암. 마누라 죽은 홀애비라고 다 울 오빠처럼 살진 않을 거야. 젊으나 젊은 마누라 따라 못 죽어 애통해하는 것도 아니면서 그냥 맥을 탁 놓고 살데. 거 뭣이냐, 죽을 날 받아 놓은 반송장처럼 말예요. 그래도 좀만 더 버티다가 선희년 시집가는 거나 보고 죽었으면 싶습디다. 저쪽 집에서 고아라고 흉볼 거 아니우. 나 때도 부모 없이 오래비랑 둘이 산다고 남자 집에서 싫어하던데. 그래요, 이제사 말이지만 나도 갈 뻬언, 했지요. 근데 어떻게 가? 홀애비 오빠 걸리고, 어린 선희년 걸리고…… 내 서방 내 새끼 있음 아무리 하늘 똥구녕 밑에 둘뿐인 오빠네 일이래도 차별이 지지. 공치사하려는 거 아니고 형님, 선희년 날 숫제 거지 취급 하는 게 서러워서 그럽니다. 내가 거지면 지년은 거지 조카밖에 더 되우? 내사 이름도 못 옮기겠는 노…… 뭐라는 데 일 댕기기 시작함서부터 날 아주 깔아 본다니까. 왜, 돈 많은 영감 할망구들이 집 두고 자식 두고 들어가 산다는 데 있잖우, 남이댁이 소개해서 들어간 자리. 노…… 뭐라고 입에도 안 붙는 기다란 서양 이름 붙여 봤자 우리말로 하면 양로원 아니겠우? 돈이 있다뿐이지 지들이나 우리나 젊은것들한테 밀려나긴 마찬가지면서 웬 호령은 어지간히 해쌓는가 봅디다. 형님, 한 잔 더 줘요, 아끼지 말고 꼭꼭 채워서. 울 오빠 술로 보내서 날랑은 절대 안 마실 거 같애도, 그래도 서럽고 더러울 땐 술이 좋네요, 형님.

바다여인숙

　아예 허물고 새로 짓거나 개보수로 안팎을 쇄신하는 주변 상가 건물들 사이에서 바다여인숙만이 옛 모습 그대로 볼썽사나운 몰골이었다. 비교적 고른 치열 가운데 까맣게 썩은 옥니 하나가 콕 박혀 버티는 것처럼 보였다. 지은 지 30년을 넘겼다니 선희보다 세상을 더 오래 구경한 셈이었다. 2층 여인숙으로 오르는 계단은 좁고 가팔랐다. 그녀는 계단 끝에 올라서서 숨을 골랐다. 기척을 들었는지 내실 유리창 너머로 최씨의 머리통이 불쑥 떠올랐다. 보통 땐 딱 한 사람 발 뻗을 자리가 되는 내실 바닥에 팔을 괴고 누워서 텔레비전을 보고 있다가 누군가가 유리창을 두들기면 그제야 굼뜨게 몸을 일으키고 밖을 내다보는 게 순서였다.

「창대 나가고 없는 것 같던데?」

「나가고 없어요? 아직 안 들어온 게 아니구요?」

「아까 낮에 들렀댔지. 담배 사러 밑에 내려갔을 때 나랑 엇갈렸으니까⋯⋯.」

「그럼 자고 있겠네요, 뭐.」

　딴에는 긴장이 풀려서 깊은 잠에 빠졌었다면 전화를 못 받았을 수도 있었겠다, 성급하게 앞서려는 선희의 이해심을 최씨가 여지없이 뭉개 버렸다.

「웬걸, 타고 왔던 차도 안 보이던데?」

「차를⋯⋯ 타고 왔어요?」

선희는 거칠고 물기 없는 음식을 넘기는 것처럼 마른침을 꿀꺽 삼키고 나서 떨떠름하게 되물었다. 그러자 최씨는 하품 끝의 물기를 눈가에 그렁하게 매단 채 창대의 품행을 비꼬았다.

「창대야 늘 매물로 나온 차, 소장 몰래 끌고 다니잖아? 시험 운전은 핑계고 그럴듯하게 보여서 헛바람 든 여자애 꾀려는 수작이지. 거기도 그렇게 넘어갔지?」

선희는 대답 없이 복도로 몸을 돌렸다. 반백수 최씨의 훈계를 듣느니 창대가 장기 투숙객으로 들어 있는 방에 가서 청소나 하며 그를 기다릴 일이었다. 창대는 중고 자동차 영업소에서 일했다. 처음 창대를 만났을 때 그는 자주색 코란도를 몰고 있었다. 선희는 당연히 코란도가 창대의 소유일 것으로 생각했다가 실망한 것은 사실이었지만 그땐 이미 그의 반들반들한 외모와 구변에 넘어간 뒤여서 그 부분에 대해선 크게 염두에 두지 않았다. 요즘 세상에 자동차야 얼마든지 굴릴 수 있는 필수품이니 새 차인들 장만 못할 이유가 없었던 것이었다. 그녀만 해도 나중에 자신의 가게를 내기 위해 모으고 있던 돈을 털어 자동차부터 살 형편이 되었다. 비록 지금은 그 돈조차 창대에게 빌려 주고 빈 통장이었지만.

방문을 열었다. 창대는 문을 잠그지 않고 다녔다. 주로 눈을 붙이기 위해서나 선희랑 노닥거리기 위해서 드나드는 방이니만큼 값 나갈 만한 물건을 갖추어 두지도 않았다. 상시 펼쳐 놓은 이부자리에다 옷가지와 슬리퍼와 세면 도구 따위가 손 편하게 널려 있는 정도였다.

그런데…… 방 안으로 들어서는 순간 선희는 뭔가 휑해진 느낌을 받았다. 정돈이 되었다기보다는 어딘지 휑하니 비어 있다는 느낌이 정확할 터였다. 모처럼 개켜져 있는 이부자리, 무심히 흔들어 보니 다 써서 버려야 할 스프레이 무스통, 바닷빛 방충망이 쳐진 창 앞에 놓인 재떨이……들. 남의 손을 탈 염려는 있지만 이래저래 늘어나게 마련인, 사람 드나드는 자리의 기본이랄 수 있는 소지품들의 자취 없어짐. 그랬다. 어제와 확연히 달라진 방 안의 풍경이었다.

선희는 계속 밀어내고 있던 희미한 불안이 구체적인 형태를 띠고 엄습해 오는 충격에 사로잡혀 방 안을 서성거렸다. 그러다가 바닥에 털버덕 주저앉았다. 마지막으로 자신의 경악에 찬 시선을 붙들었으며, 그로써 불안의 정체가 더욱 명확해질 수밖에 없었으며, 그럼으로 최후 통고장처럼 되어 버린, 유일하게 남아서 벽을 장식하고 있는 물건의 질타를 똑똑히 알아들은 때문이었다.

이 헛똑똑이야! 그러게 내가 아무도 믿지 말랬지!

벽에 걸린 채 선희를 조소하고 있는 것은 연하고 흐린 국방색 점퍼와 챙모자였다. 상습 병목 구간의 갓길에 봉고차를 세워 두고 전투기 조종사용이라며 너스레를 떨던 사내에게서 선희는 그 점퍼를 샀다. 창대가 마음에 들어 해서였고 선희도 무언가 기념이 될 만한 것을 사주고 싶어서였다. 사내는 피엑스에서 뒤로 빠진 진품이라고 후려쳤지만 선희도 창대도 그 말을 믿을 만큼 어리석지는 않았다. 점퍼는 청계천이나 남대문에서 흘러나왔을 것이지만 그러려니 속아 주는 체하고 대신 값을 조금 더 깎았을 뿐이었다. 그리고 그것은 이제 조종사용 점퍼가 아니라 선희보다 덜 어리석은 창대가 벗어 두고 간 허물에 불과했다.

야, 니네 엄마가 너 가졌을 때 이글거리는 용광로가 아가리를 쩌억 벌리고 온갖 쇠붙이를 집어삼키는 꿈을 꿨다고? 거짓말이지? 울 엄마는 나 가져서 꽃밭에 앉아 울었대더라. 붉은 꽃들이 자욱이 피어 있는데 그게 그렇게 슬프더랜다. 고모가 얘기해 줬지. 늙은 처녀 고모. 지금쯤 한잔 꺾고 있겠다. 고모가 거지냐고 박박 긁고 왔거든. 거지보다 더한 등신 주제에 꼴값을 떨었어, 내가. 그런데 너 왜 내게 이런 짓을 하니? 하필 왜 나니? 짜고 치는 고스톱인 줄 알고 속은 나도 한심하지만, 야, 나 같은 애한테까지 사기나 치고 돌아다니는 너란 새끼도 참 한심한 악질이다. 벌써 또 어디선가 작업에 들어갔겠다? 오늘 날치기한 그랜저 팔아넘기기 전에 너 입버릇으로 주워섬기는 쭉쭉빵빵 태워서 재미 볼 것 다 보고, 털어먹을 것 다 털어먹고, 그다음엔 나같이 한심한 고년 미끼로 세워서 한탕 치고 잠수 타겠지? 생각처럼 쉽게 접힐 일이 따로 있지. 그게 어떤 돈인데, 어떤 위험 부담을 지고 빼돌린 찬데…… 미친개에게 물린 셈 쳐? 교통사고 당한 셈 쳐? 그렇담 창대 넌 미친개고 뺑소니 도주범이야. 가해자가 무면허에 주거 부정이니, 피해자야 후유증으로 반신 마비가 오든 비명횡사를 하든 법이 무슨 소용이겠냐? 그냥 재수 더럽게 없었던 거지. 그리고 너, 너 기어이 달아 넣어 봤자 나도 안전하지 못할 거라고 계산했을 거고. 맞아. 나 끽소리도 못해. 그 새끼 잡아 달라고 어디 가서 하소연을 하겠니, 넋두리를 하겠니? 니 꿍꿍이대로 나도 공범인데. 그런데 한 가지 궁금한 게 있다. 그 꿈 정말 니네 엄마가 너 가져서 꾼 거 맞을까? 울 엄마는 정말 꽃밭에 앉아서 울었고? 너도 전에 나더러 궁금하다며 물었었지? 왜 열쇠나 끝이 뾰족한 쇳조각으로 멀쩡한 것마다 몰래 긋고 다니느냐고? 그랬어. 난 멀쩡한 것을 견딜 수가 없어. 생채기를 내고 싶거든. 그 상처가 바람에 닿아 발갛게 피워 올리는 녹꽃을 보고 싶거든. 이제 알 것 같네. 울 엄마가 꿈에서 본 붉은 꽃, 아마 붉은 쇳가루가 땅에 떨어져서 피운 녹꽃이었을 거야. 그리고 울 엄마가 꿈에서 운 건, 세상을 가득 덮은 그 녹꽃에 가려 내가 보이지 않아서였을 거야. 세상을 녹꽃이 뒤덮어 버리게 된 건, 세상의 모든 사람들이 저마다 몰래 생채기를 냈기 때문일 거고, 그 상처에 바람이 닿았기 때문일 거고, 파슬파슬한 붉은 가루가 땅에 떨어져서 마침내 꽃을 피웠기 때문일 거야. 베어지지도 않고 썩어 넘어지지도 않는 붉은 꽃, 쇠꽃을 말이야.

남루를 짓다

되네, 안 되네, 몇 달을 끌어 온 일이긴 했어도 들을 때마다 여전히 생급스럽다고 할 수밖에 없는 아내의 요구를 들어주기로 한 건, 그 요구의 타당성을 인정해서가 아니었다. 더 이상 어떤 수완과 뚝심으로도 아내의 집요한 애원을 돌려놓을 수 없으리라는 판단이 선 때문이었다. 아내는 애원만 한 게 아니었다. 점점 간곡해지는 부탁이었다가, 눈물 어린 호소였다가, 그들 두 사람이 이룬 역사의 왜곡과 날조를 앞세운 독설이었다가, 급기야 목숨을 담보로 하는 협박으로 이어지는 데에는 그로서도 당할 재간이 없었던 것이다.

'그래, 가라. 네 말대로 어느 하늘 아래를 떠돌아다니다가 칵 죽어 버려라. 그악스럽게 드러낸 네 밑바닥의 실로 흉흉한 풍경처럼.'

그러나 결심에 잇댄 악담으로도 그는 전혀 후련해지지 않았다. 홀가분은커녕 시커먼 잿가루 들어찬 폐 속처럼 먹먹했다. 으아아아. 그는 길을 가다 문득 멈춰 서서 소리를 질렀다. 지나가던 사람들이 그의 날벼락 같은 포효에 움찔 물러섰다. 비좁은 전철에서 발이 밟혀도 화낼 줄 모르던 그였지만 누가 한마디만 쓴소리로 끼어들면 그대로 턱을 날려 버릴 것 같은 기분이었다.

그는 병원 신축 부지로 공고된 나대지 한편의 포장마차로 기웃기웃 다가갔다. 짧은 주저 끝에 주황색 휘장을 걷었다. 실내나 다름없는 공간임에도 안은 그리 갑갑하지 않았다. 스며드는 햇빛이 일찌감치 불을 밝힌 알전등을 실없이 놀리고 있을 만큼 충분히 환했다. 무와 멸치와 다시마로 우려내는 꼬치어묵 국물조차 멀겋게 비린, 술판을 벌이기엔 아직 이르다 싶은 시간대였다. 주인 여자도 들어서는 그를 보고 얼핏 애매해하는 낯색을 지었다.

「어쩌나, 이제 막 시작인데.」

그렇다고 개시 손님을 섣불리 내치는 말투는 아니었다. 그런 참이니 양해하라는 뜻으로 들렸다. 그도 망설일 것 없이 초록색 간이의자를 끌어다 엉덩이를 걸쳤다.

「뭘루 드릴까?」

쓸쓸함인지 더러움인지 쓸쓸하고도 더러운 그 어떤 것인지, 갈피를 잡기 어려운 기분에 이끌린 발길이었는데 막상 의자를 당겨 앉고 보니 갑자기 술 생각이 급해졌다.

「씹을 건 아무거나 순서 되는 걸로 내시고, 우선 소주부터 한

110

병 주세요.」

아이스박스에서 나온 소주는 그런대로 마실 만했다. 주인 여자가 멸치 한 줌에 고추장을 덜어 플라스틱 접시에 담아 내는 새, 그는 거푸 두 잔의 소주를 털어 넣었다. 달고 독한 액체는 목젖으로 넘어가자마자 화톳불로 변해 종일 비워 둔 내장을 홧홧 달구었다. 말라붙었던 혈관이 한달음에 벌떡벌떡 일어서는 듯했다. 새로 공기를 주입한 타이어처럼 빵빵해지는 느낌이 오랜 술꾼의 첫 잔처럼 얼마간 진정의 효과를 가져다 주었다. 세 잔째 술을 채운 뒤부터는 그도 속도를 늦췄다. 속도가 늦춰졌을 뿐 아니라 아예 감질나게 찔끔거리는 주법으로 바뀐 걸 보고서야 주인 여자는 불안해하던 눈치를 거두고 손에서 뗐던 도마질로 돌아갔다.

그는 술을 마시다 말고 손목시계를 풀어 호주머니에 집어넣었다. 아내와 약속한 시간이 다가오고 있었지만 개의치 않았다. 조바심 따위를 낼 까닭이 없다면 없는 약속이었으니까. 결심을 했다고는 하나 결행까지 또 얼마나 더 전력을 소모해야 할지 모르는 일이었다. 마지막까지 버텨서 나쁘지 않다는 게 그의 솔직한 계산속이기도 했다.

「맘 상하는 일이라도 있으신개벼. 하긴 요새 같아서야 멀쩡하게 시시덕거리는 놈들은 다 나랏돈 해 처먹은 도둑놈으로 뵈는 세상이니.」

위기일발의 도마뱀 꼬리도 아니고, 종결 어미를 잘라먹는 여자의 말버릇이 듣기에 매끄럽지는 않았다. 워낙 말투가 그런 모양이었다.

「날은 후텁지근하고, 가물어 난리 치고 나면 고담엔 한바탕 억수장마 지고…… 개똥밭에 호박 구르듯 정치판이 지멋대로 굴러가니까 하늘도 에라 모르겠다 중구난방이지 뭐여요.」

주인 여자는 준비가 덜된 미안함을 밑천 안 드는 말 상대로 때우려는 심산인가 보았다. 하나마나 한 기상 촌평에 요령부득의 세태 비평을 얼렁뚱땅 비빔질해 말 안주라고 늘어놓는 품이 술꾼 상대에 제법 이력이 붙은 깜냥이었다. 한 뼘이나 넘게 남은 해 부끄럽게끔 일찍 술자리를 튼 멋쩍음을 그도 희떠운 맞장구로나 털어 낼까 싶었다. 내압을 견디려면 그편이 나을 터였다. 그래 그의 말이 체신 없이 길어지고 있었다. 생판 처음인 푼수짓이었다.

「서비스 정신 못잖게 우국충정에서 비롯된 직언까지라……. 아주머니, 실은 나 공무원인데요? 나랏돈 싹 해 처먹지는 못했어도 한자리 눌러앉아 밍그적밍그적 죽친 세월이 벌써 십수 년이니 그간 만만찮게 축을 냈다고 봐야죠. 허면, 좀도둑 정도는 되는 셈이지요?」

「아이고, 뻔한 선무당질 해보려다 초장부터 삔뜨 어긋나 부렸네. 아무래도 오늘은 요놈우 입단속 철저히 하란 계시지 뭐겠어? 흘려 들으셔요.」

흘려듣다마다, 낭창낭창 흐드러지는 꽃노래도 아닌 것을. 아

내의 요구도 노상 긁어 대는 바가지처럼 흘려들을 수 있었다
면, 그럴 수 있었다면……. 아내가 그렇듯 끈질긴 줄은 그도 몰
랐었다. 돌이켜 보면 수월하다 못해 그만 만만하게 여겼달 정
도로 내주장이 없던 사람이었다. 형수와의 고부간 불화로 인해
어머니의 거취 문제가 새롭게 거론되었을 때에도, 전망 없어
보이는 매형의 신용 보증을 서게 되었을 때에도, 적잖은 보증
의 피해를 떠안기는 것으로도 모자라 파산 끝에 결국은 갈라서
고 만 누나네 딸아이까지 더부살이 식구로 들여앉히게 되었을
때에도, 아내는 라디오 방송국에 투고된 남의 집 사연처럼 다
소 상기된 채 경청하는 것으로 그만이었었다. 적어도 그가 느
끼기엔 그랬었다.

한마디로 아내는 다소곳하고 입이 무거운 여자였다. 시가 일
에 초싹초싹 참견하는 법이 드물었고, 친정에 생긴 사정은 웬
만큼 큰일이 아니고는 물어 나르지 않았다. 애당초 갈등의 소
지를 만들지 않는 아내의 처세를 모두들 보물처럼 귀히 여겼었
다. 아니, 처음 얼마 동안은 그랬던 것 같으나 차츰 편하게 길
들여져서 아내의 시각, 며느리의 입장은 완전히 배제되기에 이
르렀다는 게 옳겠다. 쉽게 보인 사람이 매사 트집쟁이인 사람
보다 대접받기 힘든 것과 같은 이치였다. 얼마나 염치없는 짓
이었던가는 아내가 이혼을 요구하고 나서 무엇이 그녀로 하여
금 그런 요구를 들이밀게 했을지를 곰곰 되짚어 보게 되었을
때에야 비로소 깨닫게 된 점이었다. 그렇다고 바로 그 때문이

라거나 몰염치한 따돌림에 대한 노여움이 쌓인 때문은 아니라고 아내도 분명히 말하지 않았던가.

—내가 어머니를 모시지 않겠다고 뻗댔으면, 고모부 보증 서는 일 말렸으면, 한 다리 건너 천 리라는데 내 자식 둘도 버거워 허덕이는 마당에 내 집 살림 덜어 먹은 시누이 딸애까지 챙겨야 하느냐고 따졌으면, 그랬으면, 당신 내 말 들어 주었겠어요? 순순히, 당신 의사가 그러면 그렇게 하지, 했겠어요?

그는 할 말이 궁했다. 겉으로야 눈알 부라리는 시늉으로 방어를 했지만 내심은 뜨끔해서 쥐구멍 찾기였다. 뭐 뀐 놈이 성낸다고, 덮어도 시원찮을 지나간 대소사를 그가 앞질러 제 입으로 들추며 당신을 못 견디게 한 게 그 때문이었냐고 다그쳤던 참이었고, 그러자 아내도 전에 없이 두 눈을 똑바로 뜨고 조목조목 그에게 되물어 왔던 것이었다. 그는 자신 없이 우물거렸다.

—그러게 의논을 하자는 거 아니었냐구. 불만이 있었으면 그때그때 털어놨어야지, 이제 와서 불쑥 이혼하자니, 말이 돼?

아내가 가만 고개를 저었다.

—그 때문이 아니에요.

—그럼 뭐야? 뭣 때문이야?

아내는 베란다 너머 허공을 응시하며 조용히 말했다.

—난, 그냥, 여기서 나가고 싶어요.

숨이 막혀서 견딜 수가 없다고, 창문을 열고 아래로 뛰어내리고 싶을 때도 있다고…… 아내는 실로 끔찍한 일을 겪고 있는 사람처럼 말했다. 그러나 그로서는 아내에게서 그런 말들을 들어야 한다는 사실 자체가 끔찍한 일이었다.

속에서 뜨거운 것이 치밀었다. 벌써 술기운일 리 없었다. 그는 아내인 듯 앞에 놓인 술잔을 노려보았다. 내가 널 한데에 내동댕이 쳤더냐고, 내가 널 불구덩이에 가두었더냐고, 그는 술잔에다 따져 물었다. 술잔에 잠긴 아내는 묵묵부답이었다. 가소로운 도리질이었다. 그는 용서하지 않겠다고 웅얼거렸다. 아내를 씹어 삼키듯 잔에 남은 술을 한 번에 털어 넣었다. 액체는 식도를 타 넘어가고 용서할 수 없는 아내는 그의 목구멍에 턱 걸렸다. 그는 다시 풀이 죽었다.

'아내는 나의 무엇을 용서할 수 없었던 걸까.'

물론 아내에게도 그렇게 물었었다.

—내 잘못을 말해 주면 지금이라도 용서를 구하겠어.

평소의 그라면 결코 입 밖에 내지 못할 사과의 말이었다. 그만큼 절박했었다. 아내는 한숨을 쉬며 부인했다.

—몇 번이고 말하지만, 당신에겐 잘못이 없어요. 용서는 내가 당신에게 구해야겠죠. 이렇게 당신을 괴롭히고 있으니.

아내가 아무리 아니라고는 해도 그로서는 믿기 어려웠다. 아내야말로 아무 잘못이 없는 여자가 아니었는가. 아내의 말대로 잘못이 그녀에게 있다면 그건 자신이 재량할 몫이라고 그는 생각했다. 원인이 남편인 그에게 있지 않다면 더더욱 아내의 이혼 제기는 부당했으므로.

그런데도 아내는 요지부동이었다. 수그러들 줄 모르는 아내의 태도는 그를 혼란스럽게 했으며, 화나게 했으며, 뻔뻔스러워지게 했으며, 어느 날은 그를 인사불성으로 취하게 했으며, 어느 날은 그로 하여금 방문 밖으로 뻗어 나가는 고함을 내지르게 했으며, 손찌검을 행사하게 했으며, 나무토막처럼 뻣뻣이 굳은 아내의 몸을 사정없이 짓눌러 대게 했으며…… 그는 씨근덕거렸으며, 아내는 입술을 깨물고 흐느꼈으며, 그들의 관계는 돌연 삭막해졌으며, 돌이킬 수 없을 만큼 처절해졌으며……. 어쩌면 아내의 이혼 제기가 있은 다음부터 하나 둘 이혼의 사유를 급조해 가고 있는 것처럼 보일 지경이었다.

「오만 죽상을 긋고 있으니 일손이 안 잡히네. 무슨 속 쓰린 사연인진 모르겠지만…….」

주인 여자가 설끓은 어묵 국물과 함께 양념을 발라 구운 장어를 안주로 내놓고는 그가 어느새 반 남짓 비워 낸 소주병을 제 것인 양 거침없이 집어 들었다.

「자요, 내 한 잔 드릴게. 팁은 안 꽂아 줘도 되니까 부담 놓으시고.」

그는 여자가 채워 준 잔을 비웠다. 상술인지 인정인지, 여자의 수더분한 넉살은 과속 방지 턱처럼 급전직하로 치닫는 그의 감정에 살포시 제동을 걸었다. 그는 자신의 무장을 해제시키고 싶은 기분에 휩싸였다. 타인에게 속내를 열어 보이는 짓은 그

116

의 성정으로는 쉽지 않은 노릇이었다. 충동이 문득문득 일지 않은 건 아니었지만 실제로는 단 한 차례도 입을 열지 못한 그였다. 구차한 방법이긴 해도 동료 중의 한 사람에게 생긴 일인 것처럼 꾸며서 다른 친구의 조언을 들어 볼 생각도 했었다. 내가 아는 어떤 사람이 느닷없이 자기 아내로부터 이혼 통보를 받았다는데 말이야, 하는 식으로. 그러나 그 경우 발설자의 실제 상황으로 넘겨짚이기 십상이었다. 그 정도 눈치들은 다 굴리고 사는 인생 40줄이었다.

그는 자신의 처지가 주위에 알려질까 봐 못내 두려웠다. 알려지게 되면 부끄러워 혀를 깨물고 싶어질 것 같았다. 아이들이 입을 상처나 양가의 파문 운운은 얼마쯤 핑계였다. 아내의 건강에 대한 염려도 반쯤은 허울이었다. 아내도 그 점을 간파했다.

―애들을 볼모로 세우는 것이 개들에겐 더 큰 상처예요. 내건강요? 제발 솔직해져 봐요. 당신은 남의 이목이 무서워 당신차에 한동네 사는 여교사도 못 태워 주잖아요.

맞는 말이었다. 그의 율법적 자의식은 고정불변의 공식처럼 확고했다. 어머니나 형, 그리고 누나에게 사태의 발생과 진상을 털어놓는 것조차 그 알량한 체면이 가로막았다. 어차피 알게 될 걸 가지고서라는 것은 나중에나 생각할 일이었다. 나중으로 밀려난 건 또 있었다. 아내에게 닥친 위기감의 정체, 균열의 본질, 그런 문제들에 대한 진지한 접근.

그는 조롱거리가 되고 싶지 않았다. 비웃음을 사고 싶지 않았다. 가르치는 학생에게 폭행을 당한 동료 교사의 불운을 동정하면서도, 그 패악 무도의 작태를 태연히 자행한 문제 학생과 그 나물에 그 밥 격인 문제 학생의 문제 부모에게 누구보다 비분강개하면서도, 속으로는 얕잡혀 보인 동료에게 한심스러움을 가졌던 불편한 기억이 자꾸 떠올랐다. 그 구도와 이 구도가 뭐가 다른가, 그 수치와 이 수치가 어디가 다른가, 가당찮은 비교에 때 없이 매달렸다. 그때마다 그는 화끈 낯이 달았다. 목덜미까지 벌게져서 자신의 천협함으로 인한 이중성과 평판에 노심초사하는 부자유를 부각시켜 준 아내에게 치를 떨었다.

그 아내는 지금쯤 그를 기다리고 있을 터였다. 아내가 일방적으로 별거를 선언하고 집을 나간 지 꼭 일주일 만에 그가 손을 들었던 것이다. 그 외중에도 집에다가는 아이들의 외할머니가 큰 수술에 들어간 걸로 말을 지어 놓았다. 끝까지 그는 그런 식이었다. 아내는 그의 거짓말에 찬성하지는 않았지만 그의 위선을 내버려 두었다. 아내도 끝까지 그런 식이었다. 이혼에 관한 한 물러서지 않는 고집을 제외하고는 지난 10년 동안 대체로 그래 왔듯이.

「괜찮으시면, 아주머니도 한 잔 받으세요.」

그는 우두커니 카페의 출입문을 바라보고 있을 아내를 지우고 주인 여자에게 빈 잔을 내밀었다. 공연한 반발심이었는데, 그가 생각하기에도 썩 익숙한 처신은 아니었다.

「아무렴요, 가는 정이 있으면 오는 정도 있어야지. 술맛이건

살맞이건 제 임자 것보단 남의 임자 것이 더 다디달더란 말
예요.」

여자는 말 끄트머리에 호호, 하고 비윗살 좋은 웃음을 달았
다. 수더분하니 좋이만 봐줄 일이 아닌 듯싶었다. 객설스러울
뿐 아니라 음분스러운 데가 있는 여자였다. 오지랖 넓은 것과
헤픈 것을 다르게 치는 건 무엇이든 악착같이 세분해 구별하는
사람의 해석이고, 아무튼 그에게는 거기서 거기인 동질의 천격
스러움으로 비치는 것이어서 질색이었다. 그는 여자와 한두 마
디라도 더 섞기를 그즈음에 포기했다. 자칫 속내를 열었다가
덩달아 체모 없어지지 않은 것이 다행이었다.

그는 여자에게서 돌아온 잔을 거푸 돌리지 않고 혼자서 술을
따르고 천천히 비웠다. 거의 한 병을 비워 나갔을 때 두세 사람
쯤 천막 쪽으로 다가드는 기척이 났다. 휘장이 거침없이 들쳐지
고, 동시에 주인 여자의 고개가 그쪽으로 돌아갔다. 인근 공사
장에서 바로 몰려왔는지 작업복 차림들에 안전모를 썼거나 손
에 든 사내들이었다. 새로 들이닥친 술꾼들과는 안면이 익은지
서로 던지고 받아치는 인사가 제법 질탕하고 호들갑스러웠다.

그는 마침 잘되었다 싶어 젓가락도 대지 않은 장엇값을 착실
히 치르고 밖으로 나왔다. 주인 여자는 퇴장하는 술꾼에겐 벌
써 건성인 티를 역력히 냈다. 반 병 정량을 넘긴 음주임에도 그
의 정신과 보행은 멀쩡했다. 취기 대신 허탈감이 밀려들었다.
그는 횡단보도 앞에 서서 신호가 바뀌기를 기다렸다. 맞은편

상가 건물 위로 지는 노을이 붉었다.

　그녀는 횡단보도를 건넜다. 팬시점 앞을 지날 땐 잠깐 은비 생각을 했다. 그녀가 집을 나오던 날 오후, 은비는 마시마로 인형을 갖고 싶다고 시누이에게 전화로 조르는 중이었다. 통화 내용을 옆에서 듣던 시어머니가 필시 남편에게 그 말을 전했을 것이고, 남편은 대형 팬시 전문점에서 은비가 갖고 싶어하는 커다란 엽기토끼 인형을 사다 주겠다고 풀 죽어 있는 아이를 구슬렸을 것이다. 그게 일주일도 더 전의 일이었으니까 그저께 일요일쯤 함께 팬시점을 다녀왔을 수도 있었겠다. 애틋한 부녀 지간처럼 베스킨라빈스 아이스크림을 나눠 먹었을 수도…… 있었겠다. 그 애가 원한 마시마로는 너무 덩치가 커서 옆 의자에 따로 앉혔겠지…….

　그녀는 천천히 걸었다. 날빛이 어두워지면서 상가의 네온 간판에는 하나 둘 불이 들어오기 시작했다. 그녀는 서두르지 않았다. 전처럼 달음박질치듯 집으로 돌아가지 않아도 되었고, 옷을 갈아입자마자 주방으로 뛰어들지 않아도 되었다. 지난해까지 그녀는 쫓기는 사람처럼 살았다. 아니, 쫓기며 살았다. 그때까지 그녀는 중학교 양호 교사로 재직했었다. 학교를 그만둔 뒤 그녀가 제일 먼저 한 일이 보폭을 줄이고 자꾸 앞으로 쏟아지려는 가슴을 바로 세워 주는 것이었다. 천천히, 처언……천히. 수술로 곧 사라져 버릴 가슴이긴 했지만.

그녀는 유방 절제 수술을 받기로 하고 그참에 아예 사직서를 내면서 남편에게는 두 가지 뉴스를 다 전하지 않았다. 감추거나 지연시키려던 게 아니라 말하고 싶지 않아서였다. 남편이 알고 있는 대로 속이 깊어서도 아니었으며 충격을 받아서도 아니었다. 고백하면, 말할 필요를 느끼지 못해서였다. 그 두 가지 뉴스는 전적으로 그녀에게 속한, 그녀만의 문제였다. 남편에게도 아내인 그녀에게 말할 필요를 느끼지 못했던, 그 자신에게 속했던 그만의 문제가 있어 왔던 것처럼. 그리고 그녀는 결심을 했다. 남편과 헤어지기로.

전날 처음으로 원하는 대로 해주겠다는 말을 들었을 때 그녀는 남편에게 고맙다고 말했다. 전화를 내려놓고 나서야 그 말이 적절치 못했음을 깨달았다. 미안하다는 말이 훨씬 나았을 텐데 그랬다. 그 쉬운 말이 왜 제때 나와 주지 않았는지 모르겠다. 그녀는 남편처럼 어휘를 잘 골라 쓰는 타입이 못 되었다. 특히 자신의 감정을 설명하는 데 서툴렀다. 왜 집을 나가고 싶어하는지 설명하는 일은 더욱 어려웠다. 그러지 않으면 미쳐버릴 것 같다고, 숨이 막혀 죽을 것 같다고, 고작 그런 모호한 하소연이 다였다. 나는 왜 집에서 나가고 싶은가, 자신에게 물어봐도 마찬가지였다. 숨을 쉴 수 없다고, 관 속에 누워 있는 것 같다고⋯⋯. 설명하기도 어려운데 설득이라니, 전략 없는 전쟁처럼 지리하고 어리석은 대립의 과정이었다.

그래 놓고도 남편은 약속 장소에 나타나지 않았다. 그녀는

오래 기다리지 않았다. 시간 약속에 철저한 편인 남편이 통보 없이 한 시간을 넘길 때에는 안날의 통화 이후 다시 심각한 갈등에 빠져들었다는 뜻이었다. 이해할 수 있었다. 남편의 휴대 전화기는 꺼져 있었다. 그 자신이 정한 약속을 하루 만에 번복한 셈이지만 여태까지의 한결같은 거부에 비하면 상당히 진전된 상태라고 봐도 무방했기에 그녀는 어떤 항의의 메시지도 남기지 않았다. 몰아치면 발끈해서 다시금 틀어 버릴지도 모를 일이었다.

그녀는 펫 숍을 겸한 동물 병원을 지나쳤다. 다른 날 같았으면 유리창 너머 철제 울타리 속에 갇힌 어린 짐승들을 물끄러미 들여다보다가 걸음을 뗐을 것이었다. 조그만 봉제 완구처럼 몸을 말고 잠에 빠져 있거나 바깥을 향해 유리면에 앞발을 세우고 낑낑대는 어린것들은 이상하게 그녀의 마음을 불편하게 했다. 그녀는 온누리약국과 크라운 베이커리 사이 좁은 통로 앞에서 걸음을 멈추었다. 지하에 있는 명가수노래연습실 입구였다. 조악한 붉은색 카펫이 깔린 층계를 내려가서 노래연습실 출입문을 밀었다. 그러고는 언제나처럼 카운터를 지키고 있는 뚱뚱한 여자에게 한 시간치 선불 요금을 치렀다.

「생수도 한 병 주시구요.」

말이 떨어지기도 전에 노래방 여자의 손이 먼저 냉장고 속으로 들어가 있었다. 노래방 여자는 입력된 순서대로 움직이는 프로그램처럼 그녀가 원할 것을 미리 알았다. 새삼스레 요청하지 않아도 가장 구석방으로 안내받을 수 있는 것 역시 그녀가 몇 달째 며칠 건너씩 들르는 단골이기 때문이었다. 늘 혼자였으므로 한번은 노래방 여자가 그녀에게 〈주부가요열창〉에 나가기 위해 연습 중이냐고 물어 왔었다. 그녀는 그렇다고 고개를 끄덕여 주었었다. 그 후론 눈인사와 요금만이 오고 갔다.

노래방 기기를 마주 보고 앉으면 그녀는 리모컨을 들고 아무 숫자나 되는 대로 누르곤 했다. 출생 연도나 생일, 아파트 동 호수나 자동차 등록 번호 같은, 지체 없이 떠올릴 수 있는 숫자들을 찍다가 나중에는 따라 부를 만한 노래가 뜰 때까지 무작위로 찍어 댔다. 그녀가 세균이 우글거릴지도 모르는 마이크를 붙잡고 노래를 부르는 건 딱 한 가지 이유에서였다. 그녀는 제 속에 갇힌 소리들을 퍼 올리고 싶었다. 하고 싶었던 말, 할 수 없었던 말, 해서는 안 되었던 말, 제 혀를 굳어 버리게 했던 상대방의 말들에 대한 반격의 말……. 목청껏 외치고 나면 조금씩 조금씩 말문이 트이리라, 가벼워지리라, 했다. 그러나 노래방을 나와 지상으로 오르는 계단을 밟는 순간 그녀의 심연에는 전보다 더 무거운 돌덩이들이 풍덩풍덩 가라앉기 시작해 기어이 그녀를 주저앉히고 마는 것이었다.

그녀는 다른 날과 똑같이 열댓 곡이 넘는 노래를 불렀다. 그러고도 10분이 남았다. 중간에 화장실을 한 번 다녀오고 전화를 한 번 걸었으며 생수를 한 병 비웠다. 남편의 휴대폰은 여전히 꺼져 있었다. 기기의 배경 화면은 주제도 줄거리도 없는 영

124

상 이미지들로 채워졌다. 화면 속에서 젊은 여자애들은 가슴을 거의 드러내다시피 한 비키니 차림으로 해변가를 몰려다녔다. 우르르 뛰어든 바닷물 속에서 차례로 솟구치듯 일어서는 장면에서는 여자애들의 거무스름한 유두가 도드라졌다. 무성의 화면인데도 그녀의 귀에는 여자애들의 웃음소리가 낭자하게 꽂히는 듯했다. 그녀는 옷 속으로 손을 넣어 자신의 왼쪽 젖가슴을 더듬었다. 정확하게는, 젖가슴이 있던 자리였다.

입원하기 전날 밤에야 그녀는 남편에게 두 가지 뉴스를 전했었다. 유방암과 사직. 남편은 어이없어했다. 무심코 화를 내려다가 그녀가 환자라는 사실이 상기되었는지 구긴 인상을 억지로 폈다. 그러면서, 충격이야 컸겠지만 아무튼지 간에 사람 정말 형편없게 만들었다고, 남들이 들으면 뭐라고 수군대겠느냐고, 대체로 예상을 벗어나지 않는 문장들을 구사하며 그녀의 지나친 속 깊음을 야속해했다. 걱정하는 체하고 보살피는 체하고 용기를 북돋아 주는 체할 기회를 뺏긴 것에 대한 억울함이 있을 거라고, 그녀는 악의적으로 단정 지어 버렸다. 진실을 밝히자면 그녀 쪽에서 남편이 베풀지도 모를 걱정과 보살핌과 희망의 속삭임을 거부했었던 것이지만.

수술의 예후는 나쁘지 않았다. 의사는 재발이나 이행의 가능성은 함부로 예측할 수 있는 사안이 아니므로 정기적인 검진과 약물 투여를 통해 완벽한 치료에 이르도록 함께 최선을 다해 보자고 말했다. 무한정 안심을 시키는 것도 긴장을 의도한 것

도 아닌, 적당히 진지하면서도 다분히 의례적인 말의 조합이었
다. 어쨌거나 최악의 상황이 아닌 것만큼은 분명했지만 그렇다
고 섣불리 낙관하기도 일렀다. 모든 것은 3년이나 5년쯤 시간
이 흐른 다음에나 확실해질 것이었다. 그녀는 상관없다고 생각
했다. 안도도 절망도 아닌 유보의 기간 동안 자신의 삶이 어느
방향으로 흘러갈 것인지가 그녀에겐 더 절실한 과제였다.

꼭 그래야 할 이유가 없는데도 그녀는 노래연습실 구석방에
서 정해진 한 시간을 멍하니 채웠다. 기기의 숫자판에 서비스
10분이 더 찍혀 들어왔지만 노래는커녕 앉아 있기조차 힘이 들
었다. 갑작스러운 기력의 저하는 적신호였다. 삶의 방향에 대
해 이처럼 절실할 때 하필 삶의 마지막 순간에 대해서도 입장
을 정리해야 하는가, 그녀는 육체의 고통과는 무관한 동통에
가슴을 싸쥐었다. 그대로 숨이 멎는 듯했다.

'억울해.'

살고 싶지만, 그녀는 무력했다. 살고 싶지만, 그녀는 그 방법
을 몰랐다. 언제 푹 고꾸라질지 모르는 육체를 살리고 싶었고,
하루하루 사위어 가는 정신을 살리고 싶었다. 남편에게 돌아가
고 싶지는 않았다. 합성수지로 만든 장식용 트리처럼 뿌리 없
이 묵묵히, 그들의 변방인으로 겉돌고 싶지는 않았다. 그 어디
에서든 존재하는 존재로 살고 싶다는 그녀의 갈망이 남편에게
는, 그들에게는, 한낱 파렴치한 응석으로 매도될 뿐이었겠지만.

— 웃기는군. 당신이 뿌리를 내려야 할 곳은 바로 여기야. 여

기, 애들 옆에.

　남편은 그녀의 다급한 요구를 생판 들어볼 일 없는 헛소리로 취급했다.

　—정신 차려. 애들은 어쩌라고? 애들한텐 뭐라고 얘길 하지?

　남편은 그녀의 경솔함에 쐐기를 박기 위해 번번이 아이들을 끌어들였다. 아이들은 모든 헤어지려는 부부의 최종 방어선이었다. 그녀라고 아이들보다 제 삶이 우선한다고 우기려던 건 아니었다. 아이들을 떠나서까지 새롭게 시작할 꿈을 품은 것도 아니었으며, 남편다운 의혹인 새로운 사랑이라는 우스꽝스러운 대상에 목을 매는 것도 아니었다. 살아온 세월처럼 남은 세월도 그렇게 살아갈 힘만 생겨 준다면, 그저 버티는 것쯤 영 못해 낼 일이라고 할 순 없었다.

　문제는 힘이었다. 그 자리를 지킬 수 있는 힘, 주어진 배역을 연기할 수 있는 힘, 남편과 가족이라는 최소 단위의 공동체를 견딜 수 있는 힘, 그들의 이기심을 경멸할 수 있는 힘……의 고갈이었다. 미움과 저항과 수용과 화해, 그 마음의 대장정에 필요한 힘……의 고사(枯死)였다.

　지하 노래방은 공기가 탁했다. 환풍기가 돌아가고는 있었지만 제 기능을 다하리라고 누구도 믿지 않을 엉성한 설치물이었다. 핀이 빠져 달아난 분말 소화기처럼, 요리 접시에 오른 꽃당근처럼, 무엇보다 남편에게 그녀 자신처럼, 구색에 불과했다. 그녀는 입술을 일그러뜨리며 웃었다. 꽤 쓸 만한 구색으로 처신해 온, 자신에 대한 비웃음이었다. 동시에, 찢긴 가면을 덮어 쓴 채 여전히 근엄과 규범을 열연하고 있을 남편에 대한 비웃음이었다.

'말해 줄까? 진짜 웃기는 건 당신이라는 걸? 그 찢긴 가면 사이로 당신의 무엇이 보이는지를?'

그녀는 소파에 비스듬히 기댔던 몸을 일으켰다. 노래방 여자가 문 앞까지 와서 흘깃 안을 넘겨다보다가 그녀와 눈이 마주쳤다. 서비스 타임도 쓰지 않고 틀어박혀 나오지 않는 그녀가 신경이 쓰여 살피러 온 모양이었다.

「안색이 안 좋네요. 어디 아파요?」

그녀는 노래방 여자의 제법 다정한 물음을 뒤로하고 밖으로 나왔다. 그새 하늘은 완전히 어두워져 있었다. 가로등과 입간판들로 환하게 피어나기 시작하는 거리의 풍경과는 동떨어진, 허허로운 먹빛이었다. 그녀는 노래연습실 출구를 가로막고 서서 막 선잠에서 깨어난 아이처럼 주위를 두리번거렸다. 방향감각이나 공간 지각 능력이 형편없어서인지 그녀는 자신이 늘 지나다니곤 하던 길에서도 곧잘 두려움을 느끼곤 했다는 사실이 떠올랐다.

커피점 안으로 들어서면서 그는 자신이 너무 늦어 버렸다는 사실을 깨달았다. 시간의 문제가 아니었다. 지나가 버린 것은 시간이 아니라 아내였다. 엄밀히 말하면 아내와의 관계였다.

그는 아내가 늦더라도 자신을 기다려 줄 것으로 오해했다. 그랬다. 명백한 오해였다. 아내가 기다린 건 그가 아니라 그가 이행할 약속이었다. 그는 자신이 이행하기로 한 약속을 물리거나 가능한 한 늦추고 싶어서 아내를 기다리게 했던 것이었고, 아내는 단순히 약속을 받아 내기 위해서 그를 기다렸던 것이다. 아내는 야박한 여자가 되었다. 무섭고 나쁜 여자가 되었다. 그가 모르는 사이에 아내는 다른 사람이 되어 있었다. 다른 사람이 되어 그를 지나가 버렸다.

그는 빈자리에 가 앉았다. 커피를 시키고 커피가 올 때까지 창밖을 내다봤다. 아내도 그 자리에 앉아 그가 올 때까지 창밖을 내다보지 않았을까. 오지 않는 그에 대해 또 한 번 진저리를 치지는 않았을까. 언젠가 아내는 그에게 진저리가 쳐진다고 말했는데 그는 아내의 그 말이 몹시 억울했다. 그가 아내에게 처음 손을 댄 날이었을 것이다. 그러나 그는, 그때는 내 잘못이 아니었다라는 생각을 끝까지 버릴 수 없었다. 그는 폭력적인 사람은 아니었지만 때로는 폭력이 필요할 때가 있다고 믿는 사람이었다.

발단은 아내의 예고 없는 외박이었다. 입이 쩍 벌어질, 뜻밖의 간 큰 짓이었다. 친정에 가지 않았다는 건 그가 벌써 확인해 알고 있었던 사실이었고, 아내도 거짓말로 피해 갈 마음이 전혀 없었던 듯했다. 동창들과 어울렸다든가 불현듯 바다가 보고 싶어 대관령을 넘었다든가, 말이 되든 안 되든 둘러대는 시늉

만이라도 했더라면 그처럼 기막혀하지도 닦달하지도 않았을
것을, 아내는 끝끝내 묵비권이었다.

그는 가장으로서 남편으로서 자존심이 상했다. 밖에서 날밤
을 새우고 아침이 다 되어서야 집으로 기어든 여자가 아니었는
가. 지난밤의 행적을 다그치지 않을 남자가 어디 있겠으며, 어
른 모시고 사는 며느리 노릇 힘들어 유세라면 너 혼자 나가 살
라고 한 번쯤 윽박지를 수도 있는 것이지, 그게 그리 크게 죄되
는 일일까 싶은 터였다. 아내는 그의 서슬을 겁내지 않고 잔잔
하게 받아쳤다. 오히려 그 말이 나오기를 기다렸다는 듯이.

─그래요, 헤어져요. 나도 이젠 진저리가 쳐지니까.

그때부터였던가. 아내는 달라지기 시작했다. 기왕이면 쩌억
입 벌어지게 달라지기로 작정한 사람 같았다. 귀가 시간이 점
점 늦어지고 있었으며, 반가워 달려드는 여섯 살 아홉 살 두 사
내아이의 등짝을 서너 번 토닥거려 주고는 얼른 품에서 밀어냈
다. 전날 저녁상부터 오른 반찬을 연이어 올리고도 태무심이었
으며, 온 가족이 거실에 나와 앉아 텔레비전을 보고 있으면 슬
그머니 방으로 들어가 종내 내다보지 않기가 매 저녁이었다.
내색을 않으려고 애를 썼으나 애를 쓰고 있다는 내색까지 내색
하게 되는 형편이었다. 서투르게나마 화해의 제스처를 취해 보
았지만 아내는 무표정으로 일관했다. 양말은? 손톱깎이는? 손
쉬운 걸 물으면 가는귀 먹은 사람처럼 숫제 못 들은 척 대꾸가
없기도 했다.

그러다 아내가 수술을 받기 위해 입원한다고 말했을 때 그는 서운함과 민망스러움에 화를 낼 뻔했으나 한편으로는 마음이 놓이고 있었다. 그랬군, 그래서 그동안 예민하게 굴었던 거로군, 하고. 망발이나 다름없는 안도감이었다. 하지만 그는 자신의 판단이 어긋났음을 곧 알아챘다. 아내는 결코 만만하달 수 없는 병을 끌어안고 있었음에도 요란스럽게 굴지 않았다. 이상하리만치 담담했다. 중병을 선고받은 환자 특유의 예민함과는 거리가 먼 태도였다. 아내는 마치 한 며칠 연수 출장을 떠나는 교원처럼 간소한 짐 가방을 들고 병원으로 향했다. 학교에다 미리 귀띔을 해놓을 수도 없게 그 당장 닥친 일이어서 내심 난처해 있던 그로서는 씩씩해 마지않은 아내의 행보가 우선 고마웠다.

—정말 혼자 갈 수 있겠어? 어머니라도 따라가시라고 할까?

고백하면, 거의 빈말이었다. 어머니는 집과 아이들 뒷감당에 묶인 신세이니 도리 없게 되었다는 계산을 재빠르게 내린 뒤였으니까. 아내는, 다리가 부러진 것도 아닌데 병원에 가는 거야 어려울 게 뭐 있겠느냐고 남의 일처럼 시큰둥했다. 어떻게 저럴 수 있을까 싶게 천연스러웠다. 그 탓에 그도 은연중 아내의 병증을 얕잡아 보게 되었던 건 아니었는지.

수술 당일에도 그는 학교로 출근을 했다. 조정이 가능한 사유였는데도 굳이 고지식하고 융통성 없이 굴었다. 그는 명분과 본분을 코에 걸고 사는 유형의 인간이었다. 물론 그 나름으로는 수업을 오전으로 몰아서 해치우고 조퇴를 할 양이었다. 하지만 그날따라 장기간 무단 결석으로 퇴학 위기에 처한 학생의 부모가 교무실로 그를 찾아왔다. 중학교 졸업장도 없으면 어디 가서 무얼 해먹고 살겠느냐고, 선처를 호소하며 매달리는 통에 시간을 지체했다. 그러다 보니 늦은 점심을 해결하고 병원에 도착했을 때엔 이미 세시가 넘어 있었다.

아내는 쭈뼛쭈뼛 들어서는 그를 보고도 아무 말이 없었다. 고생했다고, 통증은 어떠냐고, 뭐 필요한 것이 없느냐고, 처가에서는 누가 다녀가지 않았느냐고, 그는 제 딴엔 성의를 다해 지친 아내를 위무했다. 아내는 거꾸로 달아 놓은 링거병에서 한 방울씩 똑똑 떨어지는 수액을 뚫어져라 쳐다볼 뿐이었다. 그는 고통조차 내비치지 않는 아내에게서 알 수 없는 적의를 읽었다. 무엇인가 잘못되어 가고 있다는 걸 안 것은, 그러니까 그때, 아내가 막 깊은 잠에서 깨어난 그때 그 병실에서였다.

원래부터 말수가 적은 아내였지만 그 무렵 심화된 아내의 침묵은 그를 안절부절못하게 만들었다. 결혼 이후 처음이다시피 한 불화였다. 그는 여전히 사태의 본질은 알아차리지 못하고 있었지만 사태의 심각성은 숙지했다. 육체의 병통이 아니라 마음의 병통이 아내를 놓아주지 않고 있다는 걸 절감했으나 그로서는 속수무책이었다. 그의 불길한 짐작대로 아내는 그에게 날릴 말의 칼날을 벼리고 있었다. 퇴원 후 집으로 돌아온 아내는 이제 입만 열면 앵무새처럼 똑같은 말만을 되풀이했으니까. 아니, 똑같은 내용의 말을 강도와 수위를 조금씩 높여 가면서 질리도록 되풀이했으니까.

—아무것도 필요 없어요. 그냥 이 집에서 나가기만 하면 돼요.

그는 더 이상 아내에 대해 생각하고 싶지 않다고, 생각했다. 아내의 요구가 정녕 헤어지는 것이라면 들어주면 그만이었다. 그런 다음 잊으면 되는 일이었다. 그는 우정 결연하게 자리를 털고 일어섰다.

커피점을 나오자 횡단보도에 푸른 신호가 떨어졌다. 그는 길을 건넜다. 건너편에는 대형 팬시점이 있었다. 커피점에서 밖을 내다볼 때부터 차도 건너편 팬시점의 네온 간판이 계속 눈에 띄었고, 그러자 은비에게 사다 주기로 한 봉제 인형의 이름이 저절로 떠올랐던 것이었고, 빌어먹을 속 모를 아내 따위는 제발 잊자며 부러 길을 건넌 참이었다. 그는 팬시점 안으로 머뭇거림 없이 들어섰다. 아르바이트 점원에서부터 상품을 고르는 손님까지 죄 10대 여자애들 일색이었다. 어쩌다 여자 친구를 따라온 듯한 남학생이 두엇쯤 눈에 띌 뿐이었다. 그는 점원이 물어 오기도 전에 제 쪽에서 먼저 다가가 마시마로가 어떤 거냐고 말을 꺼냈다.

「저거요.」

어린 점원은 선 자리에서 고개를 비틀고 손가락질을 했다. 말투 또한 불퉁스러웠다. 버릇없다는 느낌이었으나 그는 그냥 넘어가기로 했다. 너 어느 학교 몇 학년이냐, 하는 말이 목구멍까지 올라왔다가 쑥 내려갔다. 매사 그런 식이어서 재미없다는 소리를 은비에게서 들은 다음부터 그도 자신의 훈장 기질을 꽤나 의식하고 있던 터였다. 진열대에는 주먹만 한 것에서 어린아이 체구만 한 것까지 다양한 크기의 마시마로 인형이 잔뜩 쌓여 있었다. 그는 가장 큰 마시마로 인형을 골랐다. 한 아름이 더 되게 풍성해서 품에 안으면 은비, 그 어리고 가엾은 빈속이 그득 차겠구나 싶어 흐뭇하면서도 안쓰러웠다.

그는 팬시점을 나와 길거리에 섰다. 마시마로는 한 팔로 안기 벅찰 정도로 부피가 컸다. 지나가는 사람들이 그와 부딪치지 않게 몸을 비켜 가면서 인형과 그를 번갈아 쳐다보았다. 딸애를 둔 동료나 친구들이 리어카 매대 앞에서 걸음을 멈추고 머리핀이나 유행하는 캐릭터 상품을 고를 때마다 어지간히 투덜거렸었는데, 막상 저 자신이 인형을 들고 서 있어 보니 남의 시선 따위야 대수롭지 않은 것이었다. 그보다는 그걸 받고 기뻐할 아이의 얼굴이 먼저 떠올라 절로 흐뭇해지는 심정이었다.

'나쁘지 않군. 아니야, 아주 좋아. 은비는, 모처럼 환하게 웃겠지.'

언제나 마음에 걸리던 은비였다. 누나와 매형이 그 지경으로 파국을 맞지 않았더라도 은비는 내내 그의 마음을 쓰라리게 했을 아이였다. 아니, 어쩌면 일이 그렇게 꼬임으로 해서 그에게 기회가 생겼다고도 볼 수 있었다. 곁에 둘 수 있게 되었고, 투정이나 귀염 떠는 짓을 바라볼 수 있게 되었고, 선물이라도 받으면 활짝활짝 펴지는 얼굴을 들여다볼 수 있게 되었고……. 누나를 생각하면 안됐지만 그로서는 그 이산(離散)으로 누리는 내밀한 기쁨이 아주 컸다. 아내와의 균열을 버티는 힘이 되어 줄 만큼.

그는 집으로 향했다. 어머니와 두 아들, 그리고 은비가 있는 집이었다. 아내를 제외한 모두가 그를 기다리고 있을 것이었다. 덩치가 큰 마시마로 인형 때문에 걸음걸이가 다소 거북살스러웠다.

그녀는 쓰러질 것 같은 몸을 가로수에 기댔다. 플라타너스 밑동에는 누군가 게워 놓은 토사물 찌꺼기가 말라붙어 있었다. 그녀는 욕지기를 느꼈다. 자신의 삶에 달라붙은 불결하고도 척척한 이물감을 속 시원히 걷어 내기를 원했다.

그녀는 슬픔과 분노의 혼합물이 제 속에서 부글부글 괴어 올라 마침내 폭발 직전에 이르렀음을 감지하고 있었다. 그녀의 가출은, 혹은 별거는, 그 위기감으로부터의 탈출이었다. 남편을 위한 것도, 자신의 아이들을 위한 것도 아니었다. 그녀는 오롯이 자신을 위해 달아났다. 죽어도 남편 앞에서나 자신의 아이들 앞에서 무너지고 싶지는 않았다. 토설하지 않음으로 인해 자신이 받아야 할 비난과 고통은 자신의 자존에 비하면 진실로 아무것도 아닌 것이라고, 그녀는 매순간 마음을 다잡으며 견뎌 냈다. 그녀의 자존심은 비열했다. 남편에 대한 경멸과 우월감을 담보로 한 것이었으므로. 그로서는 꿈에도 알 리 없는 전략이었다.

'어느 날부터 가족이 내게 올무가 되었던가.'

그녀는 그날을 기억했다. 마지막으로 은비의 짐을 실어다 주러 온 시누이의 남편과 엘리베이터 앞에서 맞닥뜨리던 날이었다. 그는 집에서 내려오던 길이었고 그녀는 퇴근해 돌아와 엘리베이터를 기다리던 중이었다. 밉네 곱네 해도 한때는 한 가족으로 지내던 관계였다. 피차 데면데면하게 넘어가지 못하고 인사가 길어졌다. 그는 단지 내 놀이터로 자리를 옮겨서까지 머뭇머뭇 말을 돌리고 돌리다 작심한 듯 운을 떼었다.

—갈라서는 마당이라고 이런 말 함부로 하는 건 아닙니다. 함부로 할 말도 아니구요. 단 한 번도 내 자식 아니라는 생각 해본 적 없지만, 그래도 은비, 제자리 찾아가는 것 같아서 한편으론 마음이 놓입디다. 처남댁이야 기막힐 노릇이겠지만 이제라도 알고는 있어야 될 일이라고…… 못난 값 하느라 별 주제넘은 생각을 다 했네요. 옛 사정이 어찌 되었거나 처남댁 입장에서 보면 이건 경우가 아니니까요.

경악보다는 허망함이었고, 쓸쓸함이었고, 치욕이었다. 살아 눈을 뜨고 있는 한, 숨을 쉬는 한, 잊을 수 없는 날이었다. 그날부터, 다정으로 감싸 안았고 헌신으로 작은 허물들을 덮어 주었던 울타리 안에서 그녀는 가슴을 뜯었고 피를 흘렸다. 죄 없는 사람처럼 선량한 얼굴로 자신을 질책하는 남편과 남편의 가족들 앞에서 그녀는 질식할 것 같은 고립감을 느꼈다. 그들이 방문 밖 거실에 모여 앉아 웃고 있을 때 그녀는 창문을 열고 13층 아래로 뛰어내리고 싶은 충동을 억누르느라 주먹을 그러쥐었으며, 바닥을 치며 눈물을 쏟고 싶은 기막힌 설움에 진이 빠졌다. 그 어느 날이 없었다면 그녀의 생은 사소한 불편과 불평 속에서도 어쩌면 행복했다고 말할 수 있을 만한 것이었으리라. 최소한 불행하다고 말해지지는 않았을 것이리라. 영구 미제의 사건처럼 그녀가 그 일을 평생 모르고 넘어갔더라면, 그랬더라면 좋았을…….

그녀는 금방이라도 주저앉을 것 같은 기진한 몸을 간신히 이끌고 인도의 사람들 틈으로 섞여 들었다. 노래방 마이크를 잡고 혼신을 다해 악을 써댔어도 결코 토해 내지 못한 돌덩이의 무게가 그녀를 짓눌렀다. 돌덩이는 그녀의 내부에서 자라고 있었다. 땅속 감자알처럼 굵어지고 있었다. 도려내야 할 것은 암세포가 아니라 하루하루 비대해지고 있는 그 돌덩이였다. 살려면 돌덩이를 뱉어 내야 했다. 그녀는 입술을 달싹여 보았다.

'당신은, 당신들은, 날 속였어.'

그러나 한 음절도 입 밖으로 새어 나가진 못했다. 입술은 굳게 잠긴 대문처럼 열리지 않았고, 문장은 머릿속에서 공회전을 했다. 하루아침에 목소리를 빼앗겨 버린 그 노인이 그러했듯 소리 없는 절규일 뿐이었다. 병원 입원실에서 그녀는 성대 기능을 제거당한 노인과 한방을 썼었다. 노인은 소리를 잃었다. 가족들이 동의했고, 의사가 집도했다. 그 비정의 시발은 뇌졸중이었다. 노인은 후유증으로 의식이 불분명했다. 그런 데다 종일 알아들을 수 없는 고함을 질러 대는 통에 당사자의 목청도 목청이려니와 주위의 괴로움 또한 이만저만이 아니었다고 했다.

—울 엄마, 정말 조용해졌네.

간병 중이던 딸이 울먹이며 사연을 털어놨을 때 그녀는 제 성대가 잘려 나간 듯해서 자꾸 자신의 목 언저리를 쓰다듬었다. 그 인위가 소름 끼쳤다. 애완견처럼, 짖지 못하도록 말이지. 그나마 그 말이 튀어나오지 않은 건 그녀 자신에 대한 연민 때문이었다. 말할 수 없는, 해서는 안 될 말을 삼키고 있는 처지가 겹쳐지면서 무한히 서러워졌던 탓이었다. 그녀는 노인에 관한 기억이 달갑지 않았다. 그뿐 아니라 모든 기억들이 달갑지 않았다. 그녀에겐 이제 자신의 생을 이루고 있는 모든 기억들이 다 구질구질해졌다.

'그래, 얼마나 더 구질구질한 기억들을 만들어 갈지는 알 수 없는 일이지만 삶은 계속되겠지. 잊기 위해 살아간다는 말은 잊을 때까지 살아야 한다는 말과 같은 뜻일지도 모르니까.'

그녀는 왔던 길을 되짚어 다시 팬시점 앞에 다다랐다. 아무도 그녀에게 주의를 기울이지 않았다. 그러나 그녀 쪽에서 곧 자신의 주의를 끄는 물체를 발견했다. 사내의 뒷모습이었다. 익숙하면서도 아득해진 한 사내의 걸음걸이와…… 사내가 품 듯이 껴안고 가는 마시마로 인형……. 그녀는 걸음을 멈춰 섰다. 식도를 역류하는 욕지기처럼 단단하게 굳은 돌덩이가 맹렬히 치받쳐 오르고 있었다. 겨를 없이 울컥, 속엣것이 올라왔다.

「이봐요, 은비 아빠!」

부지불식간, 목구멍을 빠져나온 돌덩이가 사내의 뒤통수를 가격했다. 그녀는 제 귀를 의심했다.

‘은비 아빠……라고 했어. 그렇게 불렀어. 드디어.’

그녀는 자신이 토한 핏덩이를 들여다보며 망연해하는 환자의 심경이 되었다. 무심코 돌아선 듯한 사내는 그러나 은비의 아버지가 아니었다. 은비의 외삼촌도, 그녀의 남편도 아니었다. 오랜 세월 그녀를 속여 온 그 누구도 아니었다. 낯선 사내는 고개를 갸웃 외틀어 주위를 살피는 듯하다가 몸을 돌려 가던 길을 이었다.

그녀는 선 자리에서 꼼짝도 할 수 없었다. 돌덩이가 빠져 달아난 몸은 너무 가벼웠다. 자칫 무게 중심을 놓치면 그대로 수소 풍선처럼 둥둥 밤하늘로 날아오를 것만 같았다. 때로 진실은 막다른 길일 따름이었다. 뛰어 넘어서지도 되돌아 나오지도 못해, 그 자리, 앉은뱅이처럼 풀썩 주저앉을 수밖에 없는 길, 막다른 길. 그녀는 손바닥으로 제 뺨을, 팔뚝을, 가슴을 쓸었다. 새로운 두려움이 전신에 깃털처럼 돋아나고 있었다.

페이드아웃

1

뚜르르, 뚜르르…….

시계부터 올려다본다. 열두시 5분 전이다. 이 늦은 시간에 누군가, 하고 새삼 놀라거나 발신자의 신상을 궁금해할 것도 없다. 받을까 말까, 그 결정만 재빨리 내리면 그만이다. 밤 열두시를 전후로 내게 전화를 걸어 오는 사람은 단 두 유형―끊임없이 무슨 요구를 해대지 않으면 견디지 못하는 한 여자와, 묵묵히 내 일상의 넋두리를 듣고 있다가 적당한 시간쯤에 슬몃 송수화기를 내려놓는 한 남자, 그렇게뿐이니까. 한 여자는 내게 오빠가 되는 이의 아내, 즉 손위 올케다. 한 남자는, 매일 밤은 아니더라도 사흘이나 이틀, 혹은 나흘 거리로 거의 몇 개월째 단속적인 통화가 이루어지고 있음에도 불구하고 성별 외에는 달리 이렇다 할 정보를 얻어 내지 못한 상대, 즉 완전한 타인이다. 아, 30대일 거라는 짐작 정도는 가능하겠다.

뚜르르, 뚜르르, 뚜르르…….

전화벨 소리란 것이 발신자에 따라 음색이나 음역이 달라질 리 없는데도 이제 나는 90퍼센트를 상회하는 놀라운 직감으로 그때그때의 주인공을 가려 내곤 한다. 마치 그때그때의 기분이나 컨디션에 맞춰 직접 통화 대상자를 선정하고 있다는 착각마저 들 지경이다. 이따금 빗나가는 10퍼센트 미만의 오차 범위에 대해서도 할 말은 있다. 생리 전 우울증 기간이라거나, 해약 사태가 속출했다거나, 바로 그 탓에 낮에 소장으로부터 한차례 낯 구겨지는 질책을 들었다거나, 이를테면 구정물을 덮어쓴 것 같은 후유 장애쯤으로 변명할 수 있지 않을까.

뚜르르, 뚜르르, 뚜르르, 뚜르르…….

기어이 받게 하고야 말겠다? 저 강도면 직감을 동원할 필요도 없이 올케다. 지겨워. 송수화기를 들지 못하고 망설이는 사이 자동적으로 응답 메시지가 풀려 나간다.

지금은 전화를 받을 수 없습니다. 연락처를 남겨 주십시오. 고맙습니다.

딴에는 자연스러운 느낌이 들 때까지 여러 번 지워 가며 녹음을 떴음에도, 여전히 보험 약관을 읽어 내리듯 어색한 독백일 수밖에 없다. 듣기에 따라서는 거리감을 조장하려는 의도가 숨어 있기라도 한 것처럼 사뭇 형식적이고 딱딱한 말투다. 그래도 올케는 평소와 하등 다르지 않게 수월수월 잘도 읊는다. 기기 앞이라고 멋쩍어하거나 기죽는 법이 없다.

「아가씨? 고모? 요새 자주 늦네? 그냥 걸었어. 아니지, 사실은 말이야, 먼젓번 얘기한 거 어떻게 됐나 하고. 들어오는 대로 전화 좀 줘. 늦게라도 괜찮아. 아니다, 그러지 말고…… 내가 다시 하지 뭐. 근데 혹시? 힛, 고모, 외박하는 거 아냐?」

올케는 마치 전화선 이편의 기척을 좀 더 살피려는 듯 2, 3초간 시간을 끌다가 마지못해 송수화기를 내려놓는다. 달카닥, 필경 거북한 감정을 얹어서. 올케라고 모르지는 않으리라. 내가 더러더러 그녀의 전화를 요령껏 피하기도 한다는 것, 자동 응답 장치 너머에서 숨을 죽이고 있을 때가 없지 않다는 것, 그런 사실들. 속 보이는 짓인 줄 뻔히 알면서도 그렇게라도 하지 않을 수 없는 저간의 사정이야 그녀가 더 잘 꿸 테니까, 나로서는 별로 미안해하거나 께름칙해하지 않아도 된다고 믿는다. 그렇더라도 결국은 마음이 편치 않아 뒤늦게 잠자리에서 기어나와 올케에게 전화를 걸거나 첫새벽까지 내내 뒤척이며 구시렁대는 것이다. 그래, 대체 나더러 어쩌란 말이야? 더 이상 내가 어떻게 해볼 도리가 있기나 해? 나도 죽겠어. 숨 막혀 죽겠어.

전화기 본체의 지움 버튼을 눌러 올케의 음성을 날려 버린다. 선머슴애처럼 걸망스러운 데다 사근한 구석이라곤 하나 없는 그녀가 어쩌다 오빠의 눈에 들었는지는—거꾸로 허랑한 데다 방탕하기까지 한 오빠가 어쩌다 그녀의 눈에 들었는지는—두고두고 집안의 미스터리였다. 그녀의 목소리 또한 그 억센 생김새에서 한 치도 벗어나지 않게 얼마나 무람없고 우악스러운지. 한시건 두시건 올케는 함부로 이겨 붙인 시멘트 담장처럼 거친 그 목소리로 다시 전화를 걸어 올 것이다. 네가 날 피하지 못하지, 그런 은근한 협박을 실어서. 추근추근 달라붙는 점액질 이물 같은 근성은 하기야 영락없는 오빠 바탕이기도 하다. 미스터립네 어쩝네 두 사람 격을 따로 떼어 놓고 매김할 계제도 못 되게끔 둘은 어차피 한통속이다.

기왕에 없는 셈이 되었으니 아예 외출 버튼을 눌러 둔다. 오늘 밤 올케에게 나는 부재중이다. 외박 아니냐구? 제발 덕분으로 그렇게 생각해 주면 고맙겠어. 단란주점이나 노래방, 자동차 뒷좌석이나 장급 여관의 불결한 매트리스 같은 델 여태 헤매고 있는 중일 거라고 생각해 줬으면 눈물나게 감사하겠어. 나는 좀 전에 현관문을 따고 들어서면서 곧장 벗어 던진 스커트와 둥근 테 모양으로 도르르 말린 스타킹을 침대 아래로 쓸어 내리고 그 위에 벌렁 드러눕는다.

어제와 마찬가지로 오늘도 실적을 올리지 못한 날이다. 아침에 사무실을 나선 이후로 늦은 점심 삼아 모밀국수 한 판 말아 올릴 때 잠깐 엉덩이 눌러앉힌 것을 빼고는 종일 걷거나 서 있었고, 그만큼 목 아프게 떠들었다. 사무실로 돌아가서도 혹시나 하는 기대로 응했다가 역시나로 끝나 버리기 십상인 내방객 상담에 실속 없이 진만 뺐다. 하여간, 지금으로서는 몇 마디 시답잖은 대꾸도 힘에 부치거니와, 송수화기를 들 기운조차 없다. 올케가 아니라 문 소장이 전화를 걸어 오더라도 나는 부재

중인 것이다. 그런데, 문 소장이 과연……?

우습지. 아쉽기는커녕 홀가분할 텐데. 내가 그라도 결코 뒤돌아보지 않을 텐데. 천장을 향해 반듯하게 누였던 몸을 뒤집어 엎는다. 질긴 잔디 줄기를 잡아 뜯듯이 손아귀 가득 시트 자락을 움켜쥐고 가볍게 두어 번 머리를 들어 올렸다 내리찧는다. 쿨렁쿨렁. 얕은 파도에 떼밀리는 것 같은 어지럼증. 그리고…… 손가락 끝으로 천천히, 아주 천천히 등뼈를 따라 내리긋던, 자글자글 들끓는 햇살이 살을 파고드는 듯하던, 그 아슬하고 아찔하던 감각에 대한 기억.

왜 그였을까. 아니다, 왜 그에게 나였을까.

뚜르르, 뚜르르, 뚜르르…….

기어이 잠결에까지 따라붙는 저 벨소리. 홑이불을 끌어당겨 머리째 둘러쓴다.

지금은 전화를 받을 수 없습니다. 연락처를…….

응답 메시지가 풀려 나가자마자 불끈 오기 서린 올케의 목소리가 튀어나온다. 잠금장치를 건드린 잭나이프처럼.

「아직이야? 두시가 넘었는데? 송이 아부진 그래도 지 동생 행실 하난 똑 부러지게 바르다고, 나 몰아치고 을러댈 때마다 의기양양 써먹곤 하던데, 순 날조 아냐? 고모, 정말 연애라도 하긴 하는 거야?」

치익, 칙. 라이터돌 밀어 내릴 때 나는 잡음이 잠시 올케의 말을 끊어 먹는다. 올케는 술도 담배도 연륜이 깊다. 나는 둘러썼던 홑이불을 와락 걷어 내고 차라락 녹음테이프가 돌아가는 중인 전화기의 붉은 램프를 노려본다. 후웃. 올케는 이편에까지 다 들리도록 첫 한 모금 연기를 소리나게 길어 올렸다 뱉는다. 한숨처럼 흩어지는 것이 아니라 표적을 겨냥한 가래침처럼 끈적끈적 달라붙는 느낌이다.

「연애를 하건, 껴안고 자빠지건, 니들끼리 알아서 할 일이고…… 피하지 마. 그렇게 나오면 나도 내 맘대로 알아서 할 거니까.」

송수화기를 내려놓는 저편의 기색이 요란스럽다. 고의로 내는 소음이다. 이번만큼은, 하고 나름대로 각 진 다짐을 더했건만, 올케의 의도대로 내 심기는 벌써 불안하고 불편하다. 가시풀에 쓸린 맨살처럼 쓸어 내리는 가슴 언저리가 영 꺼끌꺼끌하다. 어째 모를까, 그녀라면 무슨 짓이든 벌이고도 남을 성질머리인 것을. 하지만 이번만큼은 나도 어쩔 수 없다. 더 이상은, 이런 식으로는, 곤란하다고 말해 주고 싶다. 말해 주어야 한다. 이번이 처음이 아닌 것처럼 마지막도 아니다. 올케는 번번이 내게 짐을 지운다. 그들이 서로 나눠 져야 할 짐을 늘 내게로 밀치면서도 부끄러움을 모른다. 오빠는…….

억지로 짐을 떠안기기는 오빠도 마찬가지다. 오빠 역시 그녀와 한패다. 몰염치하게 벌리는 올케의 손을 나무라기는커녕 그녀의 등 뒤에 게딱지처럼 숨어 부추기고 조종하고 획책한다.

어이, 합의를 보지 않으면 내가 감방에 가게 될 거라고 말해. 그러면 걘 지갑을 열게 돼 있어. 오빠의 공공연한 사주를 받은 올케는 한 수를 더 쓴다. 송이 아부지 잘못돼 들어가고, 먹고 살자면 나라도 무슨 짓이든 해얄 판인데, 애들이야 친정 쪽 어느 구석인들 못 처박을까마는, 문제는 어머니지. 고모도 알다시피, 안 그래?

아아, 엄마. 그들이 매번 불량하게 손을 벌리는 배경에는 하루하루, 아주 더디고도 확실한 속도로 허물어져 가는 어머니의 영육이 자리 잡고 있다. 이미 오래전부터 정지된 시간의 방에 고치처럼 틀어박힌 어머니를 볼모로 잡고 있는 한 그들의 파렴치하고도 느물거리는 속임수는 멈추지 않을 것이다. 그들, 활동력을 잃은 피부 조직을 꼬물꼬물 파먹어 들어가는 구더기처럼이나 역겨운 존재들.

그 거역스러운 종자 중의 하나가 내 피붙이라는 사실에 절망스러웠던 순간도 물론 있었다. 그러나 이제는 아니다. 고통이 한계에 다다르면 통각이 무디어지는 법, 델 듯 뜨거워지는 얼음의 온도를 견디고 나면 모든 것이 일순간에 시시해진다. 그때부터 그들도 꾸깃꾸깃 뭉쳐서 던진 빨랫감처럼 내 의식 밖 저만치로 밀려나기 시작했다. 분노도 미움도 떨쳐 내고 나면 그렇듯 무심의 거리가 놓이지 않던가. 지난 몇 해에 걸쳐 도박빚을 대듯 야금야금 건너간 현찰의 용처에 대해 단 한 차례도 되묻거나 불편한 언급을 해본 적이 없었던 것도, 따지고 보면 처음부터 환수의 기대나 희망과는 무관했기 때문이다. 나는 오로지 내주기만 할 뿐이고, 그들은 오로지 받아 내기만 할 뿐이다. 목이 졸리면서 혹은 전전긍긍하면서 푼푼이 갚아 나가는 건 내 몫이고, 하룻밤 화대처럼 기세 좋게 날려 버리는 건 그들의 자유다.

그러나, 모든 사랑의 관계가 끝이 나듯 근거 없는 내 채무도 언젠가 마침표를 찍을 날이 오리라는 것을, 그들도 나처럼 알고 있다. 다만 '그날'이 오기도 전에 바람에 씨앗을 털려 버린 씨앗 주머니처럼 파산의 수순을 밟아 가고 있는 내 처지는 그들도 미처 고려에 넣지 않은 듯하지만.

그렇다. 나는 재생 불량성 빈혈과도 같은 심각한 경제적 위기에 봉착해 있다. 일단 하향 곡선을 그리기 시작한 실적 그래프는 일시적인 도약조차 불가능해 보일 정도로 저조 일변도로 기고 있고, 여러 차례 줄이고 낮춘 전세도 보증금 얄팍한 월세로 전환한 지 6개월이 지났다. 그러는 사이 전철 역세권은 당연히 아득해졌고, 마을버스 정류장까지도 가파른 비탈길을 좋이 10여 분은 걸어 내려가야 하는 언덕바지 연립 반지하 셋방에다 몸을 부리기에 이르렀다. 그랬음에도, 뭉칫돈을 만들어 보내야 하는데 더는 대출도 사채도 바랄 수 없는 상황이고 해서 급기야 보증금 뺄 궁리를 내었던 지난봄, 한편으론 그럴 수 없게 홀가분하기까지 했다. 다 털었어. 내게 남은 것이라곤 매달 돌아오는 상환금 날짜와 처절하기까지 한 급여 명세서와 통통 부어오른 종아리와 파운데이션 밑으로 드러나는 까뭇한 기미뿐이야.

다달이 물게 되어 있는, 결코 만만찮은 액수의 방세 때문에 더욱 곤핍해진 쪽은 나인데도 짜증은 오히려 그들에게서 새어나왔다. 고모도 어엿한 자식인데 벌써 몇 달째 코빼기도 안 비쳐? 한번 다녀가. 삼복 염천에 고생고생 오줌똥 지리는 노인네 뒷바라지하는 올케 외면하면 천벌받어. 새로 들이거나 교체해야겠다고 작정한 가전제품 목록이나 일상 소비재 품목이 일거에 해결되는 상황을 그리고 있을 올케의 계산속이야 보지 않아도 빤하다. 그렇건만 한번 다녀가기엔 터무니없이 빠듯해진 주머니 사정에 대해서 나는 미련하게 입을 다물고 있다. 좀 바빠요. 새로 온 소장이 퍽 깐깐하거든.

침대를 붙여 놓은 벽면에 등을 기댄다. 딱딱하면서도 습습한 감촉이 옅은 잠기운을 마저 쫓아낸다. 제대로 된 인사도 없이 허둥지둥 다른 영업소로 옮겨 간 문 소장을 대신해 부임해 온 지금의 소장은 노골적인 추근거림을 드러내는 식으로 나를 비웃고 있다. 무슨 얘긴가를 들었겠지. 가령, 먼저 소장님이 여기보다 물 나쁜 곳으로 밀려난 사단이 한진옥 씨 때문인 거 알고 계시죠, 그러니 소장님도 조심하세요라든가. 내 몫의 커피까지 뽑아 건넬 정도로 상냥한 동료 중에도 나 없는 자리에서라면 그렇게 말할 수밖에 없는 처세의 현실. 세상을 움직이는 건 선의가 아니라 악의라는 진단은 무를 수 없는 진리처럼 보인다.

도처에 도사리고 있는 악의에 찬 복병과 부비트랩에 맞서는 것, 사는 일이란 서바이벌 게임이 아닌 실전인 것이다. 언제 어디서 날아들지 모르는 실탄에 속수무책 무릎이 꺾이는.

등이 배긴다. 침대에서 내려와 전등 스위치를 누른다. 우윳빛 무영등이 방의 치부를 낱낱이 고발한다. 침대 발치에 흘러내린 옷가지와 스위치 케이스 주변 벽지에 번진 손때, 싱크대와 타일벽 틈새로 사라지는 바퀴벌레의 기민한 움직임까지. 단 한 개의 형광등만으로도 빛의 사각 지대 없이 온전히 노출되는 옹색한 방조차 서른두 해 내가 바친 시간의 소유가 아니라는 사실……이 불현듯 아프다. 통각이 되살아 나는가. 모르핀을 삼키듯 마른침을 넘긴다.

과연……. 약정된 의무를 치름으로써만이 약정된 권리를 행사할 수 있을 뿐인 조그마한 방 한 귀퉁이, 나는 기일을 맞추지 못한 불성실한 채무자처럼 붙어 서서 중얼거린다. 어머니로부터, 그리하여 올케와 오빠들로부터 놓여날 '그날'은 과연…… 올까. '그날'에 이르면 과연…… 낯 안 서는 채무에 마침표 뚜렷하게 눌러 찍을 수 있을까. 과연…… 내 인생의 행간을 새로 바꿀 수 있을까. 직장을 옮기고 새 명함을 받아 들듯이.

화들짝, 제풀에 소스라친다. 반사적으로 고개를 외튼다. 길가로 붙은 낮은 방, 지상의 흙바닥이라도 내다보이게끔 최대한 올려 뚫은 사절지 두 개 크기의 채광창을 짓눌린 어둠이 바투 막아서고 있다. 방금 내 뱃속에서 뛰쳐나온 악귀가 꼭 저렇지 싶은 시커먼 어둠. 짧은 한낮 비스듬히 기어드는 쪽광선이나마 괴도록 아침에 나가면서 젖혀 두었던 커튼을 잊고 있었다. 정체를 알 수 없는 두려움에 후들거리며 창문 높이만큼 껑충하게 치켜 단 커튼을 여민다. 내내 의식하지 않고 있던 초침 소리가 갑자기 귓속을 파고들기 시작한다. 자명종 시계는 세시를 넘어서고 있다.

새벽 세시. 어쩌자고 병든 육신의 사멸을 촉구하는 불온한 시간이 되어 버렸는가. 기어이 납처럼 무거운 업을 짓게 되어 버렸는가. 그러나 자책도 부질없다. 이미 내 안의 나는 내 앞에 놓인 시간이 급류처럼 흐르고 흘러서 어서 '그날'이 오기를 기다리는 데 모든 소망을 걸고 있는 것이다. 손바닥으로 두 귀를 틀어막고, 웃음인지 울음인지 입술을 일그러뜨린 채.

2

바쁘셨던가 봐요? 하긴 나두 좀 바빴어요. 일이랄 것도 없이 그저 왔다 갔다, 일어섰다 앉았다…… 들어가나 나오나 똑같은 말만 되풀이하면서, 하나 실속도 없이요. 지치네요. 어젯밤엔 잠까지 설쳤거든요. 뭐, 별일은 아니구요, 전화받느라구…… 아니, 전화받지 않으려구…… 어쨌거나 전화 때문에 신경이 약간 날카로워지긴 했어요. 가끔 있어 온 일이잖아요. 원래 내가 빚이 많았거니 해요. 아아뇨, 전생 전전생부터 달고 나온 그런 빚, 때깔 나게 써보지도 못하고 피 터지게 되갚아야 하는 억울한 빚. 맞아요, 업보. 업보라, 참 편리한 말인 거 있죠? 이건 당최 말 안 되는 헛소리다 싶은 것두 한 구덩이에 두루뭉술하게 쓸어 담을 수 있으니까요. 저에게 떨어지는 장매 아래 남의 맨볼기 들이밀어 놓고 연기처럼 쏘옥 빠져 달아나긴 또 얼마나 좋은 말이구요. 저쪽서 벌인 깽판도 이쪽서 지고 나온 업이라는 데에야, 기가 막혀서라도 입 다물 수밖에요. 거긴 종교가 뭐예요? 전에두 한번 물어봤던가? 난 학교 때 수학여행으로 경주 불국사하구 속리산 법주사 다녀온 게 고작인데두…… 참, 직장 생활 초년에 입사 동기 몇하구 설악산 다녀오면서 옆구리로 신흥사 슬쩍 지나친 것두 구경으로 쳐야 하나 몰라. 그땐 그래도 지금같이 밖으로 나도는 보험일 아니구 가만 들앉아 책상 앞에 엎드렸다가 이따금 커피 내구 결재받구 종종걸음이나 치면 되는 얌전한 사무일이었어요. 암튼 사진이나 화면으로 본 것 빼면 절 구경조차 변변찮은 주젠데두 종교란엔 꼭 불교라구 써넣게 되데요. 이유랄 게 있나요. 그냥…… 윤회라는 걸 믿으니까요. 윤회라는 걸 믿지 않으면 작금의 내 인생이 잘 설명되지 않을 것 같아서요. 단순하죠? 인생두 좀 이렇게 단순 명료했으면 좋겠어요.

　대체로 남자는 말이 없다. 드물게지만 되묻는 듯한 짤막한 발성도 내 수다를 청취하고 독려하기 위한 추임새 정도나 될까, 남자는 짐짓인 듯 무성의하다. 남자 자신이 원하는 바인 것 같지만, 내 쪽에서도 그의 무성의한 침묵이 달갑다. 그가 제대로 된 대화의 양식을 갖추고자 한다면 나로서는 지상의 단 한 사람, 복잡 미묘한 얽힘이나 얽매임 없이 내 속내를 들어 줄— 들어 준다? 확실히 어폐가 있는 말이다. 어쩌면 그는 전혀 듣고 있지 않을 수도 있다. 물론 언제나는 아니고 가끔 그런 청취의 공백이 느껴질 때가 있다—존재를 잃는 순간이 될 것이다. 대부분 무응답, 무관심으로 일관하는 그의 불성실한 통화 태도 때문에 그와의 접속이 지속될 수 있는 것이니까.

처음, 남자는 전화를 잘못 걸어 온 사람에 불과했다. 그러나 그것도 따지고 보면 그는 전화를 잘못 건 사람이 아니라 전화를 잘못 걸도록 내버려진 사람이었다. 이사해 오면서 새로 배정받은 지금의 전화번호를 나 이전에 사용했을 누군가로부터. 남자가 당초 통화를 시도했던 누군가가 나처럼 다른 전화국 관내로 옮겨 가거나 반납하면서 그에게는 바뀐 번호를 알리지 않았으므로 일어나게 된, 흔히 있을 법한 오접 말이다.

그런데 나처럼 이사를 가서 전화번호가 바뀌게 된 경우라면 내 앞의 사용자는 새 번호를 일러 주기 위해 평소 연락을 주고받는 사람들에게 일일이 전화를 걸지 않았을까? 여기저기, 이삿짐 꾸리고 부리는 일의 수고와 번거로움을 곁들여 가며. 그렇다면 지금의 이 번호로 뒷북 치듯 전화를 걸어 오는 남자는 어떤 이유에서건 내 앞의 사용자로부터 세심한 통보를 받지 못한 사람. 왜일까? 실수라기보다는 고의의 누락이지 않을까?

저기요, 이 번호 받은 지 며칠 됐어요. 사무적이기는 하지만 직업상 길들여진 공손함으로 상대방의 실수임을 지적했으나 오히려 그 가벼운 친절에 기대서인지 남자는 얼른 전화를 끊지 않고 더듬거렸다. 그럴…… 리가요. 내 편에서 먼저 송수화기를 내려놓는다고 달리 결례일 것도 없었는데 나는 나대로 멍하니 남자의 다음 말을 기다리고 있었다. 그럴…… 리가요. 남자는 같은 말을 한 번 더 맥없이 반복하고 나서야 슬그머니 송수화기를 내려놓았다. 그럴 리가 없다는 건, 그러니까 버튼을 잘못 눌렀을 리 없다는 거야, 저 모르게 전화번호가 바뀌었을 리 없다는 거야? 나는 공연히 입술을 비죽거리며 남자가 처한 난감함에 조롱을 얹었다.

분명 그랬건만 남자는 이틀 뒤에 또 전화를 걸어 왔다. 이번에는 이쪽에서 무어라고 한마디 꺼내기도 전에 다짜고짜, 나야, 하고 말했다. '나야'라니? 게다가 그는 이틀 전처럼 더듬거리지도 않았다. 선수를 침으로써 자신이 처한 상황의 환기를 봉쇄하려는 무리한 기도가 느껴졌다. 나는 전날에 비해 다소 강도를 높인 짜증으로 대응할 작정이었으나 그전에 남자의 목소리가 가로막았다. 알아. 너, 거기, 그 여자 뒤에 숨어 있는 거지? 그 여자란 전화를 받고 있는 나를 지칭하는 모양이었으나, 내 등 뒤에는 좀체 줄어들지 않는 채무가 따라붙었을 뿐이었다.

이틀쯤 뒤에 다시 남자로부터 전화가 걸려 왔을 땐, 잘못 걸었다거나 찾는 사람 없어요, 하는 식의 성가심을 드러내지 않았다. 이미 그런 고지(告知)로는 남자의 행동을 제지할 수 없으리라는 것, 까짓 삭은 고무줄처럼 무기력해진 일상에 던져지는 농담으로 이해해 버릴 수도 있겠다는 것, 덧붙여 익명의 남자가 감당하고 있는 모종의 안타까움에 대한 호기심도 얼마간 작용했다는 게 옳겠다.

무용해진 전화번호를 끝내 포기할 수 없게 만든 사연으로는 어떤 것이 있을까. 천박한 상상력으로 그려 낸 몇 개의 가능성을 확인할 기회란 어차피 없을 것이다. 내 생활 역시 그런 일에까지 에너지를 쏟아부을 만큼 여유롭지는 않았다. 다만 남자는 모종의 안타까움으로부터 벗어날 수 없는 집착의 관성을 따르고 있었고, 나는 아무것에도 저항하지 않는 무골(無骨)의 관성을 따르고 있었다. 무골의 관성. 스스로 내린 그 정의에 나는 회복할 수 없는 상처를 입었다. 선악이든 호오(好惡)든, 무엇인가를 받아들이고 또 버리는 데에 대해 신념이 확고하던 시절은 희미해져 가고, 어느덧 관성의 삶을 꾸려 가는 재주만으로 간신히 버티는 나날이 놓여 있게 되었을까.

언제부턴가 나는 남자에게 내 주변 이야기를 하기 시작했다. 있는 그대로일 때도 있었고 반은 지어낸 이야기일 때도 있었다. 어떤 땐 정황의 왜곡과 편집과 기억의 날조가 넘쳐서 원전의 흔적이 새까맣게 지워지기도 했다. 고의였더라도 가책이 불필요한 무독성 거짓말들을, 남자는 잠자코 들어 주었다. 내 쪽에서 그의 전화를 용인하고 있는 데 따른 예의일 수도 있었다. 그는 전화를 걸어 자신의 존재를 알릴 곳이 필요한 사람이고 (일 것이고), 나는 지리멸렬한 하루하루의 응어리들을 배설할 곳이 필요한 사람이 아닐는지. 어느 날 그런 생각이 여전한 통화 중에 잠시 스쳐 갔다. 그래, 정말 그랬는지도 모를 일이다.

불가해한 친밀감이 쌓여서인지 드디어 남자는 내 안부를 묻기도 했다. 오늘은 어땠습니까? 많이 지친 것 같군요. 그렇더라도 정체가 드러날 것을 저어하는 스토커처럼 장단 고저가 썩 제한되고 있는 듯한 음색마저 바뀌지는 않았다. 그와는 반대로 나는 나날이 허술해지고 있었다. 문 소장이라고 있어요. 내가 나가는 사무실의 상사죠. 그 사람, 아무래도 날 쳐다보는 눈빛이 수상해요. 휴우. 사실은 그렇게 믿고 싶은 거겠죠. 내 쪽에서 말예요. 짐작하셨겠지만 가정이 있는 사람이에요.

남자는 섣부른 충고나 비난 따위로 내 말문을 막지 않았다. 대체 그가 원하는 것이 무엇일까 갸웃거리다가도 이내 고해소의 칸막이 앞에서처럼 의혹을 접고 내 신상을 자백하곤 했다. 올케도 오빠도 따지고 보면 다 불쌍한 인생들이에요. 허황된 말로 남을 속이고 자신을 속이죠. 실은 나도 그들을 속이는걸요. 믿는 체, 믿기는 체……. 그들이라면 엄마가 돌아가시더라도 내겐 알려 주지 않을지 몰라요. 엄마 때문에 그나마 몇 푼이라도 만들어 보낸다는 걸 오빠네도 알 테니까요. 나는 점점 더 많은 정보를 흘렸다. 우직한 확신을 갖고서. 남자는 나를 모른다!

실은, 종일 졸았네요. 의자 등받이건 벽이건, 세상에, 비좁은 엘리베이터 안에서도 등만 닿았다 하면 졸음이 쏟아지는 거 있죠? 과장이라구요? 하하. 전철에서 내려 마을버스로 갈아타고 집으로 오는 동안에도 미끄러지듯이 자꾸 옆사람한테로 기울어졌던가 봐요. 그 사람, 나중엔 팔꿈치로 내 옆구리를 푹 찌르더라구요. 제 한 몸 가누기도 피곤한 마당에 밑자루 썩은 볏단처럼 픽픽 허물어지는 꼴불견이 은근히 부대낀다는 걸 나도 모르진 않지만, 여하튼 무안하기도 하고, 그 인정머리가 야멸스럽기도 하고……. 저 사람은 내려놓을 데 없어 지고 있을 수밖에 없는 등짐을 알까, 대책 없이 불어나기만 하는 빚을 알까, 깜빡 졸다 기울어지지 않으려고 마지막 몇 정거장 내내 두 눈 홉뜨고 안간힘 쓰면서도 뜬금없이 그게 궁금하데요. 그래요, 누군들……. 그럼요, 누군들 고단하지 않겠어요? 다아 그런 거지요. 잠이나 자야겠어요. 내일 또 그렇게 줏대 없이 픽픽 쓰러지지 않으려면요. 들어가세요.

3

「무슨 맘으로 전활 다 해? 이참에 의 끊고 살자는 거 아니었어?」

좋지 않은 때다. 대뜸 되통스러이 받아치는 말투에다 씨근덕거리는 기세로 미루어 한바탕 소란한 난투를 펼치던 중이었던 게 분명하다. 싸움질도, 헤실헤실 어울리잖는 애교도, 출발은 보나마나 인연 없는 돈타령 끝이었을 테고.

「팔자 좋게 삼 박 사 일 출장이라도 갔었어? 헹, 날샌 보험쟁이 주제에 출장은 무슨 얼어 죽을 출장? 시어 터져 군내 나는 사랑의 도피 행각이었대면 혹 믿어 줄까. 바리바리 전화 넣어 찾았던 때가 십수 끼니 전인데 잘난 오래빈지 덜된 가리빈지, 실속도 없이 버털만 휘황찬란한 씨종자하고 치고 박는 와중에, 아나, 초 치듯 전화질이야? 타임 한번 기막히네. 꼬라지에 시누 아니랄까 봐?」

본인은 뒤끝이 받치지 않는 화끈한 성질이라 자처하지만 일방 당하는 상대의 복장은 뒤끝이 무참하다. 바람구멍 숭숭하게 후벼 놓은 다음에 제 울화만 슬그머니 가라앉히면 그만인 식이다. 참고 듣자니 가시풀에 쓸린 종아리처럼 심기가 벌겋게 달아오르지 않는 것은 아니지만 숨 한 번 고쳐 쉬고 피하는 게 우선 상책이기는 하다. 애저녁에 만만한 깐을 보인 터수라 뻗대 봐야 구정물만 추가로 덮어쓸 판세이기도 하고.

「뭔 일 있어요?」

나는 올케의 열불에 행여 델세라 조심스럽게 말문을 연다. 바리바리 전화질이었던 용건이나 시방 싸움박질의 내막이나 듣지 않아도 짐작이야 훤하지만.

「팔자 밑 빠지게 드런 년이라 지고 새고 일에 치여 사네. 고무 바킹 삭아 빠져서 주야로 줄줄 새는 수도꼭지처럼, 헐렁한 아랫도리 건사하기 여의찮으면 윗구멍으로 주워 들이는 곡기라도 줄이든가. 밀어내고 싶으면 밀어낼란다고 성한 한쪽 팔로 냄새 진동하는 이불 쪼가리라도 들썩거리든가. 오줌똥으로 칠갑을 하고서도 멀쩡한 낯짝으로 내 손에 밥상 들렸나 아니 들렸나 그 염탐만 무성하다고, 할망구가. 그게 일 아님 뭐가 일이겠어? 아그 징그러워, 징그러워. 징글징글해서 내 못살아. 왜애, 내가 틀린 말 했어?」

'왜애'라는 대목에서부터 발끈 외쳐 대는 품이 독 오른 주먹질로 벌써 세간살이 두어 점은 박살 내었을 오빠의 눈 부라림이 있은 모양이다. 귀에 닿을 뿐 새겨듣지는 못한다 하더라도 면전에서 벌어지는 격렬한 공방에 잔뜩 주눅이 들었을 노인네를 생각하면 가슴이 먹먹하다. 그럴 땐 차라리 이 꼴 저 꼴 안 보게 당신 스스로 잠결에 길을 바꿔 들었으면 싶다.

「흥, 팔다리 주무르는 꼴은 고사하고 집이라고 드나들며 인사 비스무레한 쉰 소리 던지는 거 한 번 못 들어 봤는데도 무슨 효자 났다고 고만한 말 한마디에 퍼르르 아까운 살을 떠나? 웃겨서, 정말.」

올케의 이죽거림은 쉬 끝날 것 같지 않다. 무언가 속셈이 있어 둘이 말을 맞출 때와는 딴판이다. 같은 위인을 두고도 온전히 눈 달린 사람이면 믿어 줄 성싶잖은 발린 소리 서슴없이 늘어놓는 데 명수인 그녀가 아니던가. 그러나 지금 그녀에게 오빠란 존재는 천하가 다 아는 개털 한진석 딱 그만큼이다. 아니,

오히려 그 한참 아래로 급수가 떨어져 지근지근 개똥처럼 밟히고 있다.

「나중에 다시 전화할까요?」

「나중에 언제? 산 귀신 참말로 죽은 귀신 된 다음에?」

「뭔 말이 그리 험해요, 언닌?」

제 기분대로 들이대는 올케의 성깔쯤이야 피하고 보는 게 상책인 줄 알면서도 이번에는 접지 못하고 버쩍 대거리를 한다. 내 발설할 수 없는 소망의 한 귀절을 들켜 버린 듯 이마가 화끈 달아오른 탓이다.

「그러게 좀 자주자주 들여다봐야 그런 타박 안 들을 거 아냐? 고모도 그러는 거 아니라구. 꼴난 돈푼 내놓는다고 유세 떠는 거 난 못 봐. 그리고 그 알량한 푼돈으로 내 몸치레 입치레 때깔 나게 한 바도 없고. 실상 그랬다 쳐, 간병인 하나 두고 부리는 요량에다 대면 순 거저먹기지. 아냐?」

그나마 대거리의 효험인지, 쇠를 두들겨 뚫을 것 같던 목청은 다소 누그러졌다. 그랬기로 선선히 꼬리를 내리기엔 삐딱한 자존심이 걸리는 모양이고, 해서 올케는 애먼 나를 끌어다 붙이며 억지를 쓰고 있다. 듣는 척도 않는 고객을 상대로 새 보험 상품을 설명할 때보다 더 진이 빠진다. 그래도 속에 없는 말로 그녀를 달랠 수밖에 없다.

「언니 고생하는 거 알아요.」

「아는 인간들이 날 이렇게 무시해?」

「누가 언닐 무시한다고 그래요?」

「그럼 다락같이 모셔 두고 공대라도 했다는 거야?」

「다락으로 되나? 미루나무 우듬지에 떡 버티고 앉은 요새 정도는 해야지.」

「지랄, 어석버석한 나뭇가지 물어다 기껏 침으로 이겨 바른 새집이 당찮게 무슨 요새야? 빌어먹을 내 신세, 제대로 퍼덕거려 보지도 못하고 애들 잠자리채에 휘딱 낚인 날벌레처럼, 초장에 미루나무 생가지에 걸려 요동 치다 찢어진 연 조각이래야 옳지.」

뚝뚝 부러지는 말본새에도 불구하고 하나 희한한 건 현란하다고 쳐줄 만한 수사법이다. 그쯤이면 나는 고개를 절레절레 흔든다. 여간한 각오 없이 그녀와 문답을 길게 늘이는 건 어쨌거나 바람직하지 않다. 곧장 치고 들어오는 평소의 단도직입이 그래서 차라리 수월하다. 얼마까지 해줄 수 있어? 언제 다녀갈 거야? 산술적 용어로 푸는 용건이 오고 가는 화법일 때에는 핏줄을 끼고 얽힌 인연이라기보다 그저 묵은 빚에 발목 잡고 잡힌 상대라는 정서 선에서 감정을 마무리할 수도 있는 것이니까.

「그건 그렇고, 오빠가 부탁한 건 어떻게 됐어?」

그녀는 '오빠'라는 단어에 문득 힘을 준다. 새삼 자신은 무관하다고 주장하고 싶어서일까. 내 쪽에서 시원한 대꾸가 없자 올케의 말꼬리가 단박 치켜 올라간다.

「설마 이제 와서 안 된다는 건 아니겠지?」

이제 와서가 아니라 처음부터 나는 안 된다고 잘라 말했다. 한데도 일방적인 기대와 배짱으로 닦달을 한 건, 늘 그렇듯이 그들이었다.

「방법이 없어요. 알잖아요, 그동안…….」

「고모, 지금 할 만큼 했다는 말을 하고 싶은 거야?」

「그런 뜻이 아니라, 이번엔 도저히…… 회사 사정도 전 같질 않고……. 이달은 지난달보다 더 한심해. 암 보험 하나로 며칠째 버티고 있는 중이에요.」

「세상천지 둘러봐. 김장철 배추 시래기처럼 널린 게 사람인데, 속창 뒤집어 딱하지 않다는 인사 몇 나서는지. 그래도 고몬 나아. 쓰러질 염려 없는 직장 있겠다, 이 눈치 저 눈치 안 보게 혼자 나가 살겠다. 막말로 고모가 노친네 데리고 나가 살 수도 있는 거라구. 아니지, 그래야 경우에 어긋나지 않지. 임자 만나 출가를 했으면 모를까, 안 그래?」

막무가내에 아전인수를 일삼는 사람들일수록 '경우'라는 말은 더 자주 쓰고, 그 '경우'라는 말로 쥐 잡듯 때려잡기는 더 자주 한다. 올케나 오빠도 그런 부류에 속한다. 올케의 말이 아니더라도 한때는 나도 어머니를 모셔 나오는 게 낫지 않을까 생각했다. 그러나 그때 그녀의 언행은 또 달랐다. 할끔거리며 눈치를 살피는 꼬락서니도 가관이었지만 도시 거북살스럽기 짝이 없는 낫낫한 말투라니, 암튼 저 호박잎처럼 꺼슬꺼슬한 여편네한테 저런 내숭이 다 들앉았던가 싶었으니까. 고모두 참,

아침에 나가서 저녁에 돌아오는 처지에 한시도 눈 뗄 수 없는 환자를 어떻게 건사한단 말이야? 그리고 그건 경우가 아니지. 오빠나 내 낯은 세상에 뭐가 되 그땐 그래 말했다.

「모레까지야. 우선 한 장만이 도 돌려 봐.」

경우 바르다는 올케인지라 인심을 내며 타협안을 제시한다. 글쎄, 이런 걸 타협이라 할 수 있을까마는. 기한과 액수, 그 어느 쪽도 일방적인 통 일 뿐이면서 말이다. 그럼에도 더는 한 발쩍 물러설 수 없다는 결연한 의지가 거드럭거리는 말투에 선 장 가시처 총총 박혀 있다.

「나, 만 원 한 장 아쉬워요. 그런 마당에 어디 가서 백 장 다발 아귀 맞 있어? 어림없어요.」

거의 처음이다 게 앓는 소리가 다 나오는 걸 보면, 아, 나도 어지 히 지친 야. 굳건한 올케는 나로서는 비명이나 다를 바 는 항변에 외눈 한 번 꿈쩍하지 않을 테지만.

「모레, 한 장 더 길게 말하기 싫어.」

손아래 시누 일지언정 꼬박꼬박 하대를 하는 말버릇도 고약할 지경인데 기에다 올케는 제 계산이나 기분을 거스르면 걷잡을 수 없 거만해지는 변성(變聲)의 재주까지 부린다. 본인이야 위엄 게 굴어 보고 싶은 거겠지. 철벽 같은 무지막지함에 다름 선 것을 저만 단지 모른달 뿐.

「알지 요, 언니. 나 이러지 않잖아?」

「 지막이야, 그리 알아.」

마지막? 기한과 액수에 대한 최후통첩이란 말인가, 향후 일으킬지 모를 분란에 대한 엄중 경고란 말인가. 하기야 빚내 준 돈 거둬들이듯이 넙죽넙죽 펴 보이는 손바닥 아주 접는다는 소리 아닌 것만큼은 확실하다.

「언니!」

「끊자구, 끊어.」

뚜뚜뚜뚜……. 뜬금없이, 걸레를 비틀어 짜며 씨근거리던 올케의 뼈 굵은 손목이 떠오른다. 허구한 날, 내 이 짓 하러, 이 집구석에, 시집왔어? 요강 단지 엎질러진 방바닥 훔쳐 낸 걸레를 찬물에 홀렁홀렁 헹궈 내면서 잇새로 표독스럽게 한 마디 두 마디 끊어 뱉던 그녀. 으이그, 징글징글한 할망구, 두 눈이나마 성한가 했더니, 것도 순 장식이네. 그딴 걸, 무겁게시리, 왜 달고 다녀? 접시에 담아, 한옆에 고이 모셔 두지. 그러고는 얼마나 오지게 힘을 가했던지 투두둑 젖은 걸레의 실올이 뜯어지던 기억.

나는 팔뚝에 오스스 돋는 소름을 쓸어 내리면서 전화기로 다가간다. 송수화기를 제 위치에 올려놓고 자동 응답 메시지 버튼을 누른다. 나는 없다, 나는 사라지고 싶다……의 무력한 항거. 가소로워, 기껏……. 망설이다 벽 뒤쪽으로 길게 이어진 전화선을 사납게 잡아당긴다. 근채류를 뽑아 올릴 때 같은 뻑뻑한 저항감을 무시하고 더욱 힘을 가한다. 뿌욱. 하마터면 뒤로 주저앉을 뻔한다. 몸의 중심을 잡으며 뽑혀 나온 전화선을 내동댕

이치고 돌아선다. 궤도를 이탈한 위성처럼 외롭고 아득하다.

4

한 시간째 미지근한 물줄기 아래 앉아 있다. 광고와는 달리 순간 가스 보일러에 의해 데워진 온수의 온도는 고르지 못하다. 익혀 버릴 듯이 뜨거운 물이 쏟아지는가 하면 갑자기 칼날 같은 냉수가 쏟아지기도 한다. 그러더니 언제부턴가는—아마 여름내 사용하는 일이 거의 없다가 다시 작동시킨 날부터가 아니었나 싶다—오로지 미적지근하기만 하다. 주인집에서는 사용자의 부주의로 몰고 가면서 은근히 책임을 전가하고 있고, 조금 더 길게 따지고 들었다간 도리어 원상 복구를 요구받을지도 몰라 그만 입을 다물었다. 사람 좋아 보이는 인상을 믿었다가 낭패를 당하는 경험이야 항용 있는 일이다.

방 한쪽에 이어 붙인, 세면기와 양변기와, 욕조 없이 샤워기 하나가 전부인 좁은 화장실. 나는 변기 뚜껑을 덮고 그 위에 걸터앉아 있는 것이다. 비 그을 데 없는 들판에서 장대비를 맞을 때처럼 얇은 옷가지를 입은 그대로. 물의 온도는 미지근하다지만 이미 뼛속까지 시리다. 한기로 얼떨떨해진 머릿속에서는 오늘 하루 내게 적의를 들이댄 몇 사람의 얼굴이 원무(圓舞)를 그리듯 빙빙 돌고 있다.

문 소장하고 일할 때도 이랬습니까? 아무리 상황이 어렵다고는 하지만 그래도 다른 분들 좀 보세요. 어떻게든 기본은 채우고 있잖아요? 새로 온 소장은 회의 중이든 사적인 자리에서든 말문이 닿을 기회만 있으면 문 소장과 관련된 소문의 입수를 슬쩍 시사함으로써 나를 곤혹스럽게 만들곤 했다. 입수 경로도 경로려니와, 그가 매번 문 소장과 결부시켜 내 실적 부진을 지적하는 의도는 무엇일까. 관음증적인 호기심일까, 단순한 멸시일까. 새로 온 소장이 업무에 불필요한 정보를 섞어 내게 면박을 줄 동안 다른 동료들은 무심한 척 고개를 숙이거나 수첩을 뒤적이거나 무엇인가 적는 시늉으로, 그들로서는 잘 알아들을 수 없는 내용이어서 어리둥절하다는 분위기를 연출했다. 그러나 나는 알고 있었다. 그들 가운데 누군가는, 혹은 그들의 상당수는, 어쩌면 그들 전부는, 새로 온 소장의 조롱을 받고 있는 내 처지를 비웃고 있다는 것을. 뿐만 아니라 끈 떨어진, 꼴 좋게 된, 전락한, 자기 관리 부실한 직장인의 한 전형으로 여기고 있다는 것을.

게다가 저녁에는 '결국' 오빠와 마주쳤다. 오빠는 언제나처럼 말쑥한 차림으로 영업소가 세 든 건물 입구에서 10여 미터쯤 비껴 서서 나를 기다리고 있었다. 작정을 하고 진을 친 것으로 봐서 내 귀사 시간을 정확히 재고 있었던 듯했다. 하긴 돈 버는 일 빼고 오빠가 작정해서 안 되는 일이 어디 있으랴마는. 얼굴 보기 힘들다? 쑥스러움 때문에 뻣뻣이 군다기보다는 다분히 힐난조여서 나는 대번 경악과 절망과 체념의 수순으로 곤두박

질쳤다. 나 기다린 거야, 여기서? 오빠는 물고 있던 담배를 건물 벽 갈라진 틈새에 꾹꾹 쑤셔 넣었다. 네 언니가 떠밀더라. 전화도 받지 않는다고. 이렇게까지 사람 치사찬란하게 만들어야 쓰겠니? 빤빤한 차림새와는 다르게 야비하기 이를 데 없는 음색. 거짓 저음(低音)으로 멋을 부리지 않으면 차라리 나으련만. 사무실에 올라갔었어? 별수 있냐? 웬 젊은 친구가 너하고 어떤 사이냐고 묻더라. 너한테 관심 있는 눈치던데, 잘해 보지 그러냐?

샤워기 물 떨어지는 소리 사이로 언뜻 전화벨이 울린 것……같다. 반사적으로 몸을 일으켰다가 도로 주저앉는다. 그럴 리가 없다. 며칠째 전화선을 뽑아 놓은 상태가 아닌가. 나는 그제야 젖은 옷을 벗어 세면기에 걸친다. 젖은 옷에서도 몸에서도 물비린내가 난다. 아니다, 이건 물비린내가 아니라 내 자궁에 괴어 있는 정액이 급속히 썩어 가며 내는 악취……다.

언제 저녁 한번 하십시다, 하는 말로 나를 난처하게 만들어 온 사내는 히트 광고 대행사의 상근 감독이다. 히트 광고 대행사는 내가 관리하고 있는 구역 내 유광빌딩 8층에 입주해 있다. 사내가 직접 제작에 참여하는지 어쩌는지는 알 수 없으되, 둔부만 간신히 가린 미니스커트의 여자들이 그 사무실에 들락거리는 광경은 심심치 않게 목격했다. 유광빌딩 지하 커피숍의 미스 나도 배달 아닌 출입이 잦은 편이었다. 미스 나는 연기와 토크 쇼 사회를 겸하는 잘 나가는 여자 연예인과 인상이 닮았다. 콧대와 아랫입술 두 군데를 뜯어고치느라 삼부 이잣돈을 얻어 썼다는 소문은 사실인 듯했다.

사내는 어딘가 튀어 보이는 여자들과 농지거리를 주고받다가도 내가 들어서면 이내 정색하며 주변을 물리치곤 했다. 그러고는 광고 대행사가 입주해 있는 빌딩이 사실은 큰아버지의 소유라는 것, 큰아버지는 딸만 내리 셋을 두어서 자신이 후계나 다름없다는 것, 지금은 광고판에 몸을 담고 있지만 언젠가는 〈넘버 3〉를 능가하는 영화 한 편 찍고 말리라는 것, 기왕이면 시나리오도 직접 쓰고 싶어 그 분야에서 꽤 인정받는 선배의 작업을 눈여겨보고 있다는 것 따위의 시시껄렁하고 믿을 수 없고 시종 허접해 마지않는 자가 정보들을 대화 사이사이에 끼워 넣으며 내 표정을 살피는 것이었다.

내가 사내의 느끼한 수작을 참는 데엔 몇 가지 간과할 수 없는 현실적인 이유들이 있었다. 실제로 사내를 통해 몇 건의 계약이 성사된 바가 있었고, 또 제법 굵직한 계약 건에 대한 암시를 틈틈이 던져 오고 있었으며, 무엇보다 빌딩 출입을 통제당하지 않으려면 그의 비위를 대놓고 거스르지 말아야 한다는 꿀리는 계산속이 내 목을 죄었다.

어디 가서 저녁부터 때리자. 오빠가 그렇게 말했을 때 얼핏 그 사내가 떠오른 것은 아마도 그 둘이 내게 보여 준 이미지의 유사성 때문이 아니었을까 싶다. 오빠는 앞장서서 일품갈비집으로 들어갔다. 여기 생등심하고 소주 하나. 넌 맥주로 할래?

나는 고개를 저었다. 주머니 사정보다도 함께 무언가를 먹고 마신다는 것이 끔찍했다. 오빠는 생등심 4인분에 소주 한 병과 냉면 한 대접을 비우고도 아쉬운 눈치였다. 넌 왜 안 먹냐? 다 먹자고 하는 일인데.

나는 손목시계를 들여다보는 체하며 말했다. 저녁 약속 있어. 오빠에게서 벗어나기 위해 적당히 둘러댄 것이 화근이었나. 그 말에 오빠의 눈이 더욱 가늘어졌으니까. 야, 니 언니 말대로 너 남자 사귀냐? 뭐 하는 작잔데, 유부남은 아니고? 그냥, 광고 찍는 감독이야. 어쩌자고 그런 거짓말이 불쑥 튀어나온 것일까. 아서라, 자본은커녕 허구한 날 살림 들어먹는 데 이력난 놈팽이 냄새 풀풀 풍긴다. 혹시라도 물려받을 재산은 좀 있대냐? 내친김이었다. 8층짜리 빌딩이 아버지 거래. 오빠의 눈동자가 커졌다. 어쭈, 제법이다, 너? 속으로 진저리를 치며 갈비집 현관을 나서자 술내가 끼쳐 오도록 내 얼굴 가까이 머리통을 디밀며 오빠가 말했다. 머냐, 내가 관상 한번 봐줄까나?

오빠는 기어이 유광빌딩까지 나를 따라왔다. 잘해 봐라. 나는 꼼짝없이 빌딩 안으로 발을 들여놓을 수밖에 없었다. 제발 빈 사무실이기를. 내 바람은 빗나갔다. 사내는 혼자 비디오테이프를 돌리고 있다가 황급히 전원을 끄며 나를 맞았다. 어, 진옥 씨가 어쩐 일루다……? 술 한잔 사주실래요? 될 대로 되라는 심정이었다. 나는 내심 한숨을 쉬었고, 사내는 회심의 미소를 지었다. 다시 유광빌딩을 나서는데, 끔찍하게도 오빠는 그

때까지 빌딩 앞 보도에서 서성거리고 있다가 질겁하는 나의 눈과 마주치자 다른 누군가를 기다리는 사람처럼 딴청을 피우는 것이었다.

사내와 나는 오빠를 지나쳤다. 뒤돌아보진 않았으나 처음 얼마 동안은 양서류의 외피처럼 서늘한 기운이 내 등줄기를 훑고 있음을 느낄 수 있었다. 나는 거의 자포자기의 상태로 광고 대행사 사내가 이끄는 술집의 문턱을 넘었다. 내가 보이지 않는 힘에 떼밀리듯 문턱을 넘은 곳이 아모른가 하는 그 첫번째 술집만이 아니었다는 사실……을 오빠는 알고 있을까. 대체 오빠는 어디까지 내 뒤를 밟았을까.

마른 수건으로 오래 젖어 푸르러진 몸을 감싸고 화장실을 나오지만 방 안으로 한 발 내려놓기가 겁난다. 방 안에는 볕 안 드는 공간 특유의 눅눅한 곰팡이 냄새와, 습윤한 플라타너스 이파리에서나 맡아지는 들큰하고 시큼한 냄새가 괴어 있다. 새벽이나 늦은 밤, 플라타너스 가로수 길을 지나며 이 냄새를 맡을 때마다 나는 더운 숨결에 번지는 살피듬내가 떠올라 홀리듯이 어지러웠다. 밤꽃이나 덜 무른 콩나물에서 맡아지는 비릿한 향과는 다른, 은밀한 욕망이 내열을 이기지 못해 수증기처럼 아지랑이처럼 스멀스멀 피워 올리는 그런 당혹스러운 도발의 기미……. 그리고 그로 인한 현기증. 그래, 술기운도 오빠에 대한 반발심도 그 무엇도 아니었다. 간밤에 나는 플라타너스 가로수 길 아래를 지나왔고, 깨어 있는 시간 대부분이 여자와 뒹

170

구는 생각뿐일 법한 사내와 동행이었고, 암묵적 동의나 다름없
다고 해석했을 만큼 내 걸음이 풀려 있었을 테니까.

 눅고 시큼한 냄새가 낮게 떠도는 방을 가로질러 침대 모서리
에 걸터앉는다. 이를 앙다물고 과장스럽게 젖은 머리카락을 흔
든다. 털어 버리는 거야. 머리카락에서 떨어진 물방울이 시트
위에 점점이 뿌려진다. 광고 대행사 사내가 미처 챙겨 가지 못
한, 구불구불 시트 위를 기는 것처럼 보이는 실크 넥타이에도
물방울이 튄다. 초록빛 풀뱀 색깔 넥타이는 미스 나의 선심인
지도 모르겠다. 나는 넥타이를 집어 쓰레기통에 던져 넣는다.
축축한 혀끝으로 내 귓불을 간질이며 속살거리던 사내의 감언
도 껌을 싼 휴지처럼 쓰레기통에 던져 넣을 수 있다면.

 원하는 거 있음 말해 봐. 들어줄게. 사내는 제법 친절하고 달
콤한 목소리를 내었다. 그때까진 그런대로 괜찮은 진행이었는
데. 내가 두 눈을 질끈 감고 그 말을 하기 전까지는. 여행을 가
고 싶어요. 아주 먼 곳으루요. 돌아올 수 없는 곳이면 더욱 좋
겠어요. 아무런 반응이 없어 눈을 뜨자, 아 그때 클로즈업으로
들어오는 사내의 표정이라니. 사내는 무엇인가 아주 꺼림칙한
음식을 삼키고 난 뒤처럼 거북하고 언짢은 기색이었다. 나는
사내가 그 말을, 당연히 사내와는 무관한 내 내밀한 열망의 혼
잣말을, 전혀 엉뚱하게, 아니 액면 그대로 해석했음을 즉각 깨
달았다. 우리 달아나요. 아주 멀리요.

 사내야말로 이 방에서 달아났다. 달아나기 전에 셈 빠른 얼

굴로 돌아온 사내가 지갑에서 봉투 같은 것을 꺼내 경대 위에 탁 얹었다. 나는 갑자기 머릿속이 복잡해진 듯한 사내가 의아스러워 그가 하는 양을 멀뚱히 건너다보고만 있었다. 어쨌든 오늘…… 뭐 딴 뜻은 아니고……. 배웅할 틈도 없이 허둥지둥 인사말인가를 웅얼거리더니 사내는 지상으로 올라가 어둠 속으로 사라져 버렸다. 신속한 퇴장이었다.

천천히 경대 위에 놓인 봉투를 집었다. 봉투를 열고 내용물을 확인하는 순간 혀가 굳었다. 악, 악, 아아악! 무성(無聲)의 비명이 폐부를 찔렀다. 사내가 두고 간 것은 경악스럽게도 유명 제화 회사에서 발행한 상품권이었다. 뒤늦게 부들부들 몸이 떨리기 시작했다. 사내의 의도는 명백했다. 사고파는 행위, 이를테면 거래로서의 왜곡된 의미를 부각시키려는 의도가 명명백백한 지불이었다. 방문을 향해 상품권 봉투를 집어 던졌다. 그러나 봉투는 순식간에 더욱 묵직해진 공기를 날렵하게 가르지는 못하고 내 발치에서 멀지 않은 지점에 툭 떨어져 앉았다. 개자식, 더러운 새끼. 무용한 욕질은 오히려 내 가슴을 찌르고 후벼 팠다.

허리를 굽혀 바닥에 떨어져 있던 상품권 봉투를 주워 올린다. 봉투째 세로로 한 번, 두 조각을 겹쳐서 다시 한 번. 나는 찢긴 상품권 조각들을 쓰레기통에 버린다. 물론 나는 알고 있다. 내가 버린 것은 그따위 찢긴 종이 나부랭이가 아니라는 사실을. 보다 예민하고 보다 날카로운 다른 무엇이었다는 사실을.

5

　오늘 내 얘긴 여기까지예요. 네, 엉망이었죠. 바닥을 보았다고나 할까요. 아니, 내가 바로 바닥이죠. 더 내려갈 곳 없는 바닥. 거기에 내가 누워 있는 거예요. 그래요. 몸서리쳐지는 일이에요. 사는 게 힘든 거라면, 그런 건 참을 만해요. 정말 참을 수 없는 건, 사는 게 싫어지는 거죠. 내가 내쉰 공기를 다시 들이마셔야 한다는 게 참을 수 없을 만큼 싫어졌다면, 거의 끝이나 다름없죠. 끝이라…… 참혹하네요. 이젠 전화도 안 하겠군요? 어쩐지 그런 예감이 들어요. 전화길 아예 없애 버릴까요? 어차피 난 오는 전화만 받는 쪽이었으니까요. 지금 이 전화만 해도 그렇잖아요? 그쪽에서 걸지 않으면 내쪽에서야 어떤 신호도 보낼 수 없는 거였잖아요. 말하고 나니까 새삼스럽네요. 그게 불만이었던 적이 한 번도 없었는데……. 처음부터 혼자였는데, 갑자기 나 혼자 두지 말라고 가당찮은 앙탈을 부리는 것처럼요. 마지막이니까 농담 한 가지 할게요. 다 아는 이야기일지도 모르지만 그래도 금시초문인 듯 들어요. 만약에 어디 다른 나라에 여행을 가서 거기 여자를 안을 맘이 들게 되면요, 그전에 알아 둘 게 있다네요. 맞춤 구두 한 켤레 값이라고, 들어 봤어요, 그런 얘기? 어느 나라나 그 정도가 적정 가격이래요. 그러면 크게 망신 안 당하고 하룻밤 따뜻하게 보낼 수 있다네요. 누구한테서 들었는지 궁금하세요? 어떤 작자가요, 그 언제 유광빌딩 지하 커피숍 미스 나한테 하는 애길 엿들을 맘 없이 엿듣

174

게 됐어요. 그 작자, 등을 돌리고 있어서 막 들어서는 날 미처 발견하질 못하고 계속 지껄여 대고 있었거든요. 그만 할까요?

전화기에서는 아무 소리도 들리지 않는다. 오빠도 올케도, 문 소장도 새로 온 소장도, 넥타이를 흘리고 간 사내도 익명의 발신자도, 내 삶을 원격 조정해 온 그 어떤 목소리도 이제 전화선을 통해 내게 접근해 오지는 못하리라. 나 역시 그들 누구와도 닿을 수 없는 적소(適所)에 유배 중인 처지. 그러나, 그럼에도 나는 자유를 꿈꾼다. 지상으로 올라서지 못한 방 한 칸에 몸을 누이고 서서히 내 영혼의 기(氣)를 소진해 나가는 것, 생의 무대에 검은빛 우단의 결을 가진 어둠의 막이 내려지는 것, 그 어둠 켜켜이 휘발성 알코올처럼 흩어져 자취 없어지는 것, 그런 완전한 소멸의 자유를 꿈꾼다.

분실물

1

‘세상은 지옥이다. 집은 지옥의 모델 하우스다. 도대체, 마누라쟁이는 사시장철 창 끝처럼 뾰족하기만 하고, 빤빤한 어미의 사주를 받은 자식새끼들은 줄창 분수 넘치는 요구 사항을 늘어놓기만 하고, 늙은 어머니는 과다한 침묵이거나 가래 끓는 잔기침으로 가장인 아들의 숨통에 회를 바른다. 귀가는 지옥의 복무규정에 들어 있다. 의무 연한은 고사하고 말뚝이 푹 썩어 곤죽이 돼도 만기 제대는 없다. 퇴출의 시대에 살벌한 영구직이다. 명퇴란, 정녕 명예로운 퇴직이렷다? 발설할 수 없는 희망은 망상에 불과하다만.’

명성연립 나동을 향해 비척비척 걸어가는 중에 그렇게 중얼거렸던 나는 물론 취한 상태였다. 처음 명성연립 나동 308호로 이사 오던 그 밤에도 취기에 젖어 있었으나 당시는 드디어 내 집을 가지게 된 것이 너무나 기뻐서였다. 쑥스러움을 무릅쓰고 말한다면 그때만 해도 가정은 내 에너지의 충전소였다. 가정, 홈, 스위트 홈. 그로부터 딱 10년 만에—아내의 말로는 10년이 넘도록—명성연립을 벗어나지 못한다는 이유로 나는 아내로부터 무능의 낙인이 찍혀 버렸고, 가족은 내 등골을 빼먹는 무시무시한 독충들로 변해 버렸다.

'나더러 어쩌라고.'

반상회 때마다 재개발에 관한 믿을 수 없는 정보가 난무했다. 하긴 명성연립 주택은 낡을 대로 낡았다. 지은 지 20년이 가까운지라 우중충한 외벽에 죽죽 갈라 터진 금의 갯수만큼 일상의 불편이 쌔게 널렸다. 집집이 돌아가며 보일러 배관이 삭는 바람에 한겨울에도 마룻바닥을 들어내기 일쑤였고, 위층 화장실 오수관에서 새는 물이 아래층 화장실과 맞붙은 안방의 꽃분홍 벽지를 흥건히 적시며 타 내려오는 일이 다반사였다. 바퀴벌레는 지하 벙커를 구축해 놓고 스텔스 전투기처럼 때와 장소를 가리지 않고 출몰했으며, 곳곳에 기하급수적인 번식을 도모하며 구릿빛 알집을 투하해 놓았다. 어디 그뿐이면.

없네 없네 하면서도 한 집 두 집 늘어나기 시작한 자가용 승용차는 이동의 편리성과 약간의 과시욕을 충족시켜 주는 속물적 만족감과 골머리 썩이는 재산 관리상의 문제를 동시에 제공했다. 제 아이들의 체력 증진 및 사교의 공간인 놀이터를 절반이 넘게 잠식해 들어가고도 주차 공간이 턱없이 모자랐다. 그 탓에 단지 앞 소방 도로에 불법 주차를 했다가 위반 딱지를 떼이는 차주가 속출했다. 우선 주차 문제만 보더라도 근본적인 대책이 없고는 나날이 악에 받친 불평이 가중될 게 뻔했다. 사정이 그렇다 보니 입주민들 대개가 대대적인 보수 공사를 해야 한다느니, 그러느니 조합을 결성해 재개발을 추진하는 것이 용이하면서도 경제성이 크다느니, 저 달짝지근한 쪽으로 꿍꿍이들이 오락가락하는 모양이었다.

딸아이 소은의 동무인 수진이네가 큰길 하나 건너 새로 지은 아파트로 이사를 가고 난 뒤로 아내는 틈만 나면 내게 압력을 넣는 중이었다. 누구네처럼까지 바라는 것은 아니고 면피나 했으면 좋겠다나 어쨌다나. 동전 내기 고스톱에 재미를 들이더니 그쪽 전문 용어가 왕왕 일상어로 입에 오르내리곤 하는 게 거슬렸지만 꾹 참을 수밖에 없었다. 그러나 제기랄, 손에 든 쪽이 시원찮으면 업어 오는 재수라도 붙어야 기본을 할 것이 아닌가. 저나 나나 나기를 빈출(貧出)이라 밭 한 뙈기 물려받을 유산은 차치하고 제 앞의 것 털리지 않고 유지하기도 급급한 마당이었다. 더군다나 아이엠에프 이후로는 월급쟁이 노릇조차 풍전등화나 마찬가지였다. 이래저래 무슨 방도가 있어야 아랫돌이라도 빼서 윗돌로 활용해 볼 건덕지로 삼지 않겠는가 말이다.

아내라고 모르지 않을 전후 형편이니 딱히 무슨 용단을 내라는 것은 아닐 터였다. 그저 애먼 남편이라도 들들 볶아 처먹는 것으로 반분이나 풀자는 눈치였다. 전망 없는 월급쟁이 마누라 노릇에, 허리야 무릎이야 꿍꿍 앓으면서도 뭐가 그리 못마땅한

지 눈만 마주치면 끌끌 혀뿌리부터 차대는 밉살맞은 시어머니 보람 없는 수발들게 한 데 대한 분풀이로.

─잘못되었으면 무엇이 잘못되었다, 마땅찮으면 어디가 마땅찮다, 야쿠르트 광고 카피처럼 뭐라고 콕 집어 말씀을 하셔야 뜯어고치든 대들어 먹든 포즈를 취할 거 아니냐구. 이건 하루 온종일 눈만 마주쳤다 하면, 에구 성에 안 차 복장 뒤집어지는구나, 그런 행간이야. 나도 미쳐. 나도 복장 뒤집어진다구.

아내의 악다구니를 정 틀렸다고는 할 수 없게 어머니는 어머니대로 아들의 운신을 힘들게 하는 데가 있었다. 아내라고 매사 당신 눈에 들게 차근차근한 성품이 못 되니 그런 며느리 들인 아들이 헤벌쭉 그 치마폭에 엎어지는 꼴 곱게 보잘 어머니가 아니었던 것이다. 아내 깐엔 한다고 해도 도무지 감동을 받는 법이 없는 인색한 시어머니가 분명했고, 면전에서는 공대를 하는 체하다가도 방문 닫고 돌아서면 대갓집 마나님 종년 부리듯이 눈짓만 까딱거린다고 거품을 무는 진심 부족한 며느리가 또 분명했다. 이래저래 새중간에 끼여 꽁지 내리고 핏발 선 눈동자 뚜렷거리는 내 신세만 딱하다 못해 비굴하달 지경이었다.

'집에서 치이고, 회사에 나가서는 아래위로 치이고……. 그러니 나더러 어쩌라고.'

발에 걸어차인 빈 페트병이 텅 소리를 내며 어느 집 승용차 트렁크인가를 맞고 퉁겨 나왔다. 나는 속히 그 자리를 떴다.

계단은 어두웠다. 층마다 한꺼번에 전구가 나가 버린 탓이었다. 부지런히 갈아 끼워도 소용이 없었다. 애당초 배선이 잘못되었는지, 소켓 상태가 불량한지, 기껏 갈아 끼워 놔야 이틀을 못 가 퍽, 하고 도로 터져 버렸다. 돈을 태워 날리느니 아예 더듬더듬 쇠난간을 붙들고 오르내리기로 무언의 합의가 이루어졌다. 게다가 너나없이 김칫독이며 세발자전거 따위를 층계참에 내놓아 취중의 비틀거리는 행보로는 부딪치고 걸리기 십상이었다. 조심성 없는 발치에 차인 빈 소주병이 계단으로 굴러 박살이 나는 소리쯤은 내가 무사히 집에 들어가 아내와 어머니의 협공을 받고 있을 때에도 심심찮게 들을 수 있었다. 그런데도 다음날 아내가 이웃에게서 들여오는 말에 의하면 간밤 소란의 용의자로 내가 첫번째 지목을 당하고 있더라는 것이었다.

—그럴 때나 유력한 후보지.

승진에서 번번이 미역국을 말아 먹고 있는 나를 아내가 그런 식으로 비꼬고 드는 데야. 야비하게시리.

나는 초인종을 누르기 전에 기도를 최대한 넓히며 심호흡을 했다. 전의를 가다듬는 사전의 각오도, 체념의 한숨도 아니었다. 맷집을 부풀리기 위한 일종의 준비 운동일 뿐.

'찔러라, 심장에 굳은살이 박여 더 이상 아프지 않다. 휘둘러라, 그깟 잔주먹질에는 끄떡도 않는다. 내 비록 낡은 샌드백이지만 두들기는 너희 손도 아플 것이다. 그러나 잊지 마라. 권위는 땅바닥에 떨어진 지 오래지만, 누가 뭐래도 나는 가장이고,

너희의 밥줄이고, 백전백패에 굴하지 않는 인생의 노장이다. 니기미.'

닝동닝동. 깊은 밤 집 안의 적막을 건드리는 초인종 소리를 현관 밖에서도 들을 수 있었지만 냉큼 문을 열어 주러 나오는 기척은 없었다. 간곡한 호소가 귓등으로 흘려지는 대접을 받을 때처럼 무안했다. 아무 데고 호소할 길 없는 무한한 서글픔을 안온한 잠자리의 그들은 모를 것이다.

'어쭈, 이것 봐라. 오오냐, 내 어디……'

닝동닝동닝동. 거푸 초인종을 눌러 댔다. 초저녁잠이 많은 어머니는 보료에 누워 잠귀가 어두운 척 쓴 입을 다시고 있을 것이고, 아내는 벽시계를 올려다보며 이 화상을 조용히 안으로 잡아들여서 핏대를 세우는 게 효과적일까, 어두운 문밖에 길게 세워 두고 동네방네 우세를 시키는 게 교육적일까, 잠시 궁리 중일 것이었다. 아이들은 자고 있거나, 미처 잠들지 않았어도 팔짱을 낀 채 현관문을 노려보고 섰을 제 어미의 서슬에 마른 침 꿀꺽 삼키며 이불 속에서 꼼지락거리고 있을 것이었다. 제 어미 편에 붙어야 신간 편할뿐더러 보급품 조달에도 유리하다 는 걸 아이들이 더 잘 꿰고 있을 테니까.

'이런, 씨이팔.'

치미는 욕설을 입 밖으로 뱉으며 주먹을 쳐들었다. 냅다 문짝을 내리치고 발길질을 동원하면 아내는 허둥지둥 뛰쳐나오기는 할 터였다. 한밤중에 온 동네 광고를 내고도 태연할 정도의 배짱은 못 가진 여자였다. 남편 우세는 시켜도 제 우세는 극구 피하고 보자는 얄팍한 위선을 응징하리라. 그러나 나는 등등하게 치켜들었던 주먹을 슬그머니 내려뜨렸다. 집 안으로 들여지지 못하는 것보다 난리 깽판을 쳐서 집 안으로 쳐들어가는 쪽이 훨씬 더 치욕스럽다는 생각이 휙 스쳐 지나갔기 때문이다. 취중의 오기 같은 것이었는지, 밟으면 꿈틀거리는 지렁이 근성 같은 것이었는지, 하필 그 순간에 꼭지가 싸악 돌아 버렸던 것이다.

'그래, 좋다.'

나는 열리지 않는 현관문 앞에서 미련 없이 돌아섰다. 때맞춰 문이 열린다면 온순하게 깃발을 접고 꼬리를 착 내린 채 안으로 끌려 들어가겠지만 그런 일은 당장 일어나지 않았다. 행이었는가, 불행이었는가. 나는 어두컴컴한 계단을 거꾸로 내려갔다. 2층에서 1층으로 내려가고 있을 때였다. 뒤늦게 수상쩍은 기미를 알아챘는지 현관문 삐이걱 젖히는 소리가 나는 듯했건만, 그리고 내심은 반갑기도 했건만, 나는 돌아가지 않았다. 내친걸음이었다.

'미안하지만 한발 늦었다. 장휘숙! 잘 먹고 잘 살아라.'

마음으로야 냅다 큰 소리를 쳤지만 그 시간에 내가 찾아갈 만한 곳이라곤 단 한 군데뿐이었다. 집으로 가기 전 마지막으로 들렀던 포장마차가 유력했다. 일단 명성연립 단지를 벗어났다. 그러잖아도 미진한 감이 있던 차였다. 아까만 해도 회사 동료들과의 회식이 어설픈 이차로 끝난 것이 못내 아쉬웠으므로 집으로 오는 길목의 포장마차를 그냥 지나치지 못했던 참이었다. 해서 단골인 그 포장마차에서 '가볍게' 한 잔을 추가한 뒤에 집으로 향했던 것이었다.

다시 돌아간 포장마차는 슬슬 파장 분위기였다. 다른 날에 비해 철수 준비가 다소 이른 성싶었다. 휘장 안에는 곰장어 접시와 소주잔을 앞에 두고 꾸벅꾸벅 절을 바치고 있는 늙수그레한 사내 하나가 전부였다. 소주를 청하자 주인 여자는 나를 흘낏 쳐다보더니—필경 내 상태를 살폈을 것이다—우리고 우린 나머지 텁텁해진 다시마 국물부터 한 대접 내밀었다. 냉수 한 잔에도 인색한 아내보다야 마음 씀씀이가 백 배쯤은 고운 여자였다. 감동의 표시로 물일에 퉁퉁히 불어 터진 손이라도 덥석 잡아 주고 싶었지만 보나마나 주정뱅이 희롱으로 몰릴 게 뻔해서 자제하기로 했다.

「기껏 간다고 나선 게 몇 발짝 전인데 그새 왜 또 왔어요?」

「아줌니 보구 싶어서 도로 돌아왔지요.」

「에구, 누가 듣겠네요.」

「들으라지요. 기왕이면 우리 집 여편네가 들었으면 좋겠는데, 그 여편네는 귀가 멀어 가는지 문도 안 따줍디다.」

「먹고 살자니 술은 팔고 있지만, 나도 내 남편이 밖에 나가서 술 마시고 혀 꼬여서 들어오는 건 어째 좋지 않데요. 국물이나 들이켜구 그만 들어가 봐요. 애기 엄마 눈 빠지게 기다리 겠구먼.」

「아줌니야말로 눈 빠지게 아저씨 기다리는 모양인갑네.」

내 희떠운 수작에 여자가 피식 웃었다. 아닌 게 아니라 조금 있으면 주황색 야광 조끼를 입은 여자의 남편이 잠 덜 깬 부석 한 얼굴로 나타나 뒷수고를 해줄 차례였다. 여자의 남편은 구 청의 계약직 환경 미화원이었다. 여자는 한 번도 그 사실을 부 끄럽게 말한 적이 없었다. 적어도 내 느낌으로는 그랬다. 중소 기업체의 만년 과장인 내 사회적 신분이 아내의 열등감으로 작 용하는 것과는 달리. 실제로 여자는 매양 서두르는 낌새인 남 편을 불기운 가까운 의자에 끌어다 앉히기부터 했다. 그런 다 음 따로 수습해 둔 국수 타래에 뜨거운 장국물을 부어 새벽일 나가는 남편의 요깃거리로 내놓았다. 그렇다고 그 살가운 부부 애를 맘속에 도장 파듯 새겨 둔 건 아니었는데, 어쩐지 그 정 도타운 그림이 되살아나면서 부러운 생각마저 들었다.

「딱 반 병만 더하지요.」

「그만큼 드셨으면 됐겠구먼. 쓴 소주보담 내 국수나 한 그릇 말아 드릴 테니 속이나 풀고 가요, 그만.」

「누가 먹다 남기고 간 거라도 있음 주세요.」

주인 여자가 마지못해 반 남짓 남은 소주병과 잔을 앞에다 놓아 주었다. 나는 다시마 국물을 안주 삼아 야금야금 술잔을 비우기 시작했다. 부드럽고 감미롭고 황홀한 입맞춤처럼, 오묘

하도다, 나긋나긋 혀뿌리에 감기는 이 감각이여…… 씨부렁씨
부렁 읊조리면서.

　2

　여자의 만류에도 불구하고 술은 거기서 끝나지 않았다. 말
그대로 코가 비뚤어지도록 마셔 댔고, 당연히 필름이 끊어져
버렸다. 결국 나는 집으로 돌아가지 못했다. 아침에 눈을 뜨면
서 그 사실을 바로 깨달았다.

　더부룩한 위장과 골을 패는 듯한 두통은 둘째치고, 기어이
사고를 쳤다는 낭패감 때문에 간신히 밀어 올린 눈꺼풀이 저절
로 닫혔다. 돌이킬 수 없는 변고였다. 이른바 첫 외박, 첫 도모
인 셈이었다. 술에 떡이 되어 첫새벽에 기어 들어갔던 적은 항
용 있었어도, 출장으로 공식적인 외박을 한 경우는 간혹 있었
어도, 어딘지도 모를 방구석에서 훤하게 들이치는 햇살 아래
실눈을 뜨기는 결혼 이후 처음 있는 일이었다. 장휘숙에게 날
린, 잘 먹고 잘 살아라던 간밤의 객기는 온데간데없어졌다. 나
는 난관 극복을 위한 변명 찾기에 급급해서 묵직하고도 뻑뻑한
머리통을 굴리고 굴렸다.
　'퍽치기한테 끌려가 죽도록 얻어맞고 현금이고 카드고 다 털
렸다……고 하면?'

눈을 뜨고 이불 밖으로 드러나 있는 내 몸의 여기저기를 살폈다. 그러기엔 몸은 상처 하나 없이 온전했다. 평소에는 판판한 대로에서도 넘어지고 엎어지기도 곧잘 했건만, 전봇대가 10년 만에 만난 불알친구처럼 과잉 액션으로 포옹을 청해 오거나 아스팔트가 벌떡벌떡 일어나 일제 반격으로 달려들기도 했건만, 애석해라, 이날따라 내 신체발부는 지극히 상태 양호하며 씻어 놓은 듯 말짱했다.

'회사의 자재 창고에 도둑이 들었다고 하면……?'

시계를 보았다. 열한시 10분. 회사 동료들과 입을 맞추기엔 늦어 버린 시각이었다. 아내가 먼저 사무실로 전화를 넣었을 수도 있었다. 제 자존심은 있으니까 술 취한 남편 버릇 들이느라 문 열어 주지 않았다는 대목은 쏙 빼고, 남편이 그길로 사라져 아예 돌아오지 않았다는 뒷부분도 요령껏 빼놓고, 아무개 과장 자리에 있냐고 상냥하게 둘러댔을지도 모를 일이었다. 아니면 거래처 여직원인 양 목소리를 변조해 나를 찾았을 수도 있었다.

이제 와서 알리바이를 짜 맞추기에도 글렀을뿐더러 지금이면 회사도 발칵 뒤집혔겠다. 순서대로라면 회사에서 집에다 전화를 걸어 내 소재를 파악하느라 한바탕 난리를 쳐댔을 거라고 봐야 했다. 새로운 투자가를 영입하기 위한 사업 설명회가 열한시로 예정되어 있었고, 그 행사는 우리 과 소관이었으니까. 아내는 내 행방을 묻는 수고는 덜었겠지만, 과연 뭐라고 둘러

댔을까. 으흐, 웬수놈의 술.

암담했다. 벼랑, 절망, 해고, 끝장……. 그런 무자비한 단어들이 차례로 쓰디쓴 신물처럼 목젖을 타고 올라왔다. 시방이라도 발딱 몸을 일으켜 회사로 날아가는 게 좋겠다는 생각이 들었다. 시말서나 몇 개월 감봉 처분의 선에서 무마만 되어도 어딘가. 일단은 목숨을 부지해야 인생 대역전을 꿈꿀 수 있지 않겠는가. 내게 무슨 재수 있어 쨍하고 해뜰 발복(發福)의 그날이 찾아와 줄까마는. 당할 때 당하더라도 마주쳐나 보자고, 어금니 지그시 깨물며 허리께까지 두르고 있던 누비 이불을 확 걷어 젖혔다. 그러나 다음 순간, 간만에 발기한 전투 의지를 무참히 꺾어뜨릴 광경을 목도했으니, 놀랍게도 나는 러닝셔츠 밑으로 아무것도 걸치지 않은 맨아랫도리였던 것이다.

'내가? 거기까지?'

그러나 '거기까지'가 어디까진지, '거기까지' 어떻게 갔는지, '거기까지'는 차치하고 이 낯선 방에는 또 어떤 경로로 들어와 널브러져 있는지, 기억이 전무했다. 캄캄한 머릿속보다 다가올 앞일이 더 캄캄했다. 그제야 방 안을 둘러보았다. 여느 평범한 여관방처럼, 자리끼 물주전자와 두루마리 화장지가 담긴 싸구려 플라스틱 쟁반이 칠 벗겨진 경대 문갑 위에 놓여 있었다. 남성용 스킨 세이브 로션과 도끼 자루 모양을 한 노란색 플라스틱 빗도 함께. 아직 할부가 끝나지 않은 캠브리지 멤버스 양복 윗도리와 바지는 그런대로 얌전히 옷걸이에 걸려 있으니 다행이라고 하겠다. 꾸깃꾸깃한 와이셔츠는 방문 손잡이에, 넥타이는 손잡이에서 미끄러져 내렸는지 뱀의 허물처럼 셔츠 끝단이 닿아 있는 방바닥에, 배터리가 나갔는지 창이 뜨지 않는 핸드폰과 안경은 머리맡에……. 그렇게 모든 소지품들이 무사한데, 단 한 가지 결정적으로, 아내가 어머니에 맞서 기어이 내게 입힌 트렁크 팬티만이 보이지 않는 것이었으니…….

'오나가나, 이놈의 팬티가 말썽이구먼.'

휴지통을 들여다보았다. 체통 없는 짓이어도 어쩔 수 없었다. 휴지통에서는 구불구불한 머리카락과 무슨 용도로 쓰였는지 짐작 가능하나 외면하고 싶은 휴지 뭉치와 부러진 머리핀이 나왔다. 한 가닥 희망을 갖고 방 입구의 욕실로 뛰어들었다. 타일 바닥은 흥건히 젖어 있었고, 자잘한 물방울이 동글동글 거울에 맺혀 있는 걸로 봐서 누군가 욕실을 사용한 지 얼마 되지 않은 모양이었다. 화장실 휴지통에는 그 누군가가 쓰고 버렸을 일회용 칫솔이 다였다. 팬티는, 어디에도 없었다!

'오 마이 갓!'

아들아이 동은이 툭하면 어깨를 으쓱 추켜올리는 제스처와 함께 내지르던 표현대로 '오 마이 갓'적인 낭패요, '엽기'적인 사태였다. 나는 화장실 변기 뚜껑을 걸타고 앉아 애먼 머리카락을 쥐어뜯었다.

'내게 무슨 일이 일어났단 말인가.'

한편 우스꽝스럽기 그지없는 장면이었다. 외박이라고 하는,

생존을 위협하는 어처구니없는 상황은 뒷전으로 밀려나고 그깟 팬티 한 장에 목숨이 걸린 사람처럼 전전긍긍하는 꼬락서니라니. 나는 러닝셔츠마저 훌렁 벗어 던지고 샤워기 아래로 들어섰다. 그리고 차가운 물줄기를 머리 꼭대기부터 뒤집어쓰며 소리내어 중얼거렸다.

'그래! 팬티는, 사면 된다!'

결론부터 말하면, 나는 팬티를 사지 못했다. 회사로 출근하지도 못하고, 집으로 기어 들어가지도 못한 채, 하루 종일 쓰린 속을 달래며 백화점 속옷 코너와 재래시장의 양품점을 다 뒤졌지만, 같은 상표에 같은 무늬의 팬티는 구할 수 없었다. 비극이었다.

시내 백화점 속옷 코너의 여점원들은 대단히 친절했다. 내 설명을 찬찬히 들어 주었으며 지치지도 않고 비닐 포장된 상품들을 펼쳐서 보여 주었다. 찾는 것과 같은 상표이긴 하지만 색상이 다르다거나, 문양이 비슷해 보여도 회사가 다른 것들이었다. 나는 그때마다 고개를 저었다. 어찌 됐든 똑같아야 했다. 비스무레한 걸로는 통하지 않을 게 뻔했다.

「아휴, 손님. 그렇게 까다로우셔서는 어디서도 원하는 걸 못 구하세요. 정말 마지막으로 권해 드리는 건데요, 이건 어떠세요?」

「내가 찾는 건, 이것처럼 불그죽죽한 색상이 아니고…….」

처음에는 특별한 취향을 가진 고객의 비위를 맞추느라 나름대로 인내심을 발휘하던 점원들도 종내는 지쳐서 샐쭉해지거나 말투가 깐깐해졌다. 아니면 저희들끼리 눈짓을 주고받으며 키득거리거나 할끔할끔 나의 위아래를 살피곤 하는 것이었다.

음침한 병력(病歷)을 상상하며 노골적으로 의심의 눈초리를 보내올 때에는 그야말로 전날의 작취가 원망스러웠다. 나아가서 그 팬티를 사다 입힌 아내에게까지 원망의 화살이 돌아갔다. 나는 벌게진 얼굴 더욱 붉히며 꽁무니를 빼는 수밖에 없었다.

민망함만 견딘다면 백화점에서는 그래도 대접이 나은 편이었다. 재래시장이나 양품점 같은 곳에서는 주욱 늘어놓은 여러 장의 팬티 가운데 한 장이라도 골라 들지 않고서는 곱게 돌아나오기 어려웠다. 대놓고 면박을 주지 않으면 가뜩이나 후끈후끈한 뒤통수에 무지막지한 조롱이 따라붙었다.

「아니, 이 아저씨가 시방 놀자는 거야, 놀리자는 거야. 잘나지도 않은 물건 하나 가리면 그만이지, 금색이 가로 섞인 건 뭐고 은색이 세로 섞인 건 또 뭐냐구. 숫제 금실 은실 사다가 마누라더러 엮어 달래지그래.」

「원 시상에, 빤쓰 장사 십수 년에 아저씨같이 유별난 양반 첨 보겄소. 한 벌에 기십만 원씩 하는 수제 양복이나 되면 그렇다 치겠지만, 그래 봤자 한 뼘 사타구니 가리는 빤스 아니우, 빤스? 고거 한 장 고르기 고로코롬 번잡스러워서 워디 가랭이 사이에 끼고나 다니겄소?」

그나마 등짝에다 대고 소금 뿌리지 않기가 다행이었다. 수모는 수모대로 당해 가면서 속옷 가게를 전전할 때마다 내 손에는 쇼핑 봉투가 하나씩 늘어 갔다. 신용 카드로 현금 서비스를 받아서 집에 들고 들어가지도 못할 팬티를 사재다니, 어디 상상이나 한 일이던가. 나중에 돈의 용처에 대해 아내로부터 받을 추궁은 또 어쩔거나. 한숨이 푹푹 나왔다. 사람이 궁하면 엉뚱한 비약으로 본말을 뒤집는다고, 나는 급기야 이 모든 사태가 어머니와 아내의 신경전이 불러온 결과라고 마음으로 우겨대기에 이르렀다.

어머니와 아내의 최초의 신경전은 늘어져 못 입게 된 팬티의 뒤처리에서 비롯됐었다. 문제는 최초의 신경전이 최후까지 원만한 타협점을 찾지 못한 채 주기적으로 표면화한다는 점이었다. 내가 곁에서 보기엔 지극히 사소한 문제 같았지만 어머니와 아내에게는 서로 중차대한 위협이 되는 사안이었다. 그리고 그 최초의 대립은 사사건건 입장과 시각의 차이로 악화되어 갔었는데, 새중간에 든 나를 서로 편의적으로 끌어다 붙이는 바람에 나만 죽을 맛이었다.

—야아, 너는 어디서 저런 헤픈 애를 데려왔다냐? 지가 그렇게 깔끔하다면서 생전 수건이고 속옷이고 삶아 너는 꼴을 못 봤다. 뭐든 가루비누 풀고 세탁기 윙윙 돌리면 그만이더라.

물자 부족의 시대를 경험한 어머니는 철저한 재활용주의자였다. 반면에, 소비가 미덕인 세대의 아내는 팬티건 그 무엇이건 수명이 다한 물건은 제때 제때 버려야 직성이 풀렸다. 그렇지 않으면 온 집 안이 쓰레기통으로 변해 버릴 거라고 믿어 의심치 않았다.

—어머니에겐 위생이라는 개념이 없어. 지금 세상에 아들

속옷 물려 입는 부모가 어덨구, 것두 모자라 후줄근하게 낡아
빠진 난닝구며 빤스를 행주로 걸레로 물려 쓰는 집이 어덨다
구. 천 원이면 두 장이나 살 수 있는 보송보송한 행주 놔두고,
글쎄 그 거시기한 걸로 밥상이며 그릇이며 애들 입가 문질러야
되겠냐구.

나라고 신경전의 본질을 모를 리 있겠는가마는……. 어머니
는 결혼 전과 후가 확연히 달라진 며느리를 애저녁에 길들이려
는 전략적 트집이었을 것이고, 아내는 살림 간섭은 물론 아들
둔 홀시어머니 유세를 결단코 들어주지 않겠다는 총체적 저항
이었을 것이다.

속옷에 관한 두 사람의 견해 차이는 그것만이 아니었다. 속
옷은 모름지기 흰 것이어야 하고 삶아 입을 수 있는 소재여야
한다는 생각에서 한 치도 벗어나지 못하는 어머니였다. 그래서
철철이 당신이 직접 골라온 치수 100사이즈의 흰색 소매 있는
러닝셔츠와 삼각 팬티를 며느리 보란 듯이 내밀었더랬다. 그럴
때마다 아내는 낯빛이 하얗게 질리면서 파르르 속눈썹을 떨곤
했다. 자신의 존재를 무시하는 심각한 월권 행위, 아내는 그렇
게 해석했었다.

— 당신이 이해해.

— 못해.

— 평생을 그렇게 여기고 살아온 분이야. 천천히 달라지실
거야. 조금만 기다려.

194

─그래서, 그거 입을 거야?

소심한 나는 이 눈치에 치이고 저 눈치에 찔려 가며 딴에는 무진장 열심히 봉사했다. 안방에서는 아내에게, 건넌방에서는 어머니에게. 그러나 정말 이상한 노릇은 어머니나 아내나 서로 나를 자기편으로 끌어들이지 못해 안달을 하면서도 동시에 쳐부숴야 할 공공의 적처럼 내게다 대고 마구 퍼부어 댄다는 점이었다.

─에라이, 못나 빠진 놈. 니가 시방 내 귓등 살살 긁어 주는 체하고 있다만, 마루 한 칸이, 태산이 늘어서고 황하물이 굼실거릴 너비더냐?

─ 무슨…… 말씀이 쬐끔 어렵네요?

─마루 한 칸 지나서 방문 하나 열고 들어서면 고길로 안면 싹 바꾸는 거 내 모를 줄 아나? 어데 후덕할 것도 없이 삐쩍 곯기만 한 여편네 깽깽거리는 대로 오냐오냐 다독질해 싸며 너 이쁘다, 너 옳다…… 아주 에미 고려장을 치르지 그러냐?

─아이고, 어머니도, 참. 누가 들으면 참말인 줄 알겠네.

─니 기집처럼, 내사 없는 말 지어낼 줄 모른다. 지년 박복해서 지 냄편 앞길 가로막고 섰는 줄은 모르고, 대학물 쬐끔 튀긴 걸루다 늙은 것 찜쩌먹으려고 드는 년이다, 그년은.

그런 식이었다. 두 사람이 벌이는 신경전의 틈바구니에서 신경 쇠약에 걸리지 않기 위해서라도 나는 술을 마셔야 했다. 그러더니 언제부턴가 어머니는 속을 모르게 컴컴해져 갔고, 아내는 온갖 불평불만들을 수집하듯 늘려 갔다. 덕분에 나는 연중 취중이었다. 예정에 없는 술자리를 억지로 엮어 냈으며 그도 여의찮으면 포장마차에 들러 자작(自酌)의 고독을 씹었다.

'젠장, 빌어먹을, 자작의 고독이 아니라 자멸의 술독이구먼.'

그러나저러나, 나는 팬티로 인한 고민 하나를 더 늘린 셈이었다. 예닐곱 장이나 되는 팬티를 하수구에 처박을 수도 없고, 개업 기념 홍보물처럼 오가는 사람들에게 나눠 줄 수도 없고…….

어느새 퇴근 시간이 가까워지고 있었다. 나는 어둠이 내리기 시작한 거리를 어슬렁어슬렁 걸었다. 인파에 떠밀려 방향 없이 내딛는 걸음이어서 낯선 사람들과 툭툭 어깨를 부딪치곤 했다. 빈속이나 다름없어 가벼운 부딪침에도 태풍을 맞은 듯이 휘청거렸다. 회사일이 걱정됐지만 전화를 걸어 볼 용기가 나지 않았다. 집으로 돌아갈 엄두는 더더욱 내지 못한 채였다. 나는 갑자기 갈 곳이 없어졌다. 단 하루 만에 일어난 한심한 전락이었다. 명예로운 퇴직과는 거리가 먼.

대로를 벗어나 골목으로 접어들었다. 네온 간판들에 휘황한 불빛이 차오르고 있었다. 술집들이 기지개를 펴는 시각이었다. 다시 술 생각이 났다. 그 곤욕을 치르는 와중에도 어김없는 재발이었다. 그러자 이 한심한 전락을 불러온 대취(大醉)의 현장이 슬그머니 궁금해지는 것이었다. 나는 도로 큰길로 나왔다. 손을 들어 지나가는 택시를 불러 세웠다. 망각의 시발점인 포장마차로 갈 작정이었다. 어쩌면 끊어진 필름 한 토막이라도 건져 올릴지 모를 일이었으므로. 그곳에 내 사라진 팬티가 있을 리 만무했지만.

큰길에서 내려 포장마차가 있는 공터로 비척비척 걸으면서도 내심은 반반이었다. 어찌 되었건 집 근처이니만큼 아내나 명성연립 이웃들의 눈에 붙들릴 확률이 높아졌다는 점 때문에 희망과 절망이 교차했다.

'차라리 아내여, 나를 발견해 버려라. 자력의 원대 복귀보다는 검거되는 편이 수월하리. 하나 그다음에 벌어질 사태는……. 오, 맙소사.'

나는 눈앞에 벌어진 광경이 믿기지 않아 그 자리에 우뚝 멈춰 섰다. 그 당장에 방정맞은 주문의 덕분으로 아내가 길 가운데를 떡하니 가로막고 섰더라도 그처럼 놀라지는 않았을 것이었다. 나는 입을 떡 벌린 채 어어어, 벙어리 고함을 쳤다. 마땅히 있어야 할 포장마차는 간 곳이 없었고, 높직한 대나무 장대가 외로 꼿꼿이 서 있었다. 그저 장대만이 아니었다. 장대 끝에는 내가 밑 빠진 듯한 노 팬티의 품새로 하루 온종일을 찾아 헤맨, 조롱과 수모와 다리품으로도 구하지 못한, 사라진 내 트렁크 팬티가 바람에 펄럭이고 있었다.

'오오, 이쁜 것. 이쁘고 반가운 것.'

나는 누가 볼세라 주위를 두리번거리며 장대를 타고 올라갔다. 내 몸이 그처럼 가볍게 느껴진 적은 없었다. 그러나 그것도 잠깐이었다. 팬티를 낚아채기 직전에 내 몸은 바닥으로 나가떨어졌다. 쿵, 하는 소리가 내 귀에도 들렸다. 아픔보다는 창피함이 먼저였기에 비명조차 지르지 못했다. 삽시간에 사람들이 모여들었다. 나는 구경거리를 놓칠 리 없는 사람들에게 겹겹이 둘러싸인 형국이었다. 군중 속에는 어머니와 아내와 아이들도 섞여 있었다. 나는 그들이 장대 끝에서 깃발처럼 나부끼던 팬티와 팬티를 향해 기어 올라가는 내 모습을 다 보았을 거라고 생각했다.

'죽었구나.'

나는 형량 언도를 기다리는 심정으로 질끈 눈을 감아 버렸다.

3

「정신이 드나 보네.」

분명히 아내의 음성이었다. 전혀 날이 서 있지 않아서 나는 정신이 트릿한 중에도 반신반의했다.

「이거, 보여?」

아내가 장난처럼 손바닥을 팔랑팔랑 흔들었다. 아마도 내 반응을 살피는 듯했다. 나는 반사적으로 바지춤으로 손을 집어넣었다. 역시, 팬티가 잡히지 않았다.

「아이참, 이이가 왜 자꾸 것다 손을 집어넣고 그러는지 모르겠네. 민망하게시리. 이봐요, 소은 아빠. 나야. 여기가 어딘지 알겠어?」

그러고 보니 뭔가 이상했다. 내가 장대에서 떨어져 드러눕게 된 곳은 땅바닥이었는데 다시금 눈을 뜬 곳은 천장이고 벽이고 온통 백색 일색의 실내였다. 등에 닿는 감촉도 땅바닥의 그것이 아니었다. 나는 나도 모르는 사이에 병원에 누워 있는 신세가 되어 있었다. 그렇다면 떨어질 때의 충격으로 기절이라도 했다는 말인가.

「어떻게…… 내가 여기 있지?」

「암것두 기억 안 나요?」

「장대에 올라가긴 갔었는데…….」

「그러게 거긴 왜 올라갔어?」

「내 빤스…….」

아내는 내 요령부득의 동문서답에 혀를 찼다.

「이이가 아직 헛소리를 하네. 그러게 무슨 술을 그렇게 마셔? 그리고 술을 마셨으면 마셨지, 동사무소에는 왜 쳐들어갔으며, 국기 게양대에는 왜 부득부득 기를 쓰고 올라갔대?」

「내가? 내가 그랬다고?」

「그럼 당신이나 그런 짓을 하지 누가 그런 짓 할 엄두나 내겠어?」

「그럼 내 빤스는 왜 없어?」

「다 벗기고 환자복으로 갈아입히래잖아. 꼬박 열네 시간을 자기만 했어, 당신. 그런데 깨자마자 빤스 타령이야? 빤스가 어쨌기에?」

　나는 아내가 묻는 말에 아무런 대답도 해주지 않았다. 대답을 하지 않는 편이 유리하다는 정황 분석이 나왔으므로. 그러나 여전히 기억은 불분명했으며 모든 경계가 모호했다. 내가 술을 마신 게 아니라 술이 나를 먹어 버린 것만이 명확하게 증명되는 사실이었다. 흐흐흐. 안도와 회심의 미소를 지으며 아내에게 되물었다. 짐짓 능청스럽게.

　「내가 사온 빤스는 어디다 뒀지?」

　「이를 어째? 당신 떨어지면서 머릴 다친 거 아냐?」

　아내가 근심스러운 낯빛으로 나를 내려다보았다. 바가지 대신 근심 어린 낯빛이라, 다정까지는 아니어도 결코 나쁘달 수 없는 대접이었다. 아내와 사는 동안 그녀를 바라보면서 즐거워했던 기억 또한 손가락 꼽을 것 없게끔 가물가물했지만, 아무튼 나는 기겁하는 목전의 아내가 내심으로는 즐거워 죽을 지경이었다.

꿈속의 천 년

1

　부러 그쪽을 보려던 것은 아니었어. 뒷목에 부목이라도 갖다 댄 양 뻣뻣이 정면을 향하자니 무엇엔가 끌려 들여지는 느낌이어서 오히려 고개를 약간 숙인 채 걷고 있던 중이었지. 서서히 달아오르기 시작하는 한여름의 지상에 비해 지하보도는 한결 서늘해. 하지만 청량감과는 다른 퀴퀴함이 나프탈렌처럼 강력히 따라붙는 데에야, 도리 없지, 자연히 걸음새가 빨라질밖에. 와중에도 검은 고약같이 들러붙은 껌 자국의 수를 일일이 헤아리다가 문득 고개를 쳐들었던 것인데, 하필 그 낭패스러운 장면이 눈에 들어왔을 뿐이야.

　문득이라고는 하지만 불가해한 예감이 그 역시나 불가해하게 민첩한 행동을 이끌어 낼 때가 왕왕 있잖아? 당신은 또 대책 없는 신비주의적 경향이라고 말하겠지. 지긋지긋해하면서 말이야. 문득이니 예감이니 하는 모호한 단어를 동원하지 않고 건조하게 표현하면…… 글쎄, 우연이라기보다는 사전 포착에 연이은 반사적인 눈돌림이었을 가능성이 농후하다? 그래, 그거였을 거야. 분명 뭔가 어른거렸거든.

원래의 빛깔을 도무지 짐작할 수 없기는 장년(壯年)의 사내나 그 사내의 치근거림을 받고 있는 늙수그레한 여인네의 옷차림만이 아니야. 나이랄까, 이력이랄까, 살아온 세월 그 자체가 잔뜩 뒤집어쓴 땀 먼지에 파묻혀 버린 듯 아무것도 대중할 수가 없어. 물론 내가 궁금해하는 것도 그런 종류의 정체성과 관련된 단서는 아니고말고.

지금, 사내의 손이 거대한 벌레처럼 꾸물꾸물 기어가 늙은 여자의 아랫도리를 더듬는 걸 보고 있어. 시간적으로나 공간적으로나 물리적으로나 민망할 수밖에 없는 광경을 목도하고 있는 것이지. 더욱 가관인 것은 늙은 여자 쪽의 반응이야. 그 여잔 사내의 손을 쳐내지도 않고, 몸을 비틀어 사리지도 않을뿐더러, 태연히 그 수작을 내버려 두고 있다구. 지치고 기운이 없는 나머지 밥상머리의 쉬파리를 쫓지 않고 그냥 놔둬 버린다는 식이랄까. 기겁을 하거나 혀를 차거나 손가락질을 해대는 역할은, 어쩔 수 없이 그 앞을 지나가게 되어 있는 나 같은 보행자들이 떠맡은 셈이야. 야비한 호기심과 혜살질의 심사로 불량스러운 휘파람을 날리며 지나가는 행인 4나 5쯤의 단역도 있긴 하네. 후익후익, 그 길게 잡아 빼는 쇳소린, 아 정말 듣기 싫어.

늙은 여자나 사내, 그러거나 말거나야. 사내는 때에 전 스포

츠 가방을 베개 삼고 비스듬히 누워서 희롱을 계속해. 늙은 여자는 자신의 통치마를 들치고 속바지 가랑이 속으로 지저분한 손가락을 꼼지락꼼지락 디미는 사내 따위는 도통 관심이 없는 듯이 보여. 백치 시늉으로 오가는 사람들의 시선을 무시하고 있지. 손바닥에 침을 묻혀 부스스 일어선 머리칼을 쓸어 내린다거나, 지하도 양쪽 끝에서 불어와 부닥치는 마파람에 돗자리 격인 신문지가 들썩이지 않게 빈 병과 깡통으로 귀퉁이를 눌러 놓는다거나…… 이를테면 목하 벌어지고 있는 사태와는 무관하게 여자는 제 일에 한가로이 몰두하는 것이야. 놀라운 무신경이지 않아?

이맛살을 찌푸리면서도 차마 외면하지는 못하고 있어. 장년의 사내와 늙은 여자를 번갈아 바라보는 내 얼굴이 차라리 붉어. 전에 당신이 말한 거 기억나. 저 정도 무심의 경지라면 노숙의 희로애락을 웬만큼 체득했다는 뜻이랬지. 아무려나, 중인환시리의 천연덕스러운 짓거리가 무슨 퍼포먼스나 되는 것 같네. 근간에 패션이 되다시피 한 성적 담론을 거리 공연으로 풀어내다? 오가는 행인들은 무료 관람객들이고. 해괴망측도 도를 넘으면 우스개로 등록되는 세상이긴 하지만. 한마디로, 엽기지.

나는, 내 몸은 천천히 앞으로 나아가게 두는 한편, 고개는 점점점 뒤로 돌아가게 둬. 그 어정쩡한 보행 자세를 하고도 가능한 한 길게 사내의 손이 체재하는 특정 부위에 시선을 묶어 두고 있어. 사내는 내내 드러누운 그대로고, 여자 또한 두 다리를 벌리고 앉은 그대로야. 그 사내, 딱히 어떤 성적인 긴장감을 가지고 덤비는 행위 같지는 않아. 그저 부잡스러운 손장난으로 보여질 법도 해. 늙은 여자 못잖게 흐리멍덩 권태로운 사내의 표정이 그걸 말해 줘. 눈 버릴 꼴불견이긴 하되 더 이상 진도가 나갈 분위기는 아닌 것이지. 다행이라고 말하기엔 여전히 거역 스럽지만, 그래도 그나마 다행이야.

그리고 무엇보다 사내가 당신이 아닌 것이 다행이야.

……모르겠어. 그냥 거기서 당신이 오버랩됐어.

2

지상이야. 거리는 후끈후끈 단 자동차 안처럼 뜨거워. 아직 은 아침나절이라고 말해도 좋을 시간댄데 발목을 휘감고 올라 오는 지열은 마치 한낮인 듯 맹렬해. 인정사정 봐주지 않는 날 씨야. 찜쪄먹겠어. 해를 가릴 만한 대형 빌딩이 드문 블록인 데 다 가로수조차 차도 안쪽으로 뻗은 가지를 바짝 쳐올려 놨네. 그 탓에 그늘 한 평 못 드리우고 있어. 넓적한 이파리 몇 장이 아니었으면 가로수 구색은커녕 아무렇게나 박아 놓은 생나무 말뚝과 다르지 않을 뻔했어. 털을 이상하게 깎은 푸들 있잖아, 그처럼 그로테스크해. 정류장에는 버스를 기다리는 사람들이 차가 오는 방향으로 목을 길게 뺀 채 제각각 손차양으로 이마 받이를 하고 서 있고.

오늘도 굉장하다. 가슴 골짜기 사이로 땀방울이 굴러 내리는 걸. 뭘 좀 마셔야겠어. 간이매점 부스 앞에 내다 놓은 스티로폼 박스를 열고 얼음에 재워 둔 캔 음료를 하나 꺼냈어. 탄산음료는 삼가야 한다는데 당기는 걸 어떡해. 뚜껑을 따 한 모금 들이 켠 뒤 내가 다가설 때부터 저 손이 어쩌나, 감시의 눈을 떼지 않고 있는 주인 여자에게 만 원권 지폐를 건넸어. 지갑에 잔돈을 두고도 큰돈을 내민 건 주인 여자의 의심 많은 눈초리에 불쾌지수가 치솟은 때문이야. 주인 여자가 거스름돈을 헤아리느라 돈통을 들여다보는 사이에 둥근 스틱 캔디 하나를 슬쩍 뽑아서 이미 열려 있는 핸드백 속으로 떨어뜨렸어. 그쯤이야.

건너온 거스름돈은 캔 음료값만을 제한 금액이야. 거봐, 감쪽같았지. 당신이 보았다면 기어이 셈을 마저 치르게 하거나, 끝내 딴청이면 고발을 겸한 면박도 서슴지 않았을 거야. 이 여자, 장난기가 좀 있어요. 자요, 여기…… 캔디값. 그러겠지? 하여간 당신 잘난 체는 알아줘야 했어. 혹 당신이 날 훔쳐보고 있지는 않는가 해서 주위를 두리번거려. 생떼나 다름없는 기대감이 실없기야 하지. 하지만 일상에 침투해 있는 기억을 폐기하기란 쉽지 않은 일이야. 완료형이 아닌 보류형의 관계에서는 더더욱 그래. 당신은 그렇지 않은가 보지만…….

어느 날 당신이 홀연히 사라져 버렸지. 그걸 알았을 때의 당혹스러움이란. 이틀, 사흘, 일주일, 한 달, 두 달…… 어떻게 내게 이럴 수가 있을까, 어떻게 내게 이럴 수가 있을까…… 눈

뜨고 있는 시간 내내 그 똑같은 문장이 꼬리에 꼬리를 물고 이어져서 미치는 줄 알았다구. 그만큼 감정의 갈피를 잡을 수가 없었어. 당신이란 사람에 대한 우려인가 하면 상황에 대한 불안이고, 저리디저린 미움인가 하면 그 업에 대한 연민이고, 온 거실 바닥을 기며 흐느끼게 하는 모욕감인가 하면 당신의 빈 자리를 더듬는 상실감이었으니까. 당신은 사라졌고 돌아오지 않고 있어. 자의의 출분(出奔)이든 타의의 감금이든, 중요한 건 지금 당신이 내 옆에 있지 않다는 사실이야. 도대체 당신은 어디로 숨어 버린 거야?

당신의 처지를 드러내야 하는 부끄러움을 무릅쓰고, 그리고 그보다는 당신으로 인한 내 자존심의 훼손을 무릅쓰고, 당신 친구들을 찾아다녔어. 만난 지 10년도 더 되었다는 당신 고등학교 동창을 비롯해서 대학 동창들, 하다못해 군대 동기들까지. 그들에게 당신의 행적을 물었지. 아무도 모르더군. 당신이 그들 누구에게도 다녀가지 않았다는 사실만 누차 확인될 뿐이었어. 당신의 소재를 아는 사람은 없는 반면에 이제 당신의 잠적, 혹은 실종은 모르는 사람이 없게 된 실정이지. 만약 당신이 돌아와서 그들을 만난다면 오랜만이라는 인사보다도 먼저 주먹처럼 내지르는 질책을 들어야 할 거야.

당신이 마지막으로 몸담았던 직장…… 직장이라기보다는 일종의 유사 시민 단체 정도로 말하면 적당할 것이지만…… 암튼 거기 공동 출자 연구소의 동료들과도 나, 계속해서 정기

적인 접촉을 하고 있어. 그곳 동료들에게도 당신은 아주 연락
을 끊은 상태여서 매번 헛수고에 그치고 말아. 지난번 찾아갔
을 때 누가 그래. 아직 당신의 투자 지분이 살아 있다고, 언제
라도 복귀할 수 있다고……. 그거야 당신이 돌아온 다음의 일
이고, 또 다 아는 일인데, 생색처럼 들려서 속이 상했어. 그걸
위로랍시고…….

이 탄산음료는 뒷맛이 별로다. 들쩍지근한 것이 갈증을 가라
앉히는 데에도 더위를 식히는 데에도 도움이 안 되거든. 그런
데도 손바닥으로 캔을 감싸 줄 때의 느낌이라는 게 있잖아? 첫
한 모금 때도 그렇고.

그나저나 당신은 이 뜨거운 여름을 어떻게 보내고 있는 거
지? 살아 있기는…… 한 거지? 흉한 생각이긴 하지만 그런 생
각을 하는 날 나무랄 수는 없을 거야. 당신 탓이잖아. 내가 당
신을 찾으러 어디어디 돌아다닌 줄 알아? 들으면, 웃을걸? 지
푸라기라도 붙잡는다고, 주로 역구내와 연결된 지하도나 인접
한 공원 같은 데야. 나중에는 종교 단체가 지원하는 무료 급식
소나 노숙자 쉼터, 사설 재활 센터 같은 곳도 어지간히 기웃거
려 봤다구. 그 어디에서도 당신을 맞닥뜨리지는 못했지만. 기
막히지? 얼마나 급했으면 당신을 그런 곳에서 다 찾았을까. 하
긴 뭐, 영 엉뚱한 곳을 뒤진 것도 아니네. 당신, 연구소일 때문
에 한동안 그런 데서 살다시피 했으니까. 프로그램인지 프로젝
트인지, 당신이 올린 보고서가 제대로 몫을 해내는지는 모르겠

지만 말이야.

　당신의 부재보다도 견딜 수 없는 것은 나에 관한 편견과 부당한 의혹이야. 당신 형이나 연구소 동료들에게 묻곤 하지. 혹시 그냥 끊어 버리는 전화라도 걸려 온 게 없었나요? 초조하게 묻는 나의 면전에서는 함께 걱정하는 낯빛이다가도 등 돌리면 끌끌 혀를 차며 반문한다는 것을 나라고 모르지는 않아. 전해 들어서도 알았고 눈치와 짐작으로도 알았지. 제 발로 나간 게 아니라 나가게 만든 거 아닌가? 집을, 나를, 언질 없이 버린 건 당신인데도 한 다리 건너가면 어느새 내가 당신을 내친 것으로 말이 바뀌어 있더라. 남의 말 하기야 얼마나 쉬워. 당신의 지인들만이 아니었어. 내 가족들조차 그러니까. 세상에, 우리 엄마까지도. 그렇게 보이지 않는 손가락질이 여섯 달째로 접어들었네. 결국 마지막 절차만 남겨 둔 셈이야. 마지막 절차…….

　몇 시나 되었나? 부종 때문에 손목시계를 벗어 버렸어. 너무 꽉 죄거든. 대신 핸드폰이 있잖아. 온갖 걸 다 알려 주는데, 뭘. 지금도 핸드폰 창에 떠오른 시각을 확인해. 열시 25분. 이거, 당신 단말기야. 당신이 두고 간 거. 부러 그랬지? 덕분에 당신을 찾는 사람들을 거꾸로 내가 찾아 나서고 있지. 여보세요, 전화를 받으면 당신 목소리가 아니니까 대번에 닫아 버리는 사람도 있고, 누구냐고 묻자마자 줄행랑치듯 끊어 버리는 사람도 있고…… 마치 의부증 환자가 된 기분이더라구. 특히 당신 여자 대학 동창을 만날 때.

열시 반이면 곁눈 안 살피고 부지런히 내닫는대도 정시 출근은 한참 늦은 터야. 어련하시겠어, 한 마담? 벌써 배 실장의 던적한 목소리가 귓바퀴에 쟁쟁거리는 것 같네. 어차피 배 실장의 눈 밖이야. 당신도 봐서 알지, 배 실장 이기죽대는 거? 좁쌀에 꼬이기까지 했잖아. 요샌 더해. 뭐가 잘 안 풀리나 봐. 사소한 것도 수월하게 넘어가는 법이 없어. 나야, 너 그래라, 그러고 말아. 자를 테면 잘라라, 그런 되잖은 각오만 있으면 실장 아니라 사장인들 겁날 거 없지. 내가 보기엔 그 치가 더 불쌍한 것 같아. 겁도 더 많고. 남자 구실, 가장 구실 못하게 될까 봐 전전긍긍인 게 척 보여. 당신도…… 그랬어?

참, 올봄에 사무실 이사했다. 그럴 예정이었다는 건 당신도 알고 있었지? 지난겨울서부터 슬슬 나온 얘기였으니까. 평수를 넓히고도 보증금이랑 월세는 낮춰 들었대. 역세권이라고 떠들어 대지만 여러모로 전 같질 않네. 교통도 주변 환경도 좀 딱하게 됐어. 명색 5층짜리 주상 복합 건물인데 화물용 엘리베이터도 없어. 그러니 주차장도 바랄 수 없지. 두 대 정도 간신히 디밀 공간은 되는데 것두 5층에 사는 주인 차지야. 아버지 포텐샤하고 아들 티뷰론, 그렇게 두 대. 첨서부터 딱 못 박더래. 요령껏 노상 주차를 하든가, 인근 주차장을 이용하든가. 그 말은 주차 위반 딱지를 떼든지, 급여의 20퍼센트에 육박하는 현금을 차 세워 두는 값으로 들이붓든지, 알아서 하라는 거잖아. 이런 염천에 내가 차 놔두고 걸어다녀야 하는 이유야. 어떤 사정인지 상상이 가지? 그래도 꼬박꼬박 월급 나와 주는 거며 돈 안 들이고 운동하는 거며 감사하게 생각하래, 배 실장이. 언제나 옳은 말만 한다니까.

난 곧은길 대신 뒷길을 택해. 배 실장과의 신경전은 차치하고라도 정수리에 내리쬐는 햇살이며, 퉁퉁 부어오른 종아리며, 밑으로 자꾸 처지고 뭉치는 듯한 아랫배며…… 길을 줄여도 시원찮을 마당에 짐짓 길을 에두르는 것은 그 여자, 그 앞을 지나갈 때마다 가로막을 듯이 눈을 홉뜨며 내 위아래를 훑어 내리는 미친 여자 때문이야.

미친 여잔 비 오는 날을 제외하곤 거의 매일같이 작은 공원에 나와 지내. 아니, 비 궂은 날만 어디론가 사라진다는 말이 맞겠다. 야근하고 열두시가 넘어 그 앞을 지나던 날에도 시커먼 물체가 꾸무럭거리는 걸 본 것 같거든. 내 눈에만 띈 게 아니고 본 사람이 여럿이야. 아마 작은 공원이 미친 여자의 섬머 캠프쯤 되는 셈인가 봐. 부득부득 공원이라고 하니까 그럴싸하게 들리긴 하지만 나 원, 간지러워서. 더도 덜도, 딱 당신 고향 집 뒤뜰 정도라고 보면 될 거야. 그걸 편의상 작은 공원이라고 일컫긴 하는데 그만하면 선심에 가까운 작명이랄밖에. 배 실장은 리틀 파크라고 부르더라. 그러면 듣기가 낫나? 그 사람 이상한 콤플렉스가 있데. 진짜 촌스러운 사람이야.

아무튼 작은 공원, 즉 리틀 파크로 명명되는 삼각형 자투리 공터에 개량종 무궁화나무로 뒷울타리를 둘러 놨어. 거기에 등받이 있는 벤치를 가져다 놓은 게 궁색한 대로 조경이라면 조경이야. 원래부터 그 자리에 서 있던 느티나무 한 그루의 키가 제법 커. 큰 키만큼 품이 넓어 그늘이 깊은데, 그 덕에 미친네는 지글거리는 땡볕을 모면할 수 있어. 물론 또 그 덕에 작은 공원이 미친네에게 점령당했을 터이겠지만. 구민 휴식 공간이라는 취지가 무색하게시리.

미친네는, 보통은 초록색 벤치에 제 집 청마루처럼 올라앉아 있어. 거기서 눈을 부라리거나 하품을 해대거나 끄먹끄먹 조는 게 일이야. 무언가 마땅찮을 때에는 무궁화 잔 이파리를 주루룩 훑어 뿌리거나 이엄이엄 욕설 같은 말을 중얼거리기도 해. 달리 소동을 피우거나 난폭하게 굴지는 않는다지만 미관상 산뜻한 풍경의 일부라고 할 수 없는 것이 문제야. 척 보아서 실성기를 파악할 수 있을 지경이니 말해 뭣해. 수박씨를 뱉어 내듯 퉤퉤거리는 말투에 기이한 몸짓이 딱이야. 그뿐이면. 겹겹의 때 전 옷차림, 젤을 바른 것처럼 끈적거리는 머리카락, 그리고 항시 옆구리에 끼고 다니는, 내용물이 보이지 않는 검은 비닐봉지. 봉지 안에 든 거래야 순 허섭스레기 잡동사니들일 게 뻔해. 먹을 거든가. 확실히 미친네는 작은 공원이라는 공간에 있어서만큼은 풍경의 일부가 아니라 풍경의 전부야.

또 한 가지 난처한 점은 입지 조건이야. 미친네가 상주하는 작은 공원이 내 일터인 기획사가 세 든 건물 바로 못 미처 건너편에 자리 잡고 있다는 것이지. 그런 까닭에 4층인 사무실에서는 공원 벤치에 나와 소일하는 미친네의 동태를 요모조모 뜯어 볼 수 있어. 특별한 관심이라기보다 그저 입 안 군내나 달래자는 심심풀이지. 보아하니 미친네, 화들짝 놀라 좌우를 살필 때에는 졸다가 깬 것이고, 느티나무 둘레를 뱅뱅 돌고 있을 때에는 어지간히 무료한 것이야. 드물게는 느티나무 기둥 밖으로 삐져 나온 미친네의 너펄거리는 옷자락만 보일 때도 있는데, 그럴 때에는 엉덩이를 까 내리고 오줌을 누는 중이리라는 설이 유력하고. 거기까지는, 그래, 나도 그러려니 할 수 있어. 내게 해대는 짓만 아니라면 말이야.

무슨 연유인지, 미친네는 유독 내 꼴을 못 봐 넘겨. 내가 등장할 때마다 사납게 눈 부라리며 가로세로 지그재그로 훑어. 어떤 땐 발을 동동 구르거나 벌떡 털퍽 일어났다 앉았다를 되풀이하곤 해. 이유야 어쨌건 간에 일단은 체면이 말이 아닌 거 있지? 그네 쪽에서 들입다 다가들지는 않으니 크게 위협적이랄 것까진 없겠는데, 그래도 공공연한 적대감의 표적이 된 입장으로서 우선 피하고 싶은 존재이긴 해. 구청에다 불법 투기된 쓰레기 치우듯 치워 달랠 수는 없는 노릇이잖아. 내 걱정은…… 애 가져서는 성하고 반듯한 것, 곱고 예쁜 것만 취하라고 하던데…… 그 여잔 보기가 좀 그렇잖아. 하루 이틀도 아니구. 것두 내 복이겠지 해야지.

사사건건 씹을 거리만 눈에 뵈는 배 실장이 그 기휠 놓칠 리가 없지. 기어이 한마딜 달아. 거 혹시 정신없는 여자라고, 누구 안 볼 때 해코지라도 한 거 아뇨, 한 마담? 하여튼 밥맛이라 니까. 정말 웃기는 노릇은 그 미친네가 배 실장을 보고 몸을 배 배 틀며 는실난실 구는 짓거리야. 딴에는 교태가 분명해. 내게 는 배 실장한테 진 말빚 갚아 주기 딱 맞춤한 짓인 것이고. 좋 으시겠네요, 안팎으로 사랑받으셔서. 그러면 배 실장은 지나치 다 싶게 얼굴 벌게져서 손사랫짓으로 미친네를 쫓아 버리는 거 라. 정작 가관 아닌 건 말이야, 그네는 그네대로 소박이라도 맞 은 듯 단박에 기가 죽어 뒷걸음질로 아깃아깃 물러나곤 하는 꼬락서니라고.

그 미친네를 비껴 갈 양으로 발 편한 길 버리고 구불구불 골 목길로 에둘러 간다는 얘긴 거야, 여태. 골목길은 회사가 입주 해 있는 건물의 뒤편을 지나 푸른 대문 집 앞에서 끊어지지. 막 다른 길이거든. 처음 두 갈래로 나뉘는 지점에서 보면 전혀 다 른 방향으로 뻗어 나가는 길인 듯하다가 결국은 건물 앞뒤편으 로 길과 길 사이의 폭이 좁혀지는 셈이야. 봐, 널 따돌렸지? 속 으로 혀를 날름 내밀어. 내가 건물 뒤편으로 잠입하기도 한다 는 걸 알고 있지도 못할 미친네에게지, 물론.

건물 외벽에 덧달아 낸 비상계단으로 다가서. 발걸음을 떼놓 을 때마다 텅텅 소리가 나는 철제 계단이야. 기껏 4층을 오르는 데도 도중에 한 여남은 번은 넘게 쉬며 가며 난간에 기대곤 해. 그만큼 기운이 달려. 하루가 다르게 몸이 무거워 오고, 아랫배 의 당김도 심해지고. 전족의 중국 여자처럼 뒤뚝거릴 뒤태는 누가 일러 주지 않아도 익히 그림이 떠. 응석 부리지 못해 억울한 감은 들지만 당장은 호사스러운 감상일 따름이지. 달수가 찰수록 몸도 마음도 더욱 부대낄 걸 생각하면 지레 겁나. 당신이 돌아오지 않으면 앞으로의 모든 일을 혼자 감당할 수밖에 없겠지? 태를 자르고 이름을 짓고 호적을 만드는 그 모든 일들……. 가끔 말이지, 탱글하게 뭉친 아랫배에 손바닥을 갖다 대고 말을 걸어. 걱정 마, 그러기야 하겠니? 네가 세상에 나오기 전에 다 제자리로 돌아가 있을 거야. 그럴 거야. 꼭…… 그래야지. 알아, 뱃속의 애가 아니라 날 안심시키려고 그런다는 거.

후우. 건물 안으로 통하는 4층 비상구 앞에 서서 가쁜 숨을 고르는 중이야. 오히려 미친네에게 당한 사람은 나로구나, 그네를 따돌린다는 것이 그만 날 애먹이는 짓이 되었구나, 해. 손수건으로 이마와 목덜미를 훔치면서 땀이 마르기를 기다리는 동안 유리문 선팅 무늬 사이로 사무실 안을 들여다보고 있어. 모두들 등을 보인 채 컴퓨터 모니터에 빠져 있네. 얼굴이 보이지 않으니 사무실 안의 분위기를 커닝할 순 없겠거니와…… 안에서도 문밖에 서 있는 나의 존재를 까마득히 모를 수밖에 없겠다. 기분이 묘하네. 소외……감 비슷해.

어쩌면 그들에게 난 닫힌 문 밖에서 서성이는 타자일 뿐 아니라 의식의 바깥에 세워진 낯설고 먼 실루엣에 불과한 존재인지 몰라. 나라고 다를까. 살갑게 대할 수는 있을지언정 살붙이처럼은 아닌 걸 모르지 않지. 물론 이 문을 밀고 들어서는 순간

214

오랜 시간에 걸쳐 구축된 시스템에 비교적 안전하게 합류할 수는 있겠지. 보편적이고 상식적인 하나의 코드로서 전체에 흡수되려는 의지, 그 동지적 우정이야말로 칭찬받을 만한 사회성이지 않냐구.

동료애라는 게 그리 대단한 것이 못 돼. 믿을 만한 것이 아니더라구. 같이 밥을 먹고 차를 마시지만, 오후 간식비를 조달하기 위한 사다리타기에 유쾌하게 동참하지만, 서로의 경조사에 성의껏 부조를 하고 위로와 덕담을 나누지만, 공과(功過)나 급여 따위의 이해가 얽히면 이야기가 달라져. 느닷없이 가면을 벗어 들고 가소로운 가면극이었음을 폭로하기 시작해. 낯 붉어지도록 상대의 결점과 약점의 공개 태세에 돌입하는 기민한 변신을 숱하게 봐왔어. 나도 그랬을 거야. 이른바 안면 몰수 게임. 생존은 거룩한 거니까. 그동안 우정의 이름으로 주고받은 농담과 미소는 관계의 표피에 불과해. 위선 또는 처세의 제스처에 너무 익숙해 있어서 그만 깜빡 속아 넘어갈 때도 있긴 했어. 당신……은? 물으나마나 당신도 거기서 거기였겠지. 그래서 숨 막혔겠지. 그래? 그런 거야?

이러고 있으니까, 혼자 벌 서는 아이처럼 문밖에 서 있어 보니까, 밖에서 안을 들여다보는 것은 안에서 안을 들여다보는 것과는 많이 다르다는 걸 알겠어. 안은, 안에서 생각하던 것처럼 그다지 따뜻하지 않아. 질서 정연하지도 의기롭지도 않아. 북새통이고, 북새통 속인데도 저마다 외롭고 쓸쓸해. 외롭고 쓸쓸해서 그냥 모여 있을 뿐이야. 먼지 알갱이가 가득 든 먼지주머니처럼. 엄폐물이 없는 세상에서 단수의 표적으로 노출될 것에 대한 두려움 때문에 뭉쳐서 아등바등거리는 거야.

당신은 그 북새통 속으로 다시 들어가고 싶지 않은 거야, 그렇지?

3

엄창휘라고, 기억나? 당신을 찾던데? 당신 수첩이나 졸업 앨범 주소란에서도 그런 이름 본 적이 없기에 귀가 번쩍 트이는 것 같더라. 그 사람을 만나기 위해 서울역 근처 커피숍으로 가고 있어. 내가 만나 달라고 사정했지. 죽은 조상에게라도 매달릴 판인데, 생판 모르는 사람이 무어 대수라고. 그쪽에서 당신을 안대잖아. 게다가 핸드폰 번호가 적힌 명함을 당신이 직접 건네줬다던데, 뭘. 그 명함이 아직 유효할 줄 몰랐어.

시간이 좀 남았는데 분식집에 들어가서 콩국수라도 한 그릇 말아 먹을까 봐. 요샌 먹어도 먹어도 배가 고파. 단것이 당겨서 사탕이나 청량음료도 입에 달고 살아. 벌써 17킬로그램이나 불었어. 이대로 가다간 산달도 되기 전에 20킬로그램을 훌쩍 넘기고 말겠다. 식욕이 아니라 거의 식탐 수준이야. 자제가 안 돼. 나 먹는 거 보고 엄마가 미친년이래. 아무리 뱃속에 거지가 들앉았기로서니 서방이 얼어 죽었는지 떠 죽었는지도 모르고

있는 주제에 아귀아귀 먹어 대는 꼴이 남사스럽다는 거야.

　나라고 어디 남의 눈치 안 보이겠어? 밥숟가락 들 때마다 걸귀처럼 퍼먹고 앉은 나 자신이 징그럽고 끔찍해. 그래도 그런 말 하는 거 아니잖아? 세상에, 뱃속에서 꼬물거리는 생명더러 거지라느니, 억장 무너져 골 팬 가슴 밥으로 메우는 중인 딸자식더러 미친년이라느니, 남부끄럽다느니…… 어떻게 그런 말이 술술 나올까 싶어. 하기야 우리 엄마야 그보다 더한 말도 너끈히 하고 남지만. 만에 하나 오해는 마. 그런다고 오매불망 사위인 당신 걱정 해서는 아니니까. 알다시피, 엄마가 언제 남 걱정 하는 거 봤어? 엄마한텐 자식도 남이야.

　콩국수는 포기해야겠다. 엄창휜가 하는 사람, 먼저 와서 건성한 바퀴 휘둘러보고 가버리면 안 되잖아? 가뜩이나 떨떠름해 하는 사람을 온갖 앓는 소리 우는 소리 다 해서 불러낸 건데. 약속 장소는 그쪽에서 정하라고 했어. 그랬더니 하필 서울역이야. 여행이나 출장이라도 떠날 건가? 아님 직장이 근처든가.

　잘하는 짓인지는 나도 모르겠다. 무턱대고 아무나 만나고, 만나서 캐묻고, 사적인 선을 넘어 은밀하달 수도 있는 내막까지를 주절주절 털어놓고……. 하지만 어떡하냐구. 달리 방법이 없는데. 이번에는 그쪽에서 당신을 무람없이 호칭해서 더 다급했어. 오 형 핸드폰 아니냐고 묻더라니까. 당신을 오 형이라고 부를 만한 사람이면 내가 다 아는 사람들인데. 또 그 사람들은 내가 거의 다 만나 봤거나 통화를 했고 말이야. 거꾸로,

그쪽이 찾는 오 형을 나도 찾고 있다고 절박하게 붙드니까 황당한가 보더라. 발뺌이라도 하듯 만만한 오 형에서 깍듯한 오기석 씨, 오 선생으로 호칭부터 바뀌더라구. 그러자 더욱더 만나 봐야 할 사람처럼 느껴지는 거 있지? 근래 들어 번번이 빗나가곤 하는 예감이지만.

어떻게 알아보면 되겠느냐고, 그래도 엄창휘 그 사람 끝에 가서는 좀 친절하게 묻더라. 임산부라고 그랬어. 커트 머리에 배불뚝이라고. 뚱뚱하다든가 배가 부르다든가, 그런 신체적인 걸 특징이랍시고 가르쳐 주기가 거북했지만, 어쩌겠어, 그게 젤 빠르겠는걸. 당신이라면 지금의 날 알아보겠어? 놀랄걸?

그래. 당신이 나타나지 않은 뒤로 많은 변화가 생겼어. 밥은 고두로 짓고 김치는 아예 담그질 않고. 잘 밤에 꼭 라면을 끓여 먹어서 아침이면 신부전증 환자처럼 팅팅 부어 있기 일쑤고. 당신이 보던 진보 성향의 신문을 하나 끊었고. 굳이 대형 할인 마트까지 가서 장을 보진 않아. 달랑 나 하나인 살림에 뭘 사재 놓고 자시고 할 필요가 있어야지. 재떨이는 늘 비어 있고, 빈 술병을 뒷베란다에 주욱 늘어놓을 일이 없게 됐지. 긴 머리는 싹둑 잘라 버렸어. 머리를 감기 위해 앞으로 고개를 숙이는 것도 힘들지만, 거추장스러운 데다 무엇보다 청승맞아 보여서 안 되겠더라.

그것만이 아냐. 악몽을 꾼 것도 아닌데 자다가 벌떡 깰 때가 있어. 그런 때 유리나 거울에 얼비치는 내 모습이 얼마나 소스라치게 어수선한지. 특히나 그 긴 머리카락이 내 몸에 붙은 내 것인데도 귀살스러워. 온몸에 소름이 쫘악 끼치게. 당신이 전에 보고서인지 기획안인지 연구소일 때문에 한 달 넘게 집을 비웠을 때에는 그러지 않았었는데. 몇 번 그러고 났더니 당신 만나 연애할 때부터 고수하던 헤어스타일인데도 미련이 없어지데. 당신 머리 자르곤 하던 상가 미장원으로 달려가서 숨도 안 돌리고 말했어. 아주 짧게 쳐줘요, 맘 변하기 전에.

회사도 그만둘지 몰라. 오늘만 해도 사무실 문 앞까지 갔다가 돌아서 버렸어. 무단결근인 셈이지. 배 실장은…… 사람이 연락도 없네. 일을 할 거냐느니 말 거냐느니, 건수 잡은 김에 악쓸 법도 한데. 내가 없어도 문제 없이 잘 돌아가고 있다는 시위인 거고, 차라리 그만둬 주길 바라는 압력인 거고…… 그렇지, 뭐.

가장 큰 변화는 뱃속의 아이일 거야. 당신 사라지고 나서 긴가민가 믿기지 않아 넋 놓고 있던 중에 임신 사실을 알았지. 절묘한 타이밍이더라구. 이 아일 받아들여나 하나, 말아야 하나. 당신이 돌아오지 않으면, 만약에 당신의 부재가 움직일 수 없는 진실로 굳어지면 이 아인 어떻게 되나…… 심각했지. 당신이 없다고 해서 이 아일 돌려보내겠어, 어쩌겠어?

엄만 시간 끌다 이러지도 저러지도 못하게 된 담에 후회하지 말라고…… 빨리 결단을 내리라고…… 은근히 죄받을 소릴 했지만, 그건 내가 어림도 없어. 그럼 이 아이, 목숨 붙이자마자 버림받는 거잖아? 날 믿고 나한테 온 애를…… 내가 힘들 때 같이 힘들기로 한 애를……. 가엾지. 너무 가엾지. 축복은커녕 바깥 구경도 하기 전에 인생이 복잡해져 버린 애야. 당신의 부재가 이 애 인생의 첫 단추가 될까 봐 불안한 거라구. 그래서야. 당신이 원하지 않는다 하더라도 난 당신을 꼭 만나야 해. 어떻게든 당신을 찾아내야 해.

저기 보이네, 뉴 밀레니엄 커피숍. 세기말 커피숍보다야 긍정적이군. 뭔가 희망이 보이는 듯하구. 역마차나 종착역, 그런 간판들은 이제 도심에서 사라져 가는 것 같아. 피서지 포장마차나 지방 소도시 역사 주변의 오래된 술집 상호들도 디지털에 주파수를 맞추는 시대인걸. 뉴 밀레니엄 커피숍은 별 세 개짜리 관광 호텔 커피숍 분위기야. 좀 그렇다는 뜻이지.

검은 색유리 출입문을 가로막고 웬 사내가 기우듬하게 서 있네. 이 염천에 긴팔 점퍼를 걸친 채 얼굴은 땀으로 번들거려. 보는 사람까지 숨이 턱 막히게 말이야. 신문지를 둘둘 말아 쥐고 있는데 기름걸레를 만지다 씻을 새도 없이 뛰쳐나온 선반공처럼 손등이 지저분해. 한눈에 노숙자라는 사실을 알아보겠어. 개개풀어지지 않고 주위를 살피는 긴장된 표정은 다소 뜻밖이지만, 그보다 더 뜻밖인 건 그 앞을 막 비껴 지나치려는데 불쑥 당신 이름으로 날 불러 세우는 거야.

「오기석 씨…….」

그러니까 이 후줄그레한 사내가 바로 엄창휘? 기겁할밖에.

과장하면, 놀라 나자빠질 뻔했다고나 할까. 돌발도 이런 돌발이 드물 거야. 어지간해야 임기응변이 되어 줄 텐데 이건 도무지 상황 판단이 안 서는 케이스야. 당신 찾아 나섰다가 내가 모르는 당신의 모습이 많이 있다는 걸 알게 됐지. 그럴 때마다 얼마나 황당하고 혼란스럽던지. 그렇게 오래 알아 왔다는 것이 무색해지더라. 나, 당신에게 이미 충분히 놀랐다고 생각했는데 이번 건은 좀 색다르네. 이 사람, 최악의 등장인물이야. 당신의 교제 범위에 혼선이 생기는군. 당신에 관한 데이터베이스가 통째로 흔들리려고 해. 당신 도대체 어떤 사람이었어?

「……부인 되시죠?」

땀 냄새와 입 냄새와, 비틀린 그대로 꾸덕꾸덕해진 걸레 냄새……까지. 나 미쳐. 이봐요, 기석 씨. 당신 덕분에 내가 별기막힌 꼴을 다 당해. 어쨌건 간에 당신 알지, 나 당황하면 두 눈 끔뻑이면서 입 딱 벌리고 어어어……거리는 거? 기어이 상대방까지 곤혹스럽게 만들어 버린 담에라야 간신히 제동이 걸리는 거. 복잡 미묘하게 구겨진 안면 근육의 복구가 늦어질수록 실례를 넘어 무례가 된다 싶은데도 나, 매끈하게 수습이 안 돼 쩔쩔매고 있어. 어쩌냐. 이렇든 저렇든 접선이 되었으니 인사말은 찔러 넣어야 하잖아? 뒤늦게나마 상대의 행장에 대해 개의치 않는 척, 전혀 아무렇지도 않은 척, 오히려 반가운 척, 내 깐엔 선선한 웃음기를 매달고 떠듬떠듬 첫 대면에 걸맞는 기본 문장을 급조하고 있다구.

「아, 네에……. 아, 안녕하세요. 제가 오기석, 그이…… 안사람…… 되는데요. 오래 기다리셨……어요?」

엄창휘 이 사람 표정이 나 이상으로 복잡 미묘하게 굳어 가고 있어. 낭패감과 불쾌감, 오기와 모멸의 짬뽕이야. 그럴 줄 알았다, 그러게 내가 만나지 않으려고 했잖냐, 그런 맘이 들었겠지. 근데 나 말이야, 노력한다고 하는데, 맘먹는 대로 연기가 잘 안 되고 있나 봐. 볕 탓인지 체력 탓인지, 몸이 자꾸 휘지는 것 같더니 급기야 현기증이 나서 휘청거리네. 얼른 의지가 될 만한 것을 붙든다고 손을 뻗은 것이 커피숍 출입문 손잡이더라구. 그 바람에 문이 안으로 밀려 들어갔어. 그 잠깐 열린 문 틈으로 에어컨 찬바람이 느껴지면서 정신이 조금 들어. 내친김이지, 뭐.

「저어, 일단 들어가서…… 앉아서 말씀을 좀 들었으면…….」

「아닙니다. 여기서 이럴 게 아니라…….」

이 사람, 자신의 행색을 맘에 걸려 한다는 얘기지. 왜 아니겠어. 그 땟국 줄줄 흐르는 몰골로 커피숍 안으로 들어갔다간 안내를 받기는커녕 그대로 쫓겨 나오기 십상일 텐데. 그가 출입문 바깥에 서서 약속 시간보다 일찍 날 기다리고 있었던 것도 그 민망한 내몰림을 면하자는 거 아니었을까. 최소한 막무가내로 머리통부터 디미는 사람은 아닌가 봐. 무슨 소릴, 막무가내라니. 아무래도 내가 실언하는 것 같지? 이제 비로소 그를 보았을 뿐인데. 거칠고 더러운 입성이 작금의 그가 처해 있는 삶의 정황을 가감없이 드러내고는 있지만, 선입견을 배제하고 보면 특별히 문제될 것이 없어 보여. 말투나 배려에서 그 스스로 길거리를 전전함으로써 파기한 품격의 일단이 부지불식간 일깨워지는 성싶거든.

지나가던 노신사가 나를 흘낏 쳐다보네. 얼핏 오지랖 넓은 걱정이 스친 듯해. 내가 노숙의 무뢰한으로부터 무슨 봉변이라도 당하는 중으로 착각했던가 봐. 어쩌면 내 얼굴에 엄창휘나 상황에 대한 불길한 고정관념이 지워지지 않은 채 남아 있었던 건지도 모르지. 한 사람의 역사를 짐작하고 상상하기에 어울리는 순간은 아니지만 생각이라는 게 불현듯이지, 뭐. 어떤 이력이 그로 하여금 자존을 버리고 생의 전의를 망각하게 만들었을까? 구조 조정에 따른 명퇴나 해고? 경제적 무능력과 파산? 그로 인한 가족 간의 불협화음? 나아가 별거나 이혼? 알코올이나 약물? 악재는 겹쳐서 찾아오게 마련이라니까, 적어도 둘 혹은 셋 이상의 소인을 동반한 순차적 동시 진행이거나 점진적인 악화? 무슨 호기심이란 것이 이렇게 천박하고도 서글프니?

엄창휘, 그가 갑자기 앞장서서 걷기 시작해. 난 네댓 걸음쯤 뒤처져 그를 따라가. 피차 달아날 궁리를 못해. 그도 나처럼 자포자기의 심정인 모양이야. 그는 북적거리는 인파를 피해 사람들의 발길이 적은 공원 쪽으로 향하고 있어. 거긴 나도 세 번이나 가본 곳이야. 당신 찾아보겠다고. 집 나간 당신이 지낼 만한 곳이어서라기보다는 당신이 이전에 했던 일과 관련이 있어서지. 별 웃기는 뒷북이 다 있었다구.

그랬어. 처음엔 분명히 당신의 일, 당신의 현장일 뿐이었어. 노숙자의 유형 분석과 실질적 지원 대책에 관한 보고서 작성을 위해서 자료 수집을 한댔지. 하, 거창하기도 해라. 당신에게 그 일을 맡을 만한 휴머니즘이 내재했던가는 10년 가까이 당신을 보아 온 나로서도, 글쎄, 무어라고 자신 있게 말할 수는 없겠지만.

다 왔어. 정말 날 공원으로 데려왔네. 노숙자들이 점령하다시피 한 공원은 어수선하다 못해 수상쩍기까지 해. 그야 당신이 더 잘 알겠지. 엄창휘, 그가 이제 공원 벤치를 하나 차지하고 앉더니 날 빤히 쳐다봐. 나더러도 거기 앉으라는 뜻일 거야. 어쩐지 좀 망설여지네. 그래도 하는 수 없지. 내가 만나자고 했고, 당신에 대해 아주 작은 단서라도 얻어들을 수 있을지 어떻게 알겠어. 같은 벤치라도 가급적이면 떨어져 앉았지. 진땀이나. 날씨 때문만은 아닐 거야.

벤치 등받이나 조금 굵직하다 싶은 나뭇가지마다 물색 흐린 담요들이 널려 있어. 볕을 쬐고 있기는 수건이나 궁색한 옷가지들도 마찬가지야. 얼핏 둘러봤는데, 꼬질꼬질한 천 조각들만 보이고 그 주인들은 눈에 띄지 않네. 어디 나무 그늘 아래로 기어들어 무위무책의 시간들을 죽이고 있을 거야. 아, 저기들 있다. 희끗하거나 거뭇한 옷자락들이 휴지 조각처럼 여기저기 뭉쳐져 있는 게 보이는데, 바로 여기 점령군들이야, 홈리스들. 한가로운 야영지라고 우겨도 되겠다. 하지만 야영지치고는 물이 아주 탁해. 팽팽한 젊음이나 한가로운 휴식, 치닫는 웃음 그 어느 것도 없으니까. 무표정과 권태와 초점 없는 시선들이 널브러져 있을 따름이야, 여기저기 시체처럼.

「좀 전에는 몹시 당황하신 것 같더군요?」

엄창휘 이 사람 말이야, 말투에 심술기가 느껴지네. 내가 너무 쉽게 경계를 풀었던가 봐. 사실은 지금두 그래요, 그렇게 속으로만 받아쳐. 이럴 땐 뭐라고 대꾸해 줘야 할지 모르겠어서. 그렇지만 그건 자조일 거야. 왠지 그런 생각이 드네. 언젠가 당신이 소리쳤었지. 네가 그들에 대해 뭘 안다고 함부로 지껄여, 하고. 그때 당신은 필요 이상으로 화를 냈었어. 나는 단지 그들에게서 나 또는 많은 사람들이 공통적으로 느끼는 표피적인 이물감을 발설했을 뿐인데. 그들의 박약한 정신력을 조심스럽게 지적했을 뿐이고 말이야. 물론 내가 틀렸을 수 있어. 그들의 전락이 한 약해 빠진 개인의 무책임한 선택이라고 덧붙였으니까.

당신은 평소의 당신 같지 않게 흥분해서 신자본주의 경제 구조의 냉혹한 현실을 들먹였고, 약자 도태의 정글의 법칙을 비유로 끌어들였으며, 자본의 전장에서 살아남은 자들이 기꺼이 분담해야 할 사회적 병리 현상으로 인식하지 못하고 되레 멀찌감치 물러서서 팔짱을 긴 채 경원하고 경시하는 님비적 경향이 있다고 비분강개했었어. 당신 말이 옳지 않다는 게 아냐. 내가 정말 미심쩍었던 것은, 뜬금없다고 할 수밖에 없는 당신의 돌연한 편애였다고.

편애, 그 표현을 당신은 아주 못마땅해했었지. 편견에 대한 저항이라고, 자본의 전장에서 사살당한 자들을 대신한 미약한 항변이라고……. 정작 내가 당신의 항변 속에서 읽었던 건 당신을 뿌리째 흔들고 있는 그 무엇인가였어. 당신의 사라짐과 무관하지 않을 거라는 짐작이 그 후로 문득문득 들게 했던 그 무엇. 그게 뭘까? 아무튼 지금 나는 당신을 아는 사람을 통해 당신이라는 사라진 유적을 찾고 있는 중이야.

「아깐…… 그랬어요.」

솔직하게 말하는 게 둘러대는 것보다 낫겠지. 어차피 뻔한 말속임이라는 걸 모르진 않을 테니까. 그가 점퍼 호주머니에서 담배를 찾아 물었어. 마침 눈에 띈 건데, 그가 입고 있는 점퍼, 구겨지고 더러움을 많이 타긴 했지만 원래는 제법 고가를 치렀을 고급 브랜드 제품이잖겠어? 세일 때조차 사기가 망설여져서 당신은 한 번도 얻어입지 못했는데 말이야.

담배를 입으로 가져갈 때도 그랬고, 라이터로 불을 붙일 때도 그렇고…… 이 사람 손을 떠네. 술에 망가진 티가 역력해. 그런 걸 보면 화가 치밀어. 당신 말대로 그게 아무리 그의 잘못만은 아니라고 해도, 덫에 치이고 함정에 빠져 허우적거리는 그 숱한 사람들 누구나 그런 선택을 하는 건 아니잖아? 그렇담 결국 그 사람 자신의 문제인 거야. 스스로 주저앉는 사람은 어떤 괴력으로도 일으켜 세우질 못해. 일으켜 세운다 한들 붙들고 있을 때 그때뿐이지.

「오 형은, 아니 오 선생은……?」

본론으로 들어가는군. 좋아, 난 단도직입적으로 물을 거야. 기왕에 스타일 구긴 거, 우아를 떨 거야, 교양을 세울 거야.

「육 개월째 접어들어요. 그이를 언제쯤 보셨나 해서요.」

「육 개월 전이라면…… 날이 막 풀리기 시작할 땐데…….」

「겨울 끝자락이었죠. 봄이라기엔 이르고…… 추울 때였어요. 핸드폰이고 수첩이고, 보통 때 같으면 주차장에 내려갔다 올 때에도 소지하고 다니던 것들 다 놔두구요. 지갑은 안 보이기에 잠깐 담배 사러 나갔나 했죠. 그길로 이날까지예요. 죄송합니다만, 전 도저히 제 남편을 이해할 수가 없어요. 정말이지, 사라질 이유가 없는 사람이거든요.」

그의 표정을 살필 겨를도 없이 당신 주변 인물들을 만날 때마다 늘어놓곤 하던 하소연이 또 튀어나와 버렸어. 그들이 내 말을 곧이곧대로 들어 주지 않으리라는 걸 알면서도 자제가 안 되더니 또 그러고 마네. 엄창휘 이 사람이라고 그들과 뭐가 다르겠어. 술기운으로 한뎃잠이나 자곤 하는 이 사람 앞에서는 더더욱 통하지 않을 게 뻔한데 말이지.

「그 부분에 대해선 뭐라고 드릴 말씀이 없습니다. 그건 어디까지나 두 분 사이의 일이니까요. 다만 제가 말씀드릴 수 있는 건, 오 선생을 처음 본 게 작년 초겨울, 아마도 십일월쯤이라는 것, 이후로 제법 가깝게 붙어 지내다시피 했지만 그것도 한 달을 겨우 넘긴 정도라는 것…… 대충 그렇습니다. 그러

228

니까 그 뒤에 일어난 일은 저로서는 알 도리가 없는 것이지
요.」

「한 번도 그이를 만난 적이 없다는 말씀인가요? 가령, 전화
통화라도……?」

「전혀요. 그 전화번호로 연락을 취해 본 것도 이번이 처음입
니다.」

「저, 그렇담 선생님은 그때도……?」

알아. 이혼이나 사별의 사연을 캐묻는 것이나 다를 게 없는
질문이긴 해. 그만큼 나 뻔뻔해졌어. 덕분에. 담에 당신 만나면
고맙다고 할게.

「제가 이 생활 시작한 지 달포쯤 지나서였을 겁니다. 어느 날
오 선생이 저희들 구역으로 흘러 들어왔어요. 비록 이 밑창
까지 굴러 떨어질 수밖에 없는 인간 폐기물을 자처했다고는
하지만 처음에는 노숙자 생활도 어설프지요. 대개는 편하고
따뜻한 것에 익숙해 있던 몸뚱어리인지라 제꺽 적응해 내기
힘들어서죠.」

그가 담배 연기를 깊이 들였다 내면서 나를 흘낏 쳐다봐. 나
는 수긋이 고개를 주억거려 줘. 경청하고 있다는 의미로.

「실은 이 바닥도 웃깁니다. 선참자의 텃세라는 게 있어 놔서
자리다툼이 치열하거든요. 완력이라도 쓸 줄 알면 그나마 대
접을 좀 받긴 합니다만. 근데 오 선생은 유난히 얼띠게 굴더
라고요. 꼭 전학 온 아이처럼 수줍어하더라니까요. 가만 보

니 술기운으로 버티는 부류도 아니고, 주사를 하는 패도 아
니고, 뭐랄까, 영 싹수가 안 보였어요. 길거릿잠도 노하우가
몸에 붙어야 견딜 만한 건데 말입니다. 그랬으니 몇몇 선임
들 눈에는 꼴값 떠는 것으로 보였겠죠. 괴롭힘을 좀 당했어
요. 옆사람이 두들겨 맞는다고 해도, 재수 없어 죽어 나자빠
진다고 해도, 피차 그러거나 말거나 간섭하지 않죠. 뭐, 그럴
기운도 없고, 기운 있어도 구경 삼을 일도 아니고요. 한데, 이
상하게 안됐더라고요. 저래 빌빌대다 겨울 못 나겠다 싶더라
니까요. 나름대로 먼저 익힌 노하우를 전수했죠. 그러다 이
런저런 과거지사도 나오고, 속 깊은 얘기도 나누고……. 노
숙자에 관한 연구 보고서에 충실을 기하고 싶어서, 이를테면
위장 전략이라는 것을 했다는 사실까지 알게 된 거죠. 그땐
뭐랄까, 배신감이 컸어요. 저러다 죽지 하던 마음으로 시작했
다가 죽이고 싶었을 만큼요. 한 이틀쯤 지나니까 좀 가라앉
긴 하는데 그래도 은근히 맘이 복잡했죠. 어지간한 사람이구
나 했다가도 사기당한 기분이기도 했다가……. 먹을 거 없
어 배곯는 사람하고, 살 빼느라 끼니 건너뛰는 사람하고……
다르잖습니까?」

그가 발끝으로 담배를 비벼 끄고는 나를 돌아다봐. 행색과
처지와 때처럼 덕지덕지 낀 인생 유전의 주름살을 감안하고 보
더라도 당신보다 네댓 살쯤은 위로 보여. 전직이나 상황이야
짐작 불가능이지만 결코 협수룩한 말투가 아닌 것이 내 마음을

더욱 무겁게 만드네. 장바닥의 썩은 과일처럼 아무렇게나 굴러 다닐 사람은 아닌 성싶어서 말이야. 하기야 누군들 그러고 싶어 그러겠으며, 그러기 위해 태어났겠어? 당신 말대로, 단순히 운이 나빴던 것만은 아니었겠지. 그는 어떤 경우였을까? 암튼 나는 또다시 장님 코끼리 더듬는 격이 되고 말았어. 거기까진 나도 당신에게 억지로라도 주워들어 아는 줄거리였으니까. 한 달 보름여 노숙 체험 기간에 여러모로 당신을 도와주었다는 십자군의 이름이 바로 엄창휘란 것만 빼고는. 내 얼굴에 떠오른 실의의 빛을 읽었는지 그가 선심 쓰듯 덧붙이네그래.

「오 선생이 집으로 돌아가기 전에 한 말이 기억납니다. 노숙의 매너리즘에 빠져 가는 것 같다고, 유혹을 느끼고 있다고 말입니다.」

나로서는 당연히 멍청한 표정을 지을 수밖에. 생각해 봐, 다른 어떤 세계도 아닌, 노숙의 매너리즘이라니? 거기에 유혹을 느낀다니? 이 무슨 황당무계한 발언이냐구. 다른 사람도 아니고, 노숙자를 위한 재활 프로그램에 관여하고 있던 당신이……?

「그건 제 경우도 비슷한데요. 어쩌면 대부분의 장기 노숙자들에게서 볼 수 있는 현상이겠지만…… 말하자면 중독 현상이라고 할 수 있는 거죠.」

「이해하기 힘드네요.」

「처음에는 어쩔 수 없이 이 바닥으로 흘러 들어왔어도 시간이 흐르면 흐를수록 일상의 모든 가치로운 것들이 무의미하게 느껴지는 순간이 옵니다. 우선은 아등바등 살아야 했던 지난 시간의 내 모습이 한 컷 한 컷 부질없이 떠오르지요. 예금 통장에 지나지 않던 가장으로서의 역할, 상사와 동료와 부하 직원 간의 보이지 않는 견제와 알력, 단지 거래일 뿐인 인간관계들……. 도대체 내가 무엇을 위하여 헌신했으며 어떤 미래를 위해 내 젊음을 담보했던가, 싶지요. 그러나 그 회의도 오래가진 않습니다. 사고의 마비가 오거든요. 정신적 뇌사 상태라고 이해하면 됩니다. 행인들의 노골적인 경멸에 수치심을 못 느끼는 것이나 오지랖 넓은 동정심 따위에 무심해지는 것도 그 때문입니다.」

「그건 뭔가 좀……?」

「전원을 끈다고 모터가 바로 멈추진 않잖습니까? 푸르르 잦아들 때까지 관성적으로 돌지요. 이제까지의 운동을 지속하려는 강박증 같은 것이라고나 할까요. 그러다가 어느 순간 완전히 정지해 버리면 그때부터는 그럴 수 없이 잠잠해집니다. 멈춰진 그대로 가만히 있기만 하면 되니까요. 아무 힘도 안 드는 거죠. 운동 에너지가 없어서 운동을 못하는 게 아니고, 운동을 하지 않으려니까 운동 에너지가 필요 없는 것과 같은 이치지요. 노숙도 그래요. 혈중에 잔류해 있던 일상이라는 기억의 농도가 완전히 희석되면, 말하자면 관성의 물이 싹 빠지고 나면 말입니다, 자신을 완벽하게 방기해 버리고 난 뒤의 평화로움을 맛보게 되는 것이죠. 그때부터는 흔히들 세

상에서 말하듯 의지의 상실이 아니라, 일종의 경지에 도달한
다고 봐야죠. 무아, 자기를 잊는 거죠.」

사이비 아냐? 진지함으로 위장한 자기변명쯤으로 매도할 마
음은 없어. 납득이 가건 안 가건, 그건 그 사람의 삶의 방식일
테니까 내가 뭐랄 수 있는 건 아니지. 중요한 건 당신이야. 그
가 제공한 단서가 신빙성이 있다고 한다면, 그래서 그 단서에
전적으로 의존해서 밑그림을 새로 그려 본다면, 당신은 자의로
하강을 선택한 게 되는 거네? 명분 없는 출분이라고 하기에도
말이 아까운, 자발적 추락. 청천벽력이군, 안 그래? 그다지 길
었다고도 할 수 없을 노숙 체험만으로 당신의 사회적 정체성이
흔들렸다는 데에 나야말로 현기증을 일으키겠어. 당신의 정서
가 그토록 허약했던가, 분노를 느껴. 당신이라는 사람, 형편없
는 졸작이야.

중독? 유혹? 웃을 일이네. 아니, 울 일인가? 그것이 당신을
뿌리째 흔들고 있는 그 무엇이었다는 건가? 그들에 대한 느닷
없는 연민이 잠적의 사전 포석이었다는 거야? 그렇담 나는 뭐
지? 우리는 뭐지? 지나온 시간들은? 지금 이 순간은? 살아갈
시간들은? 그리고 머잖아 세상에 나올 이 아이는……?

어지러워. 더는 엄창휘, 그가 하는 말을 들을 수가 없겠어. 가
야겠어. 가서, 생각을 좀…… 무슨 생각을 더할 수 있을 것 같
진 않지만…….

4

　아무도 내 얼굴을 쳐다보려 들지 않는군. 이 사람들, 어쩐지 일사불란하게 조종되고 있는 듯한 분위기야. 상관없어. 어차피 난 내 짐을 챙기러 왔으니까. 배 실장은 안쪽 따로 칸을 질러 마련한 사장실에서 목하 회의 중이래. 회의는 무슨, 사장과 은근한 밀담을 나누고 있겠지. 하긴 배 실장과 사장 두 사람 사이에는 미리 입을 맞춰 놓아야 할 사안이 있긴 해. 것두 회의라면 회의지. 심히 중차대한 회의.

　여기 사장, 여자인 거 알지? 어디 지방 일간지 기자 출신이라고는 하는데 다들 일반 사무직이었을 거라고 짐작들을 하고 있어. 하지만 뒤에서 쑥덕거릴 때와는 달리 사장 앞에선 얼마나 약게 입 조심들을 하는데. 배 실장 있는 자리에서도 곧이곧대로 믿는 척 사장을 추켜세워 주는걸. 배 실장이 사장 사람이라는 건 다들 확실히 아니까.

　명색 회의 중에는 아무도 들어가선 안 돼. 아주 다급한 용무가 있으면, 그런 일은 거의 일어나지 않지만, 가령 그럴 땐 인터폰으로 먼저 보고를 한 다음에 들어오라는 지시가 떨어져야만 문을 열 수 있어. 사장, 직원 도합 열 명도 못 되는 규모에 거드름은 어지간해. 사장은 회사일이 어떻게 돌아가는지 별 관심이 없으면서 잔소리만 많아. 고음의 새된 소리, 히스테리 과야. 배 실장한테도 자주 히스테리를 부리지만 거기엔 업무와는 다른 성분이 함유되어 있다는 거, 아직 이 사무실 식구들은 눈치를 못 채고 있어. 배 실장이 날 못 잡아먹어 안달인 이유가 바로 그거야. 내가 그들 둘 사이를 알고 있다는 거.

내가 사장실 문 앞으로 다가서자 그때까지 자신들의 일에 열심인 것처럼 딴청이던 사무실 식구들이 슬금슬금 내 눈치를 봐. 지들 눈엔 내가 꼭 무슨 일을 저지를 것같이 보이나 봐. 호기심 반, 조바심 반. 웃기는 것들이야. 제대로 감을 잡긴 했지만. 사장실을 노크했어. 반응이 있어. '누구야'라는 소리 같기도 하고 '들어와'라는 소리 같기도 해. 실은 전혀 다른 말이었을 수도 있지. 나중에, 꺼져, 안 돼 등등. 그렇지만 나는 들어오라는 쪽으로 해석해 버려. 왜냐하면 들어가기로 마음먹었으니까. 손잡이를 비틀고 안쪽으로 밀었더니 문이 열리데. 잠그지는 않았더라구. 한 번씩 그게 궁금했거든.

「한 대리, 뭐야? 왜 그래요?」

배 실장의 당황해하는 꼴이 역시 볼 만해. 사장의 눈빛도 예사롭지 않아. 나는 아무 말 없이 봉투를 내밀었어. 그야 사직서가 들었지.

「뭐예요, 이건?」

사장이 못마땅한 얼굴로 봉투를 내려다봐. 배 실장이 사장의 옆자리에서 맞은편으로 옮겨 앉으며 참견의 눈짓을 보내네. 재수 없는 인간.

「인수인계가 되는 대로 그만두겠어요.」

내 깐엔 제법 단호하게 말했지. 그래 볼 수 있는 유일한 기회잖아. 순순하게 군다고 해서 날 붙들 것도 아니고, 또 붙든다고 엉거주춤 주저앉을 것도 아니고. 아닌 말로 잘리기 전에 자르는 거지. 여길 그만두고 나면 무얼 생활의 방편으로 삼지, 하는 건 차후의 문제야. 한 번쯤 칼자루를 쥐어 보는 것, 살아가면서 그만한 오기도 못 부려 본대서야 어디……. 한때는 천하의 아무개로 불리던 시절도 있었는데 말이야. 어영부영하는 사이에 내 인생도 날 샌 거지.

사장이 앞자리로 옮겨 간 배 실장에게 사뭇 권위적인 태도를 가장한 채 내 사직서를 건네줘. 업무의 비중이나 내막을 알 리 없으니 사표 수리 여부 자체를 실장에게 떠넘기는 거지. 배 실장은 무안해진 데다 선수를 빼앗긴 기분까지 겹쳐 표정 관리가 엉망이야.

「나가서 얘기합시다.」

그러지, 뭐. 배 실장을 뒤따라 사장실을 나왔어. 사장실 밖에서 눈과 귀를 세우고 있던 사무실 식구들이 재빠르게 원위치로 복귀해. 배 실장이 누구에게랄 것 없이 기어이 볼멘소리를 터뜨려. 것두 엉뚱한 과녁에다 화살 꽂는 식으로. 운동 신경도 엉망일 거야.

「회의 중일 때는 인터폰을 넣으랬잖아.」

걔들이 뭔 죄 있어? 나더러 들으라는 소리면 내게 퍼부을 것이지, 사람이 배배 꼬여서 꼭 그렇게 못난 값을 해요. 배 실장이 제아무리 신경질을 부려 댄들 이젠 다 끝난 게임이야. 꼭꼭

숨어 버린 당신을 찾아내기 위한 수색전이 다 끝나 버린 게임
이듯. 그래, 다 끝내 버리고 싶어. 후욱 날려 버리고 싶어.

접대용 소파에 배 실장과 마주 보고 앉았어. 사직서라는 게
내용이 워낙 빤한 거잖아? 그런데도 그걸 한참 동안이나 들여
다보며 숙고하는 체 머릴 굴리는구먼. 이 좁쌀 같은 모사꾼 꼴
안 보게 되어 한편으론 얼마나 후련한지 몰라. 당신에 대해서
도 그렇게 생각하게 되었으면 좋겠어. 주체적이고 능동적인 변
혁가도 못 되면서 세상에 대한 불평불만을 달고 사는 사람, 혼
자 올곧고 혼자 반듯한 체 씹을 거리가 쌓여 가는 사람, 설거지
하나 확실하게 못 도와주면서 전근대적 가부장 사회의 폭압적
사례들을 열거하며 질타하는 사람…… 그게 당신이지. 21세
기 대한민국 성인 버전의 투덜이 스머프처럼……이라고 당신
을 제쳐 버릴 수 있다면 좀 좋을까. 나, 당신으로 인한 정신적
외상이 오래가지 않길 바랄 뿐이야.

「의원데, 한 대리?」

「무슨 말씀이세요?」

「좀 더 길게 버틸 줄 알았는데 예상보다 빠르기에.」

「앓느니 썩느니 체력 소모할 필요가 뭐 있겠어요. 피차 부조
되니 좋잖구요.」

「바깥분이 돌아오시기라도 한 모양입니다?」

「부하 직원의 사적인 사정까지 두루 살펴 주시고, 그만두더
라도 실장님 생각날 거예요, 아마.」

「뭘요, 한솥밥 사 년차에 그만한 정리도 없을라고요.」

배 실장이나 나나 서로 교묘하게 이죽거리고 있어. 배 실장, 망할 인간 배종수하고는 입사 동긴데 초장부터 삐거덕거리더니 이 지경으로 끝을 맺고 마네. 속속들이 악의가 있다고는 할 수 없는 좀팽인데도 비위가 맞지 않는 것만은 확실해. 좋은 게 좋은 거라고, 이제 더 서로 볼 이유가 없게 됐으니 홀가분이지 뭐야.

「후임이 꼭 있어야 하는 건 아니니까 직원 몇몇이서 한 대리 업무 나눠 받으면 되겠어요. 일의 성격이나 진행 과정을 모르는 것도 아니고, 그만한 처리 능력이 있는 친구들이니까.」

한마디로 너 없어도 잘 굴러간다, 내부 시스템에 아무 이상 없다, 그런 뜻으로 내 속을 긁는 거지. 하여튼 좁쌀은 영원히 좁쌀이야.

「넉넉잖은 밥상 입 하나 덜어 즐겁다는 비명처럼 들리네요.」

「역시 한 마담은 샤프해.」

「알아주시니 고맙구요.」

「그래도 송별식은 있어야겠죠? 오늘 저녁 어때요?」

「속전속결을 원하시니 그렇게 하죠. 그 안에 넘길 건 넘기고 마무리 지을 건 마무리 짓고……. 간만에 의견 일치를 보는군요.」

이걸로 끝이야. 배 실장이 회람을 돌리는 동안 나는 뒤처리를 해. 전혀 약 오르지 않는 건 아냐. 창업 초창기부터 만 3년

하고도 4개월인데, 허무하지. 그러나 이 사무실에 두 번 나오느니 오늘 한 번으로 마침표를 찍는 게 정신 건강에도 좋을 것 같아. 그나저나 당신에 관해서도 무슨 결단을 내려야 할 때가 된 듯해. 엄창휘 그 사람의 폭탄이나 다름없는 언질 때문만은 아니야. 그 사람의 말이 사실이든 아니든 이젠 별 의미가 없어져버렸거든.

그래, 현재로선 내가 문제야. 보이지 않는 끈에 매여 질질 끌려 다니는 데 진력이 났어. 신물이 올라온다구. 내가 왜 당신 때문에 이 첩첩산중 안개 속 같은 질곡에서 허우적거려야 하느냐구. 날 어두워 다들 제 집으로 흩어지고 없는데 술래인 나만 중뿔나게 눈을 까뒤집고 구석구석 온갖 장독 뚜껑들을 다 열어보고 다니는 형국인 거야, 이건. 불공평해. 당신을 찾아야 끝나는 일이라고 생각했는데, 그게 아냐, 찾는 걸 포기하는 것도 끝내는 한 방법이더라구. 그게 더 수월하다는 것두 알아.

날 원망하지는…… 마.

5

한잔했어. 뱃속의 아기 생각 해서 딱 한 잔. 닭갈비집에서 밥 볶아 먹고 이차로 노래방엘 갔지. 지 노래 하자는 건지, 남 노래 시키자는 건지, 이건 쌍방향 소통이 아니야. 듣는 이 없는 아우성이요, 소음뿐인 광란이지. 그래도 열심히 박수 쳐주고,

손바닥 얼얼하게 탬버린도 짤짤 흔들어 주고, 송별식 답사를 겸해서 한 곡 우아하게 뽑아 줬어. 배 실장은 노래방 입구에서 돌아서데. 자기가 없어야 편안하고 오붓할 거라나? 자신의 중량감을 지레 과장하는 것도 배 실장의 악덕 중의 하나야. 아랫배가 뭉쳐 와서 계속 앉아 있기도 힘들지만 그쯤에서 빠져 줘야 하는 것이 마지막 선심이라는 생각이 들어 나도 중간에 노래방을 나왔어. 붙잡는 시늉만으로 지들도 예의 차렸다는 분위기야. 거, 있잖아, 붙잡는 말 두 번은 안 꺼내는 거. 도로 주저앉을까 봐 겁난다는 뜻이래.

사무실로 다시 들어가는 중이야. 뭔 미련이 남아서겠어. 미처 들고 나오지 못한 물건이 생각나서 그렇지. 그거 없다고 당장에 불편해질 것은 아니지만, 그래도 내 소유물이 끈적끈적한 흔적처럼 남아서 다른 사람들의 눈에 거치적거리는 게 싫어. 이제…… 당신 것도 치워야겠지. 기억의 단초가 될 만한 것들을 치워 없앤다고 지난 시간들이 송두리째 소거되는 건 아닐지라도. 잘해 내려고 해.

밤길을 골목으로 돌아가긴 겁나고 해서 곧장 올라가고 있어. 작은 공원 앞을 지나게 되겠지만 미친네와 마주쳐도 도리 없지. 미친네가 자리를 떴거나 벤치에서 잠들어 버린 채라면 들키지 않고 지나갈 수도 있을 거야. 공원 가까이에서 올려다본 사무실은 불이 꺼져 있어. 이 시간에야 당연한 소등이지. 게다가 배 실장을 제외한 직원들 모두 이 시간 현재 노래방에서 악을 써대고 있으니까. 열쇠 꾸러미에 사무실 열쇠가 남아 있으니 그거 믿고 올라오긴 왔는데 어째 남의 집 털러 가는 도둑이라도 된 것처럼 맘이 거북해. 마음이란 게 그렇게 간사한 거야. 3년을 넘게 몸담아 온 일터인데도 불과 몇 시간 사이에 생뚱하게 낯설어지는 것 좀 봐. 당신에 대해서도 그렇게 간사해졌음 좋겠다.

늦은 밤인데도 날씨는 무척 더워. 바람 한줄기 지나가지 않네. 한증막이 따로 없다. 소용에도 닿지 않는 손부채를 할랑거리면서 작은 공원 앞을 막 지나려는데…… 무슨 소리가 들린 것 같아. 툭탁거리는 소리 같기도 하고, 안으로 잦아드는 신음 같기도 하고……. 반사적으로 소리나는 쪽을 돌아봐. 공원 벤치 쪽이야. 어둠 속에…… 누군가 있어. 검은 실루엣…… 하나, 또 하나. 두 사람이야. 서로 엉겨서 밀고 밀리는 듯한, 다정이 아니라 어딘지 폭력의 냄새가 나는 듯한……. 거기가 어디라고, 그런 상황이라면 더더구나 삼가야 할 것을, 나도 모르게 한 발씩 그쪽으로 다가가게 되네. 어둠이 눈에 익으면서 두 사람 간에 벌어지고 있는 물리적인 실랑이가 윤곽이 잡혀. 한 사람은 상대의 머리통이며 팔다리며를 마구잡이로 후려치고 있고, 수세에 몰린 쪽은 매를 막아 보려고 안간힘을 쓰고는 있는데, 어쩐지 악착스럽게 대드는 품이 아니라 감당하고 있는 듯 어정쩡한 자세야.

세상에나, 저건……? 놀랍게도 미친네야. 더욱 놀랍게도, 매를 맞는 쪽이 미친네야. 때리는 사람은 뒷모습이어서 얼굴을 볼 수가 없어. 남자인 건 확실해. 덩치가 크진 않지만 완력을 휘두르는 몸짓으로 봐서. 사정의 전후가 어찌 되었건, 등장인물이 누구이건, 중요한 건 일방적으로 때리는 자와 일방적으로 맞는 자의 구도라는 점이야. 링 위의 경기처럼 서로 치고받는 형식이라면 말이 다르지만. 앞뒤 생각할 것도 없이 들고 있던 핸드백을 꼭 움켜쥐고 남자를 후려쳤어. 남자가 어어, 하며 고꾸라질 듯하다가 중심을 잡고는 몸을 홱 돌려. 그 서슬에 나도 한 걸음 뒤로 물러섰어. 워낙 엉겁결이어서 사태 파악이 잘 안 되긴 마찬가지였으니까. 그런데 이건 진짜 놀랄 일이지 뭐야. 아무리 어둠 속이긴 해도 먼 불빛도 있고 바투 붙은 근거리여서 말이야, 남자의 얼굴을 똑똑히 볼 수 있게 됐거든. 그쪽에서도 날 알아봤지. 저나 나나 입이 안 다물려. 그 인간, 야밤에 미친네를 후려 패고 있는 그 미친놈, 글쎄, 배 실장인 거야.

내가 좀 멍청한 표정을 지었나 봐. 그럴밖에. 배 실장도 그 기세 좋던 주먹을 내려뜨리고 얼빠진 사람처럼 날 쳐다보고 있는걸. 변명이고 해명이고, 더는 뭐라고 둘러댈 수 없게 맞닥뜨린 폭력 현장이었고 현장범이었으니까 약삭빠른 그로서도 말문이 막혔을 테지. 내가 뛰어드는 바람에 아무튼 배 실장에게서 헤어난 미친네는 미친네대로 분간이 안 서는 모양이라. 흙바닥에 나뒹그라진 채 울기 시작하는데, 울음 운다기보다 지그시 깨문 어금니로 뚝뚝 끊어 뱉는 신음 같다고나 할까. 끄윽,

끄윽……. 이상하게 마음이 저려. 내게 그처럼 그악을 떨던 미친네는 어디 갔지? 이죽거리기 잘하고 냉소적인 대거리에야 능하지만 얼핏 섬약해 뵈는 골상인 배 실장, 뜻밖에 형편없는 면모를 목격당해 버린 그를 어떻게 납득해야 하지? 배 실장이 돌아서. 어깨를 축 늘어뜨리고 공원 밖으로 걸어가는데, 정작 모진 꼴을 겪은 당사자인 것처럼 걸음걸음이 위태롭기 그지없네. 미친네는 멀어지는 배 실장 쪽을 바라보면서 좀 더 서럽게 꺽꺽대. 숫제 짓밟힌 꽃 시늉이야. 도대체, 신파도 아니고…… 돌아 버리겠다. 어쩌자고 내가 이런 망측한 일에 끼어든 거지?

벌인 일이니 수습을 해야지. 미친네를 일으켜 세워 벤치로 데려갔어. 몸집이 만만치 않아. 고분고분 끌려 오다시피 걸음을 옮기는 미친네는 괴이쩍은 대로 봐줄 만한데, 그래도 움직일 때마다 코를 찌르는 옷가지 찌든 내와 곰삭은 살피듬 냄새에는 고개가 돌아가네. 미친네는 이제 훌쩍거려. 가방에서 휴지를 꺼내 줬더니 머뭇머뭇 받아서 눈물 범벅 땀 범벅인 얼굴을 하염없이 문질러. 그새 나는 머리가 다 지끈거릴 정도야. 미친네에게 바짝 붙어 서 있는 자세이니 그 지독한 냄새 죄 내 차지지, 뭐.

「무슨 일이에요? 왜 저 사람에게 맞고만 있었어요?」

미친네를 손 잡아끌어다 앉히고, 그네에게 말을 걸게 될 줄 누가 알았겠어? 그네를 피해 뒷길로 돌아다니던 내가 말이야. 미친네는 입을 꾹 다물고 울기만 해. 하긴 무슨 말을 들은들 내가 뭘 어쩔 수나 있겠어? 세상천지 오갈 데 없는 여자가 분명하고, 실성기도 분명하고, 배 실장 따위에게 비열한 손찌검을 당한 게 분명하고…… 그러니 이 한 아무개 대책 없이 맘이 짠해진 거지. 솔직히 말해, 배 실장과 연관해서 뭔가 캐내고 싶다는 심리가 영 없었다고는 못하겠지만서두.

「말해 봐요. 뭘 어쨌기에 저 사람이 그래요?」

미친네는 잠시 더 훌쩍이며 말이 없다가 결심이 선 듯 슬며시 내 손목을 잡아끌어. 아주 끈끈하고 비릿한 손이야. 어째, 꾹 참아야지. 미친네가 내 손을 자기 배 위에다 올려놓네. 손목은 여전히 미친네에게 잡힌 채야. 내 손바닥이 자기의 배를 쓰다듬을 수 있도록 미친네가 내 손목을 잡고 둥글게 원을 그려. 짧은 순간이지만 별의별 생각이 다 스쳐. 이 희한한 국면으로부터 빨리 벗어나고 싶다는 생각, 시궁창 속에 발을 빠뜨린 듯한 이 오물감을 걷어 내고 싶다는 생각, 그깟 사무실에서 못 챙겨 가지고 나온 내 물건이고 뭐고 어서 집으로 가서 씻고 싶다는 생각, 대체로 그런 치졸한 생각들.

「배 아파요? 여기가 아파요?」

미친네가 고개를 끄덕여. 무슨 말인가를 하려는 것 같은데 말이 잘 안 나오나 봐.

「배를 맞았어요? 저 사람이 배를 때렸어요?」

답답하게시리 이번에는 고개를 가로 흔드네. 짜증이 나려고 해. 냄새 때문에 머리는 끔찍하게 쑤셔 오고. 미친네 겁낼 때는

언제고, 이제 믿기지 않게 어린애처럼 양순해진 그네에게 버럭
소리를 지르게 되지 뭐겠어.

「그게 아님, 배는 왜?」

그러자 그네가 갑자기 자신의 옷을 걷어 올리기 시작해. 한
겹 두 겹 세 겹…… 많이도 껴 입었다, 이 복더위에. 옷을 들출
때마다 풀풀 날리는 역한 냄새는 말로 설명하기 어려워. 토할
것 같다구. 미친네가 맨살을 드러내고 나를 쳐다봐. 결코 손대
고 싶지 않은 제 배 위에다 다시 내 손목을 끌어다 대는 거 있
지? 꺼칠꺼칠하면서도 둥긋한 복부의 감촉. 바로 그제야 정신
이 퍼뜩 들어. 내가 왜 그 생각을 못했을까. 그 몹쓸 짓의 가능
성에 대해서 말이야. 있을 수 없는 일이라고 일어나지 않는 건
아니잖아. 너무 암담하고 참담한 재앙이긴 하지만 이미 일어난
일인걸. 하마터면 나, 비명을 지를 뻔했어. 내가 당한 일처럼
기막히고 분이 안 풀려서 마구마구 소리를 지를 뻔했다구. 미
친네의 뺨을, 실은 배 실장의 뺨을 후려치고 싶었다구.

……그래. 미친넨 그 더러운 뱃가죽 속에 아기를 넣고 있었
던 거야. 꼬물거리는 생명을 넣어 가지고 있었던 거야. 내 뱃속
에서 매시간 꿈틀거리면서 신호를 보내오는 내 아기처럼, 그네
의 아기도 그네에게 신호를 보내고 있었던 거야. 이래도 되는
거야? 세상 참, 거지 같지 않아? 구역질 나지 않아? 난 기어이
무궁화 뒷울타리 아래로 뛰어가서 속엣것을 다 게워 내고 말았
어. 오만 가지 것이 다 기어 올라와. 뻘건 닭고기 살점에, 콩나

물에, 해초 가닥에…… 인간에 대한 염오에, 치 떨리는 분노
에…… 그리고 다짜고짜 당신에 관한 모든 것까지.

뒤집힌 속을 비워 냈는데, 머리 쪽이 텅 비어 가는 것 같아.
내용물이 없는 유리컵처럼, 던져서 깨버리고 싶은 유리컵처럼,
말갛게 투명하게…….

그때야, 걱정이 되어 내게로 다가왔을 미친네의 뺨을 그만 후
려치고 만 게.

6

결론은 이거야. 마지막 절차.

횡단보도 앞에 서 있어. 두 번째 파란 불이 들어왔지만 성큼
걸음을 떼놓지를 못해. 길 건너, 정면으로 바로 보이는 저 건물
에 들어가야 하는데, 저길 들어가면 나는 당신에게서 손을 놓
는 게 돼. 지극히 공식적인 절차를 밟을 뿐이지만 당신과 나,
그리고 우리 아이, 세 사람에겐 명확한 갈림길이 될 것만은 분
명해. 상징적인 의미에서이지만 결코 가볍다고 할 수 없는, 그
런 수순 밟기.

며칠 전에도 저길 들어갔었어. 끌려 들어간 것도 아니고 불려
들어간 것도 아닌데, 마치 생전 못 올 데 온 사람처럼 몹시 쭈뼛
거리게 되더라. 수시로 지나다니던 곳이고 낯선 곳도 아닌데 말
이야. 관공서라는 데가, 특히나 경찰서나 파출소라는 데가 원래

그렇잖아? 공연히 불편하고 께름칙한 거. 지은 죄 없이도 찜찜하고 켕기는 거. 내가 그러고 서 있자니 대장에다 뭔가 끼적거리다가 기척을 알아챈 순경이 고개를 들고 물어봐 주더라. 뭘 도와 드릴까요? 계급은 모르지. 내가 견장을 본다고 알아먹나. 또 알아서 뭐 하구. 명찰에 박힌 이름만 읽었어. 것두 잊었지만. 뭐라고 말을 하긴 해야겠는데 설명할 일이 난감하더라. 어떤 사람이 사라졌다고, 6개월로 접어들었다고, 그래서 가출인 신고를 해야 하는데 필요한 서류 같은 게 있느냐고…….

그 사람이 내 남편이라곤 말 안 했어. 못했어.

다시 빨간 불이야. 이 짧은 유보가 반가워. 매연을 뿜으며 가로 지나는 차량들과 내리쬐는 폭양 때문에 숨 쉬기가 어려워. 소나기라도 좀 쫙쫙 내렸으면 좋겠다. 그럼 횡단보도 건너 파출소로 후닥닥 뛰어들 텐데. 비를 그으려는 사람처럼.

여기 오기 전에는 동사무소에 들렀어. 며칠 전 그 순경이 주민등록등본이 필요하댔거든. 신고자와 가출인의 관계를 증명할 수 있어야 한댔어. 기분 참 요상하더라. 등본이야 아무 데나 따라붙는 흔해 빠진 구비 서류일 뿐이잖아? 그런데도 그걸 발급 신청하는데 식은땀이 뻐적뻐적 나고 다리가 후들거리는 거 있지. 받을 때 무슨 판결문이라도 건네받는 것처럼 가슴이 철렁했고. 당신 사진도 두 장 준비했어. 작년엔가 주민등록증 갱신 때 쓰고 남은 걸로. 괜스레 눈에 힘 잔뜩 주고 찍은 사진, 군대에서 갓 제대한 사회 초년생 같다고 놀렸더니 당신이 싫어라

했던 바로 그 증명사진 말이야. 쓰임새가 그러니까 스냅으로는 곤란할 것 같아서.

어젯밤 증명사진 찾느라 앨범이랑 낱장 사진 넣어 둔 종이상자 뒤적이는데 자꾸 먹먹해지더라. 우리 대학 다닐 때 대성리 엠티 가서 찍은 것부터 에버랜드 무슨 꽃축제 때 것, 약혼식 때 것, 결혼식 때 것, 신혼여행 때 것…… 거기 다 그대로 있잖아. 둘이 가까워지기 전 다른 사람 새중간에 끼워 넣고 찍은 것에서부터 끌어안고 입 맞추고 있는 것까지. 그 사진들 찍을 땐 영원할 줄 알았지. 세상이 다 우리 것처럼…… 우리가 세상의 중심인 것처럼……. 그게 다 무슨 소용이야. 당신이 이렇듯 간단하게 엎어 버린걸. 우리 아이 곁에는 누굴 세우지? 때가 되면 졸업도 하고 약혼도 하고 결혼도 할 텐데. 그 생각이 들자 눈물이 줄줄 쏟아지기 시작하는데, 당신 가버리고 난 뒤로 그렇게 많이 운 건 어제가 처음이었을 거야.

파란 불로 바뀌네. 인도에서 도로로 내려서. 이번에는 건널 거야. 파출소로 들어가서 며칠 전처럼 쭈뼛거리지 않고 말할 거야. 사진 속의 이 남자라고. 이 남자가 나와 우리 아일 버리고 달아났다고. 억울하게 등 떼밀려서도 아니고, 기막힌 사연이 있어서도 아니고, 그저 세상이 재미없고 시시하고 너절해서 전원을 꺼버렸다고…… 말할 거야. 어디선가 관성을 잃고 푸르르푸르르 고장난 선풍기 날개처럼 잦아들다가 끝끝내 자기를 잊은 모양이라고, 자기를 잃은 모양이라고…… 그렇게 말할 거야.

그리고 내 아이는…….

분명히 해두자. 내 아이야. 당신 아이가 아냐. 당신의 영혼이 딱 한 번만 자유자재로 움직일 수 있게 되어서, 그래서 당장 내 머리 위로 날아와 머물게 되어서, 이 아이가 당신 아이가 아니라 내 아이라는 말, 들을 수 있으면 좋을 텐데. 만약에 이 아이가 쑥쑥 자라서 훗날 어느 모퉁이에선가 당신과 스쳐 지나게 돼도 결코 알아보는 일이 없도록 말이야. 언젠가 한 번 그런 날이 오겠지. 기쁘지도 슬프지도 않게 지나갈, 기쁜 것도 슬픈 것도 모르게 지나갈 그날일 거야. 그래도 잘 견디기를 바라. 어디서든, 무엇을 하든. 나도 그럴 거고.

손

타인의 손은 불결하다. 그 손에 서식하고 있을 수십 수백 종의 욕망들은 불온하다. 만약에 손이 달리지 않는 손목들뿐이라면…… 세상은 좀 더 다소곳해지지 않을까.

여자는 잠귀가 밝다.

오래전 여자가 작은 여자 아이였을 때부터 그랬다. 여자 아이가 잠든 것을 확인하고 나면 부모는 다른 사람이 되었다. 막힘이 없으면서도 어딘지 비밀스러운 웃음소리를 낼 때가 있었고, 여자 아이로서는 어렴풋이 짐작할 뿐인 시름거리에 끌탕하는 한숨이 새어 나올 때가 있었다. 어떤 일을 두고 어머니가 아버지에게 대들 때가 있었고, 아버지가 어머니를 윽박지를 때가 있었다. 용수철을 단 나무말이기라도 한 양 당신을 올라타 짓이기는데도 어머니는 숨이 꺽꺽 넘어가게 버둥대기만 하고 끝내 아버지를 밀쳐 내지 않을 때가 있었다. 여자 아이는 자는 척 눈을 감고 있다가 부모가 잠이 들면 그제야 다시 잠이 들었다. 꼭 어른들만큼밖에 자지 않았으므로 여자 아이는 늘 잠이 부족했다. 부모는 그 사실을 몰랐다. 덜 여문 생각으로도 생쥐처럼 엿들은 죗값을 치르게 될까 봐 겁이 났기 때문에 여자 아이는 기척을 낼 수 없었다. 아침밥을 먹으면서 끄떽끄떽 졸기도 하는 여자 아이를 부모는 잠벌레라고 불렀다.

번번이, 여자는 어중간한 시간에 잠이 깨곤 한다. 새벽 세시에서 세시 20분 사이. 간신히 잠을 청했으나 달고 깊은 숙면에는 이르기 전. 그래, 개운하고 흡족한 기운을 회복하기 전. 묵직한 눈꺼풀을 열면 여전히 사방 시커먼 어둠이 달려든다. 그 속에서 여자는 제 잠의 한 귀퉁이를 덥석 베어 문 소리에 귀를 기울이곤 한다. 처음 잠을 건드린 소리는 그것으로 끝이고, 그쯤에선 총총히 멀어지는 발자국 소리를 듣게 되는 것이 고작이다. 얇은 빙판을 내딛는 걸음처럼 조심스럽기는 해도 곤핍한 생의 무게가 실린 그 걸음은 결코 가볍지 않다.

어제나 그제나 한 달 전에나 가까스로 이룬 잠의 문턱을 침범했던 소리의 정체는 한결같다. 2백 밀리리터 우유 한 팩을 신청한 다음날부터 생긴 일이니 시점도 명확하다. 쇠판을 긁어대는 듯한 마찰음에 이어 덜컹 뚜껑이 열리고 1, 2초쯤 지나 덜

커덩 뚜껑이 닫히는 일련의 소음은 현관 아랫부분 지름 10센티
미터가 조금 넘는 투입구를 통해 우유가 들여지는 과정에서 발
생하는 것이다.

여자는 발자국 소리가 완전히 사라진 다음에라야 눈을 감는
다. 숫자를 헤아리거나 공상에 빠지는 것이 입면(入眠)에 유리
하지 않다는 사실을 여자는 오랜 불면의 경험으로 알고 있다.
때문에 여자는 어떤 시도도 하지 않은 채 눈알이 뻐근하도록
그저 눈꺼풀을 딱 붙이고만 있다. 독 오른 벌레처럼 제풀에 눈
꼬리가 파르르 떨릴 때도 있다. 용케 잠이 들더라도 한 차례 더
같은 소리에 의해 눈이 떠질 일이 남았으므로 오히려 남은 절
차를 기다릴 때의 심정이기까지 하다.

대체로 세시 40분에서 50분 사이의 두 번째 소음. 우유가 들
여진 투입구로 이번에는 구독 요청을 하지도 않은 조간신문이
들여진다. 이사 오던 날 허드렛짐 몇 개를 날라다 주며 악착같
이 따라붙던 보급소 직원이 강권한 그 신문이다. 여자는 무료
서비스 기간 6개월에 파카 글래스 한 세트를 얹어 준다는 파격
적인 감언에도 무감동한 얼굴로 외면했다. 보급소 직원은 손바
닥 뒤집듯 돌변하여 카악 끌어올린 가래침을 이삿짐 사이에 함
부로 뱉고 가버렸다. 여자는 오물이 제 얼굴에 들러붙은 것처
럼 수치스러웠지만 아무런 항의도 하지 못했다. 어처구니없는
모욕이나 불이익조차 응분의 처벌로 돌리는 비굴한 처신이 점
점 몸에 배어 가고 있었다.

신문이 현관 안으로 들여질 때에는 우유가 들여질 때보다 투입구 뚜껑 여닫히는 기세와 복도를 밟는 발자국 소리가 훨씬 요란하고 수선스럽다. 강제 투입된 신문을 살랑살랑 흔들면 아이엠에프 위기 탈출이니 눈물의 왕세일이니 하는 문구로 도배하다시피 한 광고 전단지가 후드득 떨어졌다. 여자는 이면이 백지인 전단지를 골라 위협적인 느낌이 드는 각 진 글씨로 '구독 사절'이라고 큼지막하게 써서 밖에다 붙여 놓았다. 아랑곳없었다. 아무리 단단히 접착 테이프를 겹붙여 두어도 며칠 간격으로 '구독 사절' 종이쪽마저 달아나고 없는 데에야. 그러나 그뿐이다. 그만하면 충분한 항의 표시가 되었을 테니까. 그러기를 벌써 한 달째다.

신문 투입을 차단할 방법이 영 없는 건 아니다. 우유가 들여지는 즉시 투입구의 잠금장치를 눌러 두기만 한다면 보다 강력한 거부의 의사로 전달되기는 할 것이다. 이튿날 우유가 들여지기 전에 잠금장치를 풀어 두는 것을 잊지 않으려면 적잖이 번거로운 노릇이긴 하겠지만. 게다가 여자는 깨어 있기는 할망정 기껏 잠금장치를 누르기 위해 이부자리 밖으로 벗어나는 수고에는 인색하다. 그렇게 되면 아주 잠들기를 포기해야만 할지도 모른다는 것이 오래도록 원활하지 못한 입면에 시달려 온 여자의 생각이다.

여자가 온전한 잠에 들 수 있는 시간은 저지의 노력이 무산된 채로 신문이 들여지고 난 이후에 찾아온다. 그로부터 두세 시간쯤 지속되는 비교적 양질의 수면이 여자에게는 또 하루를 살아 내게 하는 기력의 원천인 것이다.

날이 밝아 오고 있다. 여자는 두꺼운 천 조각을 투과해 들어오는 어렴풋한 빛살로써가 아니라 현관과 벽 너머에서 간단없이 들려오기 시작하는 일상적인 소음들로 시간대를 가늠한다. 꾸르르륵 꾸륵 위층 변기 물 내리는 소리, 급히 뛰쳐나오면서 동시에 구두를 꿰느라 불안정한 박자로 어긋나는 누군가의 걸음걸이, 열쇠와 자물쇠가 철커덕 맞물리는 소리, 건넛집 새댁의 입에 붙은 잔소리에 지지 않고 응수하는 그 집 젊은 남편의 툴툴거림……. 소음은 여덟시 30분을 고비로 소강 국면에 접어들었다가 아홉시경 아파트 단지 내 상가 2층 '푸른 꿈 유치원'에 다니는 8호 집 아이의 등원을 끝으로 비로소 잠잠해진다.

여자는 그제야 이부자리에서 빠져나와 참았던 오줌을 누러 화장실로 간다. 현관 안쪽 투입구 아래에 들여놓여진 팩 우유와 신문을 확인하듯 흘끗 돌아다보게 되는 시간이기도 하다. 팩 우유와 신문 두 가지 투입물 중 어느 날엔 팩 우유가, 어느 날엔 신문이 사라지고 없을 때가 있다. 그럴 때 여자는 무엇에 홀린 기분이다. 잠의 맥을 끊어 먹은 새벽녘의 소음은 환청이었나, 꿈속의 일이었나, 당황하게 된다.

이번에 없어진 건 신문이다. 어차피 펼쳐 보지도 않은 채 신발장 위에 차곡차곡 쌓여 갈 뿐인 신문이 아쉬울 리 없다. 문제는 절취의 의도를 가진 누군가의 손이 여자의 예민한 청각을 건드리지 않고도 투입구를 들고났다는 데 있다. 잠결에 아랫도리가 벗겨진 경우를 당한 것처럼 끔찍하다. 쥐새끼 같으니라구. 여자는 샤워기를 튼다. 평소보다 더 길게 물줄기 밑에 서 있다. 오물감이 가실 때까지 거푸 비누질을 해대면서. 무슨 애가 그리 물이 헤프냐? 몇 근 되지도 않게 비쩍 말라 빠진 몸뚱어리 마저 닳아 없어지겠구나. 친정집에서라면 언제나 욕실 사용이 길다 싶은 여자에게 여자의 어머니는 하나마나 한 쓴소리를 던졌을 것이다. 아마도 어머니는 다른 말이 하고 싶었던 것이리라.

여자는 마른 수건으로 젖은 머리채를 틀어 올리고 우유를 마신다. 골다공증을 예방하려면 칼슘과 철분이 강화된 우유를 의무적으로 마셔야 한다고 대리점에서 내보낸 판촉 사원이 여자에게 말했다. 그 말은, 키가 크고 예뻐지려면 우율 많이 마셔야 해, 하고 여자가 제 아이에게 이르던 말과 비슷했다. 여자는 비타민제를 챙기는 것과 같은 이유로 우유를 마시기로 했다. 결과적으로는 칼슘과 철분을 보충하는 대신 잠을 갉아먹히게 된 꼴이지만.

미지근한 우유는 뒷맛이 좋지 않다. 텁텁한 입 안을 가셔 내기 위해 식탁에 놓인 담뱃갑을 집어 한 개비 빼어 문다. 박하향이 목젖에 산뜻하게 감긴다. 담배를 피우면서 여자는 오늘 해야 할 일을 점검한다. 특별하다거나 급하달 일은 없다. 소소한 생필품 몇 가지를 구입하는 일, 그리고 열한시에서 열두시까지 예약된 통화가 한 건 있을 뿐이다. 전화는 일주일에 두 번, 여자 쪽에서 걸기로 되어 있다. 그러므로 통화를 하고 안 하고는 전적으로 여자에게 달린 셈이다.

정해진 시간에 딱 맞춰 전화를 걸기란 의외로 쉽지 않았다. 시곗바늘에서 거의 눈을 떼지 못하고 있다가도 정작 시간을 넘기고서야 아차, 할 때가 있었다. 지레 가방끈을 틀어쥐고 벼르다가도 깜빡 조는 바람에 내려야 할 정류장을 지나치기도 하듯이. 마찬가지로 주어진 시간 안에 요령 있게 통화하기 역시 쉽지는 않았다. 무슨 말을 해야 할지 난감하다가 주어진 한 시간이 거의 끝나 갈 즈음부터는 초조해진 나머지 두서없는 말들이 마구 쏟아지기 시작하는 까닭이다. 가령, 어머니에 관련된 일화를 이야기하는 도중에 가끔씩 없어지곤 하는 우유나 신문 때문에 겪는 불쾌감이 뒤섞이는 식으로.

상대방은 여자의 갑작스러운 다변이 5분 이상 초과되도록 내버려 두지 않았다. 하긴 5분도 후한 편일지 모른다. 자, 그럼, 미원 씨. 나무랄 데 없이 친절하면서도 단호한 목소리가 시간이 다 되었음을 알려 주면 여자는 꼭 해야 할 말들은 어째 한마디도 털어놓지 못했다는 생각이 드는 가운데 입을 다물어야 하는 것이다. 여자에게도 상대방에게도 시간은 곧 돈이니까.

전화를 끊기 전 상대방은 다음번 통화를 기약하면서 여자의 갑갑증을 누그러뜨려 주었다. 그것은 여자가 다음번에도 통화를 계속할 의사가 있는지 없는지를 묻는 것과 같다. 결정은 여자의 몫이었다. 여자는 자신이 결정을 내리는 데 서투르다는 사실을 알기 때문에 대번 속이 부대꼈다. 보다 강력한 권고의 처방전을 불러 준다면 갈등의 진폭을 줄일 수 있으련만. 상대방은 그저 잘 지내길 바란다는 의례적인 인사를 덧붙일 뿐이었다.

전화를 끊고 나면 여자는 약간의 후련함과 끈적이는 수치심 사이를 오락가락한다. 자신이 늘어놓은 말들을 주워 담고 싶어 다시 송수화기를 집어 들 때도 있었지만 이내 내려놓고 말았다. 그러면서도 여자는 은행 카드가 든 지갑을 손에 쥐고 한 시간 전화 상담에 상응하는 대가를 지불하기 위해 스물네 시간 전산망이 열려 있는 현금 자동 입출금기 코너로 갔다. 그렇게, 표면상 별 진전 없어 보이는 상담에 매달린 기간이 한 주 빠지는 4개월이다.

열한시까지는 아직도 한 시간가량이 남아 있다. 때로 한 시간은 하루처럼 긴 시간이기도 하다. 여자는 할 일이 없다. 뒤를 쫓아다니며 간섭해야 할 아이나 고양이도, 재떨이나 물컵을 갖다 바쳐야 할 남편도 없다. 직장은커녕 수강 신청을 낸 문화 강좌 따위도 없다. 냉장고를 자주 여닫을 일도 없거니와, 때맞춰 모양나게 식탁을 차릴 일도 없다. 여자의 손이 닿지 않는 한 집 안의 집기들은 언제나 제자리에 얌전히 놓인 채일 것이다. 유물 전시관에 배치된 견본 양식들처럼.

여자는 우두커니 앉아서 집 안을 둘러본다. 돌부리에 채어 주저앉을 때처럼 무엇엔가 붙들린 눈빛이 흔들린다. 장롱과 벽 사이 한 뼘 틈바구니로 우쭐 튀어나와 있는 종이가방. 여자의 눈시울이 단박 붉어진다. 종이가방 안에 든 것은 뜨개질감이다. 내용물의 윗부분이 잿빛 먼지를 뒤집어쓴 채 탈색되어 가고 있은 지 오래건만 쉽사리 당기지도 치워 없애지도 못하고 있다. 딸아이 몫으로 뜨다 만 분홍색 목도리와 털실 타래가 담긴 그 종이가방은 여자도 잊고 있었던 것인데, 이곳으로 옮기기 위해 새로 짐을 꾸릴 때 그전에 처박아 둔 짐 속에서 굴러 나왔다. 여자는 새 이삿짐에 그 종이가방을 보란 듯이 꾸려 넣었다. 여자의 하는 양을 곁에서 지켜보고 있던 여자의 어머니가 기어이 한마디 쥐어박으며 돌아섰다. 지랄맞게시리, 온갖 청승을 다 떠는구나.

넉 달 전에 여자는 이 아파트로 이사를 왔다. 틀어박혀 꼼짝도 않는 여자를 대신해 아파트를 구하러 다닌 건 여자의 어머니였고, 마지못해 전셋돈을 댄 건 여자의 남편이었다. 되돌아와 친정에 얹힌 여자의 꼴을 못 봐서였는지, 몇 달이 지나도록 찾지도 버리지도 않는 여자의 남편 꼴을 못 보겠어서였는지, 이럴 바에야 전셋돈이라도 받아 내야겠다고 팔을 걷어붙인 게 어머니였으니 결국은 어머니에게서 돈이 나왔다고 봐야 옳다.
　그래 놓고는 이사하던 날 트럭의 조수석에 올라앉아 내키지 않는 얼굴로 길 안내를 맡았다 돌아간 뒤로 여자의 어머니는 잠시 잠깐 기웃거리지조차 않고 있다. 전화를 개설하고 번호를 일러 주느라 짧게 통화하게 되었을 때 그럴 것임을 비치기는 했다. 이젠 너 알아서 살아라. 어떤 잡종을 끌어들이든지 내치든지 내 참섭 않을 테니. 어금니 꽉 깨물어 겨우겨우 가라앉힌 듯한 어조가 예사롭지는 않았다. 여자는 속뜻이 따로 있었을 그 말을 한 귀로 흘릴 수도, 심중에 고이 간직할 수도 없었다. 뱉지도 삼키지도 못할 가래를 입 안에 넣고 미적거릴 때처럼 언제까지나 추저분한 기분일 수밖에 없었다.

여자는 어머니가 다니러 오지 않는 것이 마음에 걸린다. 어디까지나 마음에 걸린달 뿐, 서운하다거나 그리워진다거나 하는 종류의 감상과는 무관하다. 사사건건 물어뜯길 바에야 집을 나가 주면 될 거 아니냐고 먼저 악을 쓴 건 여자였는데, 여자는 이따금 자신이 내쫓긴 것처럼 느껴질 때가 있다. 하긴 내쫓긴 것이나 다름없다. 아니, 내쫓긴 것이다.

여자의 어머니는 친정으로 되돌아온 딸과 아예 본가로 들어가 버린 사위를 따로따로 붙들고 늘어졌지만 끝내 파경의 원인을 알아내지 못해 안달에 심통을 부리곤 했다. 여자는 기왕 끝난 판국에 이유 따위가 무슨 소용이겠느냐고 입을 꾹 봉해서 어머니의 속을 더 뒤집었다. 순순히 물러앉는 딸을 보면 딸에게 허물이 있는 것 같고, 군말 보태지 않고 목돈을 만들어 주는 사위를 보면 사위에게 더 큰 허물이 있는 것 같다더니, 급기야

는 눈앞에 만만히 얼씬거리기라도 하는 여자더러 의뭉한 년이라고 거품을 물기에 이르렀다.

여자는, 자신은 그렇다 치고 남편이 아무런 내색을 보이지 않는 점을 의아하게 여기고 있다. 어떻게 이해해야 좋을까. 그 자신을 위해서일까, 그 자신의 아내였던 여자를 위해서일까. 어쩌면 남편 역시 여자와 마찬가지로 그 일에 대해서는 죽을 때까지 입에 올리지 않기로 작정했을 수도 있다. 이사를 나온 뒤로 여자는 남편의 침묵이 여자에 대한 마지막 예의에서 비롯된 것일 수도 있겠구나, 좋게 좋게 생각하기로 한다. 여자 역시도 크게 다르지 않은 마음이니까.

여자의 아파트는 15층, 맨 꼭대기층이다. 맨 꼭대기층하고도 맨 갓집이어서 외풍이 사납다. 바람이 센 날은 잘 부서지는 두부의 모서리처럼 건물의 한 귀가 무참히 패어 들어가거나 잘려 나가 버리는 상상이 들 만큼 휘몰아치는 기세가 심상치 않다. 평소에도 허리를 굽히거나 앉았다 일어설라치면 구름다리 한복판에 서 있는 듯이 어질병이 난다. 발밑이 쿨렁거리는 듯해서 한 손으로 벽을 짚고 집 안을 가만가만 걸어다녀야 할 때도 있다. 그런 사정은 대체로 참을 만하다. 날이 어두워질 무렵이면 슬슬 퍼지기 시작해서 자정쯤 왈칵 비위를 뒤집어 놓은 뒤 이튿날 아침이 되어야 대류권 밖으로 빨려 올라가는 효모(酵母) 냄새에 비한다면.

빈속에 구충제를 한 움큼 집어 삼킨 것처럼 메스껍고 밍밍하고 느글느글한 울렁증에 대해 여자는 지난 월말에 반 달치 우유 대금을 받으러 온 주부 사원에게 지나가는 말로 호소를 한 적이 있다. 옆동 7층에 산다는 주부 사원은 아무렇지도 않게, 여자가 유난히 까탈스럽게 군다는 점을 은연중 지적하며 대꾸해 주었다. 근처에 조미료 원액을 발효시키는 주정(酒精) 공장이 있대나 봐요. 여기서 차로 4, 5분만 가면 농수산물 도매 시장이 있는데 거기서 나오는 생선 내장이랑 야채 짓물러 썩는 내에야 댈 것두 아니죠, 뭐. 금방 익숙해질 거예요.

말대로 익숙해지지는 못했지만 이제 여자는 웬만큼 체념하고 있다. 다른 모든 불편에 대해서 여자가 취하곤 하는 방식과 유사하게. 여자는 상황의 개선이나 상태의 개량에 전혀 적극적인 데가 없어서 대부분 묵묵히 견디는 것으로 문제를 해결해오고 있다. 여러 달 더 전에, 집을 나가야겠다고 배짱을 부려본 것 말고는. 하기야 그때로서는 여자도 여자의 남편도 달리 어쩔 방도가 없기는 했다. 그랬을까? 여자는 손가락으로 관자놀이를 쿡쿡 찌르며 새로운 답을 궁리해 본다.

여자는 지금 살고 있는 아파트에 정이 붙지 않는다. 불편을 참는 것과 정이 붙지 않는 것은 별개의 문제다. 하지만 여자는 좋고 싫음을 따질 처지가 아니다. 여자의 어머니는 자신이 내주었거나 살펴 준 것은 아무리 변변찮은 물건이나 마음 씀일지라도 여자가 마뜩찮아하는 눈치를 보이는 즉시 갈퀴손이 되어 확 거두어들이곤 했으니까. 여자는 아직도 몇 개의 장면들을 기억하고 있다. 레이스가 치렁치렁 달린 원피스를 거추장스러워했다가 도로 벗겨져 이웃집 아이에게로 건너갔던 일, 모처럼 어머니가 만들어 낸 스파게티를 께적거리고 있다가 곧바로 접시째 쓰레기통에 처박히는 화풀이를 보고 있어야 했던 일, 빗겨 땋아 준 머리가 하도 당겨서 풀어헤쳤다가 재봉 가위로 머리카락을 짧게 잘렸던 일…….

여자는 어머니의 손을 볼 때마다 그런 종류의 매정한 기억들이 되살아나곤 해서 그 손에 제게 줄 것이든 아니든 무엇인가가 들려 있기만 해도 무조건 다소곳하게 눈을 내리깔고 입 속으로 우물우물 감사의 말을 연습하곤 했다. 그러니 여자의 어머니가 구해 놓은 아파트를 두고 이러니저러니 불평을 토로해서도 안 되거니와, 우선은 어머니의 집을 벗어난 현실만으로도 얻기 힘든 소득이려니 감사해야 할 마당이다. 따라서 단지 내에서는 가장 작은 열한 평짜리 원룸 아파트이긴 하지만 볕 한 조각 안 드는 쪽방조차 기꺼워라 할 여자로서는 예상 밖의 과분한 분가로 받아들여야 마땅한 것이다.

여자가 사는 동(棟)은 평수가 작다 보니 같은 층에만 해도 열여섯 가구가 입주해 있다. 복도를 가운데 두고 여덟 개의 현관문이 여덟 개의 현관문을 마주 보고 있는 구조다. 여자가 들어 있는 공간을 포함해서 건물의 귀퉁이 네 집은 열한 평 규모이고 나머지 열두 집은 열일곱 평 규모이다.

복도는 집과 집이 다닥다닥 붙어 있는 주택가의 골목 역할을
한다. 시설이 노후한 수련원이나 낡은 병동의 그것을 연상케
하는 어두운 복도에서 유치원이나 유아원에도 다니지 않는 더
어린 아이들은 낮 동안 주로 세발자전거를 끌고 다니며 논다.
복도 이 끝에서 저 끝으로 경주를 하다 싫증이 나면 자전거의
앞머리를 들이받는 놀이로 넘어간다. 현관문을 열지 않아도 천
연덕스럽게 여보 당신 부르고 답하는 아이들의 목소리가 들려
올 때엔 여자의 집 앞에다 은박지 돗자리를 넓게 펴고 그 위에
올라앉아서 소꿉놀이를 하는 날이다. 여자는 아이들이 떠드는
소리에 무심코 귀를 세우고 있다가 찬물을 덮어쓴 듯 정신을
차리곤 한다. 어느새 그 자리에 없는 제 아이의 목소리를 가려
내고 있었기 때문이다.

내 아이……. 여자는 퀭한 눈으로 벽에 난 못 자국을 응시한
다. 눈물은 나지 않는다. 아이를 생각할 때에도, 자신에게 일어
난 일을 생각할 때에도 여자는 취한 듯 눈시울을 붉히고만 있
다. 그때 이후로 여자의 눈물샘은 거짓말처럼 바싹 말라붙었다.
목청도 잦아들어서 여자는 소리내어 꺽꺽대는 마른 울음조차
시원하게 울지 못한다. 그저 앞섶을 쥐어튼 채 부동의 응시로
쩌엉쩌엉 뼈를 울리는 쇳소리에 귀를 기울일밖에다. 정 맞은 바
위처럼 온몸의 뼈들이 쩌억쩌억 갈라지는 듯한 동통과 이명.

여자는 자신을 위한 어떤 변호도 하지 않았다. 자신을 위해
변호해야 할 명분이 성립되지 않았다. 그날의 일은…… 불가

항력이나 다름없었고, 천재지변이나 다름없었고, 그 어느 대목
에도 내 의지가 개입되지 않았고……. 그런데 어째서 내게 혐
의를 두는가? 어째서 내가 나를 변호해야 하는가? 내가 입은
고통으로도 겨운데 어째서 당신이 입었을 고통까지를 떠안아
야 하는가? 여자는 억울했지만 침묵했다. 말없이 도사리기만
했다. 그래서 남편은 더 견디기 어려웠을까? 여자의 묵비권을
뻔뻔스러운 버팀으로 받아들였을까?

　남편은 여자가 집을 나오기 전에 이미 그들의 아이를 본가에
맡겼다. 여자의 손에 더 이상 아이를 두지 않겠다는 결의가 섬
뜩했다. 폭언이나 폭력 같은 물리적 행사로 들끓는 심화를 발
산하지 못하는, 여리다면 여리고 어질다면 어진 성품이어서 그
리 했을 것이라고 여자는 짐작하고 있다. 그러나, 그러나……
그것은 그 어떤 폭언이나 폭력보다도 잔인한 처벌이지 않던가.

　열한시. 여자는 담배를 비벼 끄고 송수화기를 든다. 벨이 울
리는 순간 상대방은 관성적으로 시계를 들여다볼 것이고, 여자
의 전화임을 알아챌 것이다. 약간의 지겨움을 감추고, 밝고 친
절한 목소리로 여자를 안심시키기 위해 한두 번쯤 짧은 헛기침
을 할 것이다.

「여보세요.」

　상대방의 음성을 듣자마자 여자는 제 내장이 환히 들여다보
인 유리고기처럼 낯이 붉어지면서 말문이 막힌다. 자신은 투명

한 유리 방에서 불안스레 사면을 두리번거리며 떨고 있고, 상대방은 포획자처럼 느긋하게 수초 그늘 뒤편에서 그런 자신을 낱낱이 지켜보고 있는 듯한 느낌. 그런 숨길 데 없는 알몸의 느낌 때문에 여자는 통화를 시작하는 처음 몇 마디가 가장 어렵다.

「저어…… 한미원이에요.」

여자가 예약된 시간에 전화를 걸지 않으면 그들 간의 계약은 자동으로 해지된다. 사실 여자에게는 그럴 마음일 때가 여러 번 있었다. 그러나 막상 시곗바늘이 열한시에 가까워지면 여자는 안절부절못하며 전화기 앞으로 다가앉게 되는 것이다. 지금 여자의 손가락이 자신도 의식하지 못하는 새 담뱃갑 쪽으로 뻗고 있는 것처럼.

「잘 지냈어요?」

부질없는 줄을 알면서, 또 불가능한 줄도 알면서, 여자는 상대방이 자신을 어떻게 생각하고 있는지 가늠하기 위해 그 짧은 문장의 갈피갈피를 급히 뒤적인다. 이를테면 음색과 억양과 목소리의 크기, 하는 식으로.

「늘…… 그래요.」

무용한 탐색의 기미를 감추느라 여자의 첫 몇 마디는 대체로 어눌하거나 시큰둥하거나 무의미한 푸념일 수밖에 없다. 여자는 깊은 숨을 끌어올리며 같은 말을 반복한다.

「늘…… 그렇죠, 뭐. 다를 게 있나요.」

「어때요, 좀 주무셨나요?」

상대방은 여자의 어리광을 무시하고 곧 본론으로 들어간다.

「아뇨⋯⋯. 또 누가 신문을 집어 갔어요.」

「신경이 쓰여서 못 주무셨군요, 그렇죠?」

「그게 아니라, 그땐 자고 있었어요. 자고 있는데 어떤 손이 들어왔다 나간 거예요. 내가 모르는 사이에요. 그게 신경이 쓰여요.」

「그럼 누군가 신문을 집어 가서, 그게 신경이 쓰여서 잠을 못 주무신 건 아니로군요?」

「신문이 올 땐 못 자고 있었어요. 잠이 들었다가 신문이 오기 전에 깨버렸거든요.」

「신문이 오고 나서는 새로 잠이 드셨나요?」

「네.」

「신문을 집어 가는 것도 모르구요?」

「그래요. 잠들었으니까요.」

「좋아요. 그럼 다른 얘기를 해볼까요?」

불면이 신문의 분실과 무관하다는 것이 입증된다고 해서 달라질 게 있을까. 여자는 이제 무슨 이야기로 넘어가야 하나 고심한다. 일주일에 두 번, 한 번에 한 시간씩 두 시간, 여자는 이력서를 쓰는 기분으로 자신을 설명해 왔다. 중요할 것 같지 않은 습관, 물건을 고르는 취향, 사람들의 불친절에 대한 반발, 그런 사소한 정보와 지리멸렬한 넋두리가 수다에 능숙하지 않은 여자의 입에서 흘러나왔다. 남편이나 친구와도 나눠 본 적이 없는 속 이야기가 불쑥 달려 나오기도 했다.

발설로 인한 낭패감 이면에는 고해의 희열이 있었다. 여자 쪽에서 엇비슷한 이야기를 거듭하게 되는 날도 있었고, 상대방으로 하여금 전에 말한 기억이 있는 이야기를 다시 하도록 요구받아서 반복하게 되는 날도 있었다. 부러 반복을 시킨 날은 이야기를 듣고 나서 여자에게 물어 왔다. 어떤가요, 그 일에 대해서 아직도 그렇게 생각하고 있나요? 여자는 그렇다고 대답하기도 하고, 지난번의 생각이 잘 나지 않아서 말끝을 흐리기도 했다. 상대방이 여자의 지난번 생각을 환기시켜 주었다. 그땐 그렇게 말했어요, 기억나세요, 하고. 여자는 상대방을 통해서 듣게 되는 자신의 생각이란 것이 참으로 생소해서 내가요? 하고 멋쩍게 되물을 때도 있었다.

「미원 씨와 난 서로의 얼굴도 몰라요, 그렇죠?」

「그러네요.」

「그래서도 안 되겠지만, 다른 사람에게 미원 씨에 대한 이야기를 하고 싶어도 미원 씨가 누구인지 몰라서 할 수 없어요. 그건 미원 씨가 나에 대해 다른 사람에게 설명하고 싶어도 할 수 없는 것과 마찬가지예요. 내 말은…….」

「알아요. 알고 있어요. 근데, 무슨 얘기를 해야 선생님한테 도움이 될지 그걸 모르겠어요.」

여자는 시치미를 뗀다. 자신이 여태 말하지 않은, 끝내 말하지 않을지도 모르는, 상대방이 정작 듣고 싶어할, 어떤 세부적인 대목에 대해서 여자는 완강히 입을 다문다. 상대방은 끈기 있게 여자의 자발적인 토설을 기다린다. 때로는 건드리고 때로는 유도하면서. 여자는 게임이나 다름없다고 생각한다. 벗기기와 감추기의 게임. 인정을 하면 여자가 지는 것이고, 여자 쪽에서 통화를 중단해 버리면 상대방이 지는 것이다.

「무슨 얘기든 다 좋아요. 내게 도움이 될 얘기일 거라고 지레짐작해서 고르지만 않는다면요. 그리고 한 가지, 냉정하게 말해 도움이 필요한 건 미원 씨예요. 그러니까 내가 미원 씨를 돕는 데 도움이 될 얘기면 더 좋겠지요.」

「내 애길 하는데 익숙진 않지만 그래도 그동안 많은 얘길 해왔어요.」

「내게 모든 이야기를 다 털어놓은 건 아니겠죠? 아, 말하고 싶지 않으면 안 해도 괜찮아요. 하지만 말하고 싶지 않은 이야기를 솔직하게 들을 수 있다면 더 좋겠어요. 그래야 미원 씰 도울 수 있어요. 미원 씨와 내가 통화를 계속하는 이유도 거기 있지 않겠어요?」

여자는 상대방의 말에서 약간의 압력과 그것에서 오는 피로를 느낀다. 그렇지만 선뜻 빗장을 풀게 되지는 않는다. 대신 여자는 고분고분하게 아파트에 정이 붙지 않는다는 이야기로 에둘러 간다. 상대방은 실망을 드러내지 않은 채 여자의 이야기를 경청한다. 적어도 그런 체는 한다. 여자는 어머니의 집에서 마음 불편했던 것에 비하면 그래도 한결 견디기 낫다는 말을 덧붙인다. 그러자 상대방은 틈을 주지 않고 어머니의 집으로 가기 전 남편과 아이가 함께 살던 집은 어떠했느냐고 묻는다. 여자는 상대방이 그제까지와 다르게 조금씩 공격적으로 자신을 죄고 있음을 감지한다. 지리한 신경전에 짜증이 난 걸까? 화가 난 걸까? 그래, 그럴 수도…… 모두가 내게 그러는 것처럼.

여자는 무심결, 만지작거리고 있던 담뱃갑에서 담배를 뽑아 물고 불을 붙인다. 후우. 흩어지는 연기 사이로 사슬이 채워진 발목처럼 잰걸음 뗴는 시계의 초침이 보인다. 차칵, 차칵, 차칵. 여자는 과거로 유입되는 시간의 기이한 걸음걸이를 응시한다. 상대방은 여자의 말을 기다리고 있다. 어쩌면 그도 이쯤에서 여자처럼 담배를 빼물었을 수도 있다. 여자는 얼핏 전화선 저편으로부터 라이터 켜는 소리가 건너온 것 같다고 생각한다. 여자는 다시, 그 소리는 차칵차칵 과거로 건너뛰는 저 초침 소리 가운데 하나였을 것을 자신이 잘못 들었을 수도 있겠다고 생각한다.

여자는 초조하다. 정해진 시간이 되면 통화는 또 중단될 것이다. 그전에 무슨 말인가를 해야 한다. 여자는 남편과 아이, 셋이 함께 살던 집을 떠올려 보려고 애를 쓰다가 질끈 눈을 감아 버린다. 아무것도 보이지 않는다. 아니다, 아무것도 보고 싶지 않은 건지도 모른다.

남자는 오늘도 제과점 건너편 기둥에 등을 딱 붙이고 서 있다. 여자는 이동 중인 에스컬레이터 위에서 남자를 발견했다.

정확하게는 남자의 뒷모습. 제과점 주인은 아직 남자를 못 본 게 분명하다. 여자는 쇼핑 센터 1층 한편에 설치된 현금 자동 입출금기로 가서 상담료를 계좌 이체하고 식품부가 있는 지하층으로 내려가는 길이다.

여자는 특가 판매 행사 방송으로 떠들썩한 슈퍼마켓으로 들어가지 않고 남자가 시위하듯 바라보고 있는 제과점 진열대 앞으로 걸음을 옮긴다. 진열대에는 갓 구워 낸 빵들이 수북하다. 하고많은 빵 중에서도 여자는 셀로판 봉지에 든 피자빵을 눈으로 고르고 있다. 여자는 제과점에 들를 때마다 피자빵을 사곤 했다. 여자의 아이는 모차렐라 치즈가 크림처럼 녹아 있는 피자빵을 무척 좋아했다. 이제는 그럴 일이 없는데도 여자는 이따금 피자빵을 집었다가 황망히 내려놓곤 한다. 그럴 때마다 여자는 자신의 몸 안에서 쩌엉, 하고 울리는 쇳소리를 듣는다.

남자는 흰색 바탕에 파란색 가로줄 무늬가 들어간 보터를 쓰고 있다. 모자만으로도 남자는 사람들의 시선을 끌어당긴다. 처음 여자가 그 남자를 보았을 때에도 남자는 같은 모자를 쓰고 있었는데 그때는 해가 긴 여름 끝자락이어서 크게 어색하지는 않았다. 등산모나 중절모보다는 크라운이 납작하고 챙마저 수평인 보터를 여름철인들 누구나 쉽게 쓰고 다니는 것은 아니었지만. 더구나 남자는 오로지 한 가지 점퍼만을 걸치고 다닌다. 기온의 변화에 따라 소맷자락을 둘둘 말아 올리거나 손등이 덮이게 내려뜨리는 정도가 다를 뿐이다. 시커멓게 때가 낀 발뒤꿈치와 불거진 복숭아뼈가 그대로 드러나는 슬리퍼를 주로 끌고 다니는데 날이 차가워지면 맨발에나마 낡은 운동화를 신고 나타나기도 한다.

여자는 진열대에 놓인 갖가지 종류의 빵을 찬찬히 둘러보는 시늉을 한다. 제과점 주인이 여자를 지나쳐 기둥에 붙어 서 있는 남자에게 다가간다. 불룩한 비닐봉지가 제과점 주인의 손에서 남자의 손으로 아무 말 없이 건네지고 있다. 그제야 남자는 기둥에서 등을 떼고 방금 여자가 타고 내려온 에스컬레이터의 반대편으로 휘적휘적 걸어간다. 남자에게서는 오랜 부랑의 냄새가 난다. 여자는 남자를 볼 때마다 알 수 없는 적의와 혐오와, 그러면서도 도저히 물러서지 못할 의혹이 치솟는다. 여자가 제과점 주인에게 묻는다.

「외상을 주는가 봐요?」

제과점 주인은 고개를 절레절레 흔든다. 성가시고 진절머리가 날 텐데도 특별히 고약을 떠는 것 같지는 않다. 여자도 제과점 주인과 남자의 거래를 들어 알고 있다. 남자가 이틀이나 사흘 건너 가져가는 빵은 현금 구입이나 외상이 아니라는 것쯤은 누구나가 아는 사실인 듯했다. 남자가 기이하고 수상쩍은 몰골로 가게 앞에 턱 버티고 있으면 단골손님들까지도 서둘러 피해 가기 때문에 선심도 뇌물도 아닌 세를 바친다던가. 그렇다고 팔 물건에 손을 대는 것은 아니고 손님들 어깨 너머를 기웃거리는 것도 아닌지라, 자기 가게 앞이라는 구실로 비켜라 마라

하기에도 터무니없지 않느냐고. 끌어낼 수도 없고, 또 끌어내려 한들 끌려가는 척이나 하겠느냐고. 어차피 팔다 남을 빵 몇 개 봉투에 담아 주면 그대로 얌전히 사라져 주니 실랑이보다 그편이 낫지 않겠느냐고. 어쩌겠어요? 그렇게라도 배곯지 않고 살아가야지 않겠어요?

여자는 검정깨가 뿌려진 두부튀김 한 봉지를 집어 들고 값을 치른다. 슈퍼마켓에서는 생수와 여섯 개들이 캔 맥주 한 묶음, 치약과 바디클렌저를 쇼핑 카트에 담는다. 담배는 맨 오른쪽 계산대에 비치되어 있다. 그래서 여자는 언제나 같은 계산대를 이용한다. 계산대의 점원이 알은체를 한다. 생수와 맥주를 빠뜨리지 않고 박하 담배를 구입하는 여자를 기억하는 것이다. 상행 에스컬레이터를 타고 지상층으로 올라간 여자는 남성용 와이셔츠 매장 앞을 빠르게 지나친다. 남성용품이나 아동용품 구매는 이제 먼 남의 일이다.

아파트 단지를 끼고 있는 쇼핑 센터에는 유난히 주부 사원이 많다. 여자는 자신도 곧 무슨 일인가를 시작해야 하지 않을까 생각하지만 무슨 일이 적당할지 모르겠고 엄두도 나지 않아 매번 생각만으로 그치기 일쑤다. 나날이 줄어들고 있는 통장의 잔고는 머잖아 바닥이 날 것이다. 여자의 남편은 전세금 외에도 얼마간의 돈을 여자의 통장에 따로 넣어 주었다. 그것을 보더라도 여자의 남편은 나쁜 사람은 못 된다. 그러나 세상에는 나쁘지는 않더라도 비겁한 사람은 얼마든지 있다. 나쁘지는 않

274

더라도 무능한 사람이 얼마든지 있는 것처럼.

쇼핑 센터에서 여자의 아파트까지는 1백 미터가 채 안 되는 짧은 거리이지만 여자는 쇼핑 봉투를 다른 손으로 바꿔 들기 위해 도중에 여러 번 걸음을 쉰다. 전에는 양손에 김칫거리를 잔뜩 들고도 가뿐가뿐 잘도 걸었다. 그런 것인가. 누군가를 위해서 살아갈 때에는 누군가를 위해서 살아가는 데 필요한 힘이 주어지는 법인가. 누군가를 위해 살아갈 명분이 없어지면 제 몸 하나 버틸 기운도 이토록 아쉬워지는 것인가. 그만두자. 여자는 자꾸 처지는 어깨를 추스르며 자신을 나무란다. 일상의 모든 것에서 이전과 비교하는 자신이 여자는 지겹다.

여자는 경비실을 지나 엘리베이터 앞으로 다가선다. 엘리베이터는 14층에 멈춰 서 있다. 정삼각형 도형이 그려진 버튼을 누르자 숫자판의 숫자가 일정한 속도로 줄어들며 기기의 하강을 알려 준다. 그사이에 여자는 쇼핑 봉투를 다른 손으로 한 번 더 바꿔 든다. 스르륵 엘리베이터의 문이 열린다. 무심코 안으로 몸을 들이던 여자가 흠칫 놀라며 물러선다. 보터…… 뜻밖에도, 아까 제과점 봉투를 받아 들고 사라졌던 남자가 엘리베이터에 타고 있는 것이다.

남자는 구부정한 자세로 엘리베이터 내벽에 부착된 거울을 들여다보고 있다. 바닥에도 남자의 손에도 제과점 봉투는 없다. 그새 빵 봉투를 들여다 놓고 다시 나온 모양이다. 층수는 알 수 없지만 여자는 남자가 자신과 같은 동에 살고 있다는 걸, 건물을 드나드는 그를 먼눈으로 몇 번 보아서 알고 있다. 엘리베이터 앞에서라거나 엘리베이터 안에서라거나 하는 제한된 공간에서 남자와 부딪친 적은 없었다. 여자는 이러지도 저러지도 못한 채 무춤히 서서 그가 밖으로 나오기를 기다린다.

그러나 남자는 여자의 존재를 개의치 않는다. 계속 거울을 들여다보며 일회용 면도기로 턱 부위를 밀고 있을 뿐이다. 운행 중인 엘리베이터 안에서, 땟국에 전 손가락으로, 깊게 팬 주름살을 펴가며, 숭숭한 수염 자리를 정성껏 가다듬고 있는 남자를 이해하기란 결코 용이하지 않으리라. 행색에 걸맞지 않게 꼼꼼하고 진지한, 해서 사뭇 과장스럽기조차 한 몰두란 여자가 바라보기에 전위적인 퍼포먼스처럼이나 혼란스러운 것이다.

남자가 손놀림을 멈추고 여자를 힐끗 돌아다본다. 돌아보기는 하되 아무런 감정도 반응도 실려 있지 않다. 그야말로 완벽하게 텅 빈 동공이다. 여자는 마치 마네킹의 눈 속을 들여다보고 있는 듯하다. 남자는 무시나 다름없는 텅 빈 응시를 거두고 거울 속의 자신에게 돌아간다. 고개를 쳐들고 성능이 의심스러운 면도기로 턱밑을 아래에서 위로 쓰윽쓰윽 긁어 대는 남자의 오른손 손등에 날카로운 것에 긁혀 생긴 듯한 상처가 길게 나 있다. 독이 올라 부풀어 오른 상처 자국을 따라 바늘땀처럼 검자줏빛 실로 따박따박 기운 것 같은 피딱지가 앉아 있다. 팬을 작동시켜 놓았는지, 웅웅거리는 모터 소리가 여자의 머릿속을 가득 채운다. 개폐가 자동으로 조작되는 엘리베이터의 문이 도로 닫힌다.

여자는 엘리베이터의 닫힌 문 앞에 서 있다. 남자를 가둔 엘리베이터는 그대로 1층에 머물러 있는 채다. 여자는 고개를 조금 옆으로 빼고 유리창 너머로 경비실에 설치된 모니터를 들여다본다. 모니터는 화질이 좋지 않다. 면도를 마친 남자가 승강기 안에서 보터를 벗었다 새로 쓰는 모습이 폐쇄 회로 카메라에 흐릿하게 잡힌다. 때마침 경비가 여자의 시선을 의식하고 돌아본다. 아마도 여자가 짓고 있는 난감한 표정의 의미를 알아챈 듯, 쪽유리창을 열고 여자에게 말을 건넨다.

「저러는 거 처음 봤어요?」

경비는 응당 알고 있어야 할 사실을 모르고 있는 여자에게 더 호기심이 가는 눈치다.

「집 안에 거울이 없답니다. 관리비라는 걸 내지 않아서 수도고 전기고 가스고 죄다 끊겼고요. 하긴 무엇 하나 제대로 갖춘 것 없이도 살아가는 걸 보면 용한 사람이지요. 누구랑 말을 나누는 법도 없고, 당연히 그 속내를 옳게 아는 사람도 없지만요.」

「어떻게, 그게 가능한가요?」

경비는 여자의 놀라는 얼굴을 재미있어라 한다. 자신이 가진 정보를 유용하게 써먹을 기회라도 포착한 듯이 의기양양해하는 경비의 가벼운 속셈이 여자로서는 전혀 유쾌하지 않다. 이사를 오던 날 여자에게 입주자 카드를 기재하게 해서 받아 간 경비이니만큼 여자에 대해서도 나름대로 카드에 기재된 내용에 근거한 몇 가지 추정을 하고 있을 터이다.

「그러게 놀랍지요. 씻거나 몸 밖으로 내보내는 건 쇼핑 센터 화장실에서 해결하는 것 같고, 청소 용역업체 아줌마들이 사용하는 공용 수도간에서 마실 물 받아 가는 것 같고, 살다 보면 이래저래 요령이란 게 생기지 않겠어요? 거 뭣이냐, 서울역 근처에서 먹고 자는 노숙자들에 대면 그래도 저 치는 양반이야. 내막이야 어쨌건 들어앉을 집칸이라도 있으니까 귀족 생활을 누리고 있다고 봐야지. 아무렴요.」

엘리베이터 숫자판의 숫자가 바뀌고 있다. 여자는 경비실의 모니터와 숫자판을 번갈아 쳐다본다. 엘리베이터는 좀 전 여자가 그 앞에 섰을 때처럼 다시 14층에서 멈춰 선다. 문이 열리고, 모니터 속의 남자가 엘리베이터 밖으로 사라진다. 그로써 여자보다 한 층 아래 남자가 살고 있다는 사실을 새로 알게 된 셈이다.

여자는 정삼각형 버튼을 누르고 한 층 한 층 바뀌는 숫자를 읽으며 엘리베이터의 하강을 지켜본다. 1층, 문이 열리고도 여자는 선뜻 안으로 들어서지 못한다. 남자가 밀폐된 공간에 떨어뜨리고 간 부랑의 흔적이 여자의 후각을 건드린 때문이다. 낯을 찌푸리며 열린 문 안을 노려보고 있는 여자에게 경비는 경비대로 얄궂은 관심의 눈길을 보내고 있다. 여자는 경비의

278

눈길에 떼밀리듯 엘리베이터 안으로 들어선다. 시궁 바닥에 괸 뻘흙처럼 퀴퀴한 악취와 젓갈처럼 곰삭은 살피듬 냄새가 여자의 약한 비위를 뒤집어 놓는다. 더욱이 좋지 않은 것은 그 걷잡을 수 없는 욕지기에 의해 촉발된 어두운 기억의 재생이다.

여자는 14층 숫자 버튼에 손가락 끝이 닿지 않도록 조심하면서 15층 숫자 버튼을 누른다. 서둘러 그 공간을 벗어나고 싶었으므로 문이 자동으로 닫힐 때까지를 기다리지 못하고 조급히 닫힘 버튼을 눌러 댄다. 문이 닫히자 냄새는 더욱 강렬해진다. 웅웅웅웅, 그깟 팬은 작동하나마나다. 후텁지근한 바람이 흘러나올 뿐이다. 여자는 가능한 한 들숨을 짧게 잡고 날숨은 찔끔찔끔 끊어서 내쉬는 식으로 역한 냄새를 견디기로 한다. 그리고…… 견딜 수 없는 것까지 견디기로 한다.

15층은 멀다. 여자가 안간힘으로 진전을 막고 있는 생각이 옆길로 샐 만큼 멀고 아득하다. 여자는 생의 어떤 순간, 지독하게 멀고 지독하게 아득했던 한순간이 완성된 화면으로 떠오르자 진저리를 친다. 밝은 세계의 것과 분명히 구별되는 어떤 손이, 밝은 세계의 것과 분명히 구별되는 어떤 냄새가, 밝은 세계의 것과 분명히 구별되는 어떤 의도가, 악귀처럼 여자의 덜미를 움켜잡는다. 여자의 호흡이 점점 가빠진다.

덜커덩, 현관 투입구가 들렸다 닫히는 소리. 여자는 시계를 본다. 세시 10분이다. 오늘 여자는 아예 잠들지 않았다. 얕은 잠이나마 시도할 시간에 걸려 온 전화를 받고 나자 잠자리로 돌아가 누울 마음이 사라져 버렸다. 여자는 벽에 기대앉아 낮에 사들고 온 맥주를 마셨다. 하루 종일 목구멍으로 넘긴 것이라곤 우유와 두부 스낵 한 봉지가 전부였지만 정신은 갈수록 또렷해지고 있다.

전화는 남편에게서 온 것이었다. 미안하다, 날 용서해라. 술에 취한 남편이 끄윽끄윽 울음을 토해 내며 여자에게 말했다. 여자는 미안해할 필요가 없다고, 용서받을 일이 아니라고, 꾸며 말하지 않았다. 여자가 잊을 수 없는 건 그날 일어난 불의의 습격이 아니었으므로. 그 습격에 무력했던 남편도 아니었으며 다만 남편이 보여 준 용렬함이었으므로. 이대로는 안 되겠어. 지워지지 않아. 그날 이후 남편의 뇌리에서 지워지지 않는 대상이 습격에 무력했던 그 자신이 아니라 훼손된 아내의 정조였다는 사실에 여자는 충격을 받았다. 여자는 그날 밤 흉기를 들고 집 안으로 뛰어든 침입자들의 행악보다 남편의 고백에 더 치를 떨었다. 그렇게 여자의 생이 무너졌다.

조심성 없는 두 번째 발자국 소리가 여자의 집 쪽으로 다가오고 있다. 이번에는 신청하지 않은 신문이 투입구로 들여진다. 여자는 바닥에 떨어진 우유와 신문을 그대로 둔다. 시간이 흐른다. 여자는 현관문 하단의 투입구가 한 차례 더 젖혀지기를 기다리고 있다. 어쩌면 오늘은 세 번째 손이 투입구를 드나들지 않을 수도 있다.

여자는 다시 남편과의 통화를 떠올린다. 남편은 집이 팔렸다고, 계약금으로 받은 돈을 여자의 통장에 입금시켰다고 말했을 뿐 아이에 대해서는 한마디도 언급하지 않았다. 여자가 참지 못하고 물었다. 진아는, 잘 자요? 여자는 자신의 아이도 자신처럼 잠귀가 밝은 것이 늘 마음에 걸려 있었다. 남편은 여자가 가당찮은 참견을 다 한다는 듯 술김에도 싸늘해졌다. 그 앤 잘 자. 당신을 닮지 않았어.

여자는 목이 마르다. 맥주 깡통을 거꾸로 들고 흔든다. 몇 방울의 찝찔한 액체가 혓바닥으로 떨어진다. 다른 깡통들도 마찬가지다. 여자는 술이 늘고 있다는 사실을 심리 상담사에게도 발설하지 않았다. 여자가 술을 마시는 건 남편이 그러하듯 잊기 위해서가 아니다. 여자는 할 일을 찾지 못해 손쉬운 방법을 택했을 따름이다. 물론 좋은 방법이랄 수 없다. 잊기 위해서라면 가장 좋은 것으로 옥상에 올라가 몸을 날리거나, 뜨거운 욕조에 훼손된 육체를 담그고 손목을 그어 버리는 방법이 있으리라.

작은 바스락거림이 들린 것 같다. 여자의 신경이 가시처럼 곤두선다. 숨을 죽이고 무게를 줄인, 공기처럼 가벼운 접근. 여자는 긴장한다. 발꿈치를 들고 현관문 앞으로 다가간다. 드디어 여자의 눈앞에서 투입구의 뚜껑이 들쳐지는 순간이다. 여자는 입술을 깨문다. 누군가의 손이 구멍으로 기어 들어와 천천히 바닥을 더듬는다. 손끝에 신문이 닿자 한 주먹에 넣기 좋도록 어림으로 둘둘 말아서 움켜잡는 저 손은……

여자는 침입자의 손을 내려다본다. 손등에 길게 긁힌 자국이 나 있다. 바늘로 땀을 뜬 것처럼 피딱지가 앉은, 엘리베이터 안에서 거울을 들여다보며 면도를 하던, 보터, 그 남자의 손이 분명하다. 여자는 둔중한 흉기에 정수리를 얻어맞은 것 같다. 뼈들이 어긋나는 듯한 동통과 함께 자신의 피가 분수처럼 솟구치는 듯한 맹렬한 증오를 느낀다. 오, 타인의 손이란 얼마나 더럽고 얼마나 불결한가. 얼마나 음험하고 얼마나 뻔뻔스러운가.

여자는 신문을 움켜쥔 남자의 손이 도로 구멍을 빠져나가기 전에 거센 힘으로 현관문을 밀어붙인다. 헉, 남자가 나동그라지며 짧은 비명을 지른다. 신문은 놓쳤지만 남자의 손목은 아직 투입구에 걸려 있는 채다. 남자가 허둥거리며 손을 빼내려고 애를 쓴다. 엉거주춤한 자세로 여자를 올려다보는 남자의 눈에 두려움이 가득하다. 여자는 전에 그런 눈빛을 본 적이 있었다. 간신히 팔을 빼낸 남자가 주춤주춤 앉은걸음인 채 뒤로 물러난다. 여자는 전에 그런 비굴한 뒷걸음질을 본 적이 있었다. 어느 순간 몸을 일으킨 남자가 홱 돌아서서 복도를 내달리기 시작한다. 여자는 그 자리에 서서 달아나는 남자를 비웃는다. 전에 여자는 누군가를 그렇게 비웃은 적이 있었다.

여자는 남자가 사라진 비상계단 쪽을 한참이나 바라보며 서 있다. 남자는 지금쯤 한 층 아래 자신의 집으로 숨어들었을 것이다. 수도도 전기도 들어오지 않는 황무지의 어둠 속에서 숨을 고르며 밖의 기척을 살피고 있을 것이다.

여자는 허탈하다. 자신의 생이 깡그리 무너지던 그날처럼. 전신에 맥이 풀리면서 여자는 제 손에 들고 있던 물건을 놓친다. 쨍그랑, 쇠붙이 소리에 정신이 든 여자가 자신의 발치를 내려다본다. 세상에, 그제야 여자는 자신이 여태껏 손에 들고 있다가 떨어뜨린 물건이 과도였음을 깨닫는다. 남자를 질려 달아나게 했던 것이 자신의 존재가 아니라 바로 그 날 무딘 과도였던가.

여자는 딱히 누구에게랄 것 없이 솟구치는 악다구니를 가라앉히기 어렵다. 쓰레기들, 쓰레기, 쓰레기들. 주정 공장의 높은 굴뚝으로 꾸역꾸역 넘쳐흐른 효모 냄새가 기승을 부린다. 욱욱, 기어이 여자가 헛구역질을 한다. 입을 틀어막은 손바닥에서 비린 쇳내가 난다. 그 무딘 쇠붙이가 어느 결에 내 손에 들려 있게 되었을까, 여자는 도무지 앞뒤를 기억해 낼 수 없다. 언젠가 자신과 자신의 남편이 날카로운 칼끝 앞에 무력했던 사실만을 똑똑히 기억해 낼 수 있을 뿐이다.

여자가 허리를 숙여 과도를 집어 올린다. 과도의 날은 복도를 간신히 밝히고 있는 흐린 불빛에 호기롭게 번득인다. 여자는 남자가 미처 가져가지 못한 신문을 맨발로 짓밟으며 현관 안으로 들어선다. 복도의 소요에도 닫힌 문들은 잠잠하다. 모두들 자고 있을 시간이다. 사람들은 대체로 잠귀가 어둡다.

진실에의 의지

방민호(국민대 교수·문학평론가)

1

　오래전에 정길연의 소설집에 해설을 붙일 기회를 놓쳐 버린 적이 있다. 마음을 단단히 먹지 못하면 글의 서두부터 꽉 막혀 버리는 오랜 습벽 탓이었지만 그 밖에 정길연이 주로 장편 소설의 작가라는 점, 그리고 우리나라의 장편 소설은 대개 통속적인 면모가 강하다는 선입견이 작용하고 있었던 점 또한 부인할 수 없다.

　그 후 정길연에 대해 막연히 미안하다는 감정 같은 것을 안고 있던 중에 우연히 헌책방에서 꽤 오래전에 나온 소설집 한 권을 발견하게 되었다. 판 출판사라는 지금은 활동이 없는 곳에서 나온 소설집 《다시 갈림길에서》였다.

　이 소설집을 일독하면서 예전의 미안했던 감정을 누르며 다가온 것은 일종의 자책감이었다. 이렇게 좋은 작가를 놓쳐 버리다니. 나는 한갓 선입견과 게으름 때문에 일찍이 평단 앞에 정면으로 설 자격이 있는 작가를 무심코 흘려 버린 것이었다. 물론 이 역할은 다른 분이 맡아 주었다.

또 시간이 지나 이번에는 정길연을 직접 만나 볼 수 있는 기회가 생겼다. 첫눈에 그녀가 강인하면서도 사리에 어긋나지 않는 성품의 소유자임을 직감할 수 있었다. 또한 그녀는 사람 관계에서도 인내심이 강하고 인연을 중시하는 타입인 듯했다. 그녀의 단편 소설은 플롯이 탄탄하고, 간결하고 응집력 있는 문체가 돋보일뿐더러, 통속성과는 거리가 먼 주제 의식을 보여 주는데, 그녀의 성품은 그러한 단편 소설과 잘 어울려 보였다.

이제 몇 년 만에 다시 한데 모아 보게 되는 정길연의 단편 소설 세계는, 첫인상으로 말하자면, 예전에 비해 차분해졌다. 그렇다기보다 냉정해졌다. 세상에 대해 섣부른 희망을 품지 않는 태도는 절제된 문장, 군더더기 없는 플롯 속에서 여전하지만 변화 또한 없지 않아서 더 넓어진 면도 있다. 한 편 한 편 따로 설명을 길게 필요로 하지 않는 수작들이지만 독자들의 이해를 위해 몇 마디 덧붙이고자 한다.

2

이 새로운 소설집의 중요한 특징 가운데 하나는 진실에 대한 물음이라고 할 수 있다. 정길연이 흔히 여성 문제를 주제화하는 작가인 것은 사실이지만 이번 소설집은 그녀가 여성과 남성이라는 이항 대립적 세계관의 '경계' 안에 머물지 않고 이러한 대립과는 다른 차원에 존재하는 진실의 문제에 관심을 기울이고 있음을 보여 준다. 〈몸살〉과 〈남루를 짓다〉의 두 작품을 통해서 이에 대해 생각해 볼 수 있다.

〈몸살〉의 여주인공은 공지영의 《고등어》에 등장한 바 있는 직업, 자서전 대필업에 종사하는 여인이다. 1990년대 전반기에 자서전 대필이 문제적인 직업이 될 수 있었던 것은 그것이 젊은이들이 더 이상 자기의 삶을 살아갈 수 없게 된 '상실의 시대'를 대변하는 직업이었기 때문이다. 정체성을 상실한 젊은이들이 현실에 직면해 타인의 인생을 방편 삼아 생계를 이어 간다는 설정은 시대의 고민을 적절히 반영한 것이었다. 그리고 그로부터 약 10여 년이 흘렀다.

정길연의 〈몸살〉에 등장하는 여주인공은 15년 전에 우연히 뛰어든 대필업을 버리지 못하고 아직까지도 타인의 인생을 대신 써주는 일로 삶을 이어 가고 있다. 그렇다면 타인의 인생이 아닌 '나'의 인생은 어떻게 되는가. 이것이 〈몸살〉의 문제의식이다.

〈몸살〉의 여주인공인 '나'는 서점에서 자기가 대필해 만든 자서전을 찾아보다 우연히 옛날 자기를 대필의 세계로 끌고 간 문제의 여인을 만나게 된다. 정말로 엄마가 책을 썼느냐는 딸아이의 물음에 문득 깨달은 것이 있어 남은 책을 모두 불태우고 돌린 책들을 회수하기까지 했다는 여인은 그러나 자기가 그

책을 쓴 것이 아니라는 사실까지는 밝히지 못했노라고 한다. 그러면서 '나'에게 자기의 한 가닥 남은 허영심에 대한 용서를 구한다.

'나'의 대답은 그럴 수 없다는 것이다. 여인은 '나'에게 당신은 가책을 느끼지 않느냐고 묻지만 '나'는 양심의 허영에 사로잡혀 있는 여인의 위선을 참을 수가 없다. 그녀는 허영심 때문에 일을 벌였지만 '나'는 허기를 채우기 위해 일을 해야만 했고 그 후로도 무려 15년 동안이나 대필업의 굴레에서 벗어날 수 없었던 것이다.

이 작품이 의미를 갖는 것은 앞에서 말한 자서전 대필업의 시대성 외에(이 작품이 망외(望外)의 상징성을 품게 된다면 그것은 작중의 '나'가 탈냉전 이후에 대응하는 15년 동안 가짜 삶을 살아왔다는 설정 때문이다), 진실의 문제에 봉착해 있는 사람의 태도를 보여 주고 있기 때문일 것이다. '나'는 여인 앞에서 일말의 양심의 가책도 받지 않고 있다는 듯이, 진실에 대해 전혀 냉담한 듯이 발언하고 행동하지만 남의 이야기를 써줄 때마다 심한 몸살을 앓는 삶을 이어 가고 있다.

이처럼 진실 앞에서 고민할 수밖에 없는 정길연의 '나'는, 삶이란 본래 추하고 부조리하다는, 은희경 소설의 여주인공들과는 다른 가치관을 가진 인물이다. 타인 앞에서는 빈틈을 보여 주지 않으려고 하지만 자기 삶의 진실은 무엇인가라는 물음 앞에서 몸살을 앓고 있는 '나'의 존재는 정길연의 소설을 다른 여성 소설의 작가들과 구별해 주는 중요한 지표 가운데 하나다.

〈남루를 짓다〉에서도 유사한 상황을 엿볼 수 있다. 작중의 '나'는 아내의 집요한 이혼 요구에 시달린다. 그러나 정작 '나'는 아내가 이혼을 고집하는 이유를 알아차리지 못한다. 무엇이 유방암에 걸려 직장에서 사퇴까지 한 아내에게 이혼을 결단하게 하는가. 그녀는 본래 다소곳하고 입이 무거운 여자로서 집안에 무슨 어려운 일이 있을 때도 마음의 동요를 보이지 않았었다.

그러나 아내의 입장에서 보면 이혼은 불가피한 선택이다. 이야기가 전개되면서 남편의 누이의 아이로 알아 왔던 '은비'가 남편의 아이였다는 사실이 드러난다. 그렇다면 아내는 남편의 배다른 자식을 키워야 한다는 부담감 때문에 이혼을 고집하는가. 만약 그렇다면 이야기는 통속적인 데 떨어진다.

작가는 이렇게 썼다. "문제는 힘이었다. 그 자리를 지킬 수 있는 힘, 주어진 배역을 연기할 수 있는 힘, 남편과 가족이라는 최소 단위의 공동체를 견딜 수 있는 힘, 그들의 이기심을 경멸할 수 있는 힘……의 고갈이었다. 미움과 저항과 수용과 화해, 그 마음의 대장정에 필요한 힘……의 고사(枯死)였다." "자신의 삶에 달라붙은 불결하고도 척척한 이물감을 속 시원히 걷어내기를 원했다." 또한 이 작품의 마지막 대목에는 이런 문장이 있다. "때로 진실은 막다른 길일 따름이었다. 뛰어 넘어서지도 되돌아 나오지도 못해, 그 자리, 앉음뱅이처럼 풀썩 주저앉을 수밖에 없는 길, 막다른 길."

그러므로 아내가 집을 나가는 이유는 남편의 숨겨진 아이를 떠맡게 된 데 있지 않다. 그녀 앞에서 진실을 감추고 시치미를 떼고 있는 남편과 시댁 사람들의 음습한 공모 구조, 그녀를 한갓 그들을 위한 변방인으로 만들어 버리는 구조에 경악한 탓이다.

이처럼 진실의 문제를 묻고 있는 인물의 존재로 말미암아 정길연의 소설은 자칫 통속성에 떨어지기 쉬운 소재를 예술적인 차원으로 끌어올리는 면모를 보여 주게 된다. 그러면서도 문제를 심미화의 수렁 속에 빠뜨리거나 체념과 냉소의 포즈로 봉합하지 않는 데 정길연 소설의 매력이 있다. 그녀는 이렇게 말하는 듯하다. 이 세속적인 세계의 한복판을 뚫고 나가야 비로소 새로운 삶이 열릴 수 있다고.

3

소설집을 일별해 보면 이처럼 진실의 문제를 묻는 작가의 태도 뒤에는 냉정한 현실 진단이 가로놓여 있음을 볼 수 있다. 소설집 전체에 걸쳐서 이러한 점을 확인할 수 있지만 〈페이드아웃〉과 〈쇠꽃〉에서 특히 이 점이 두드러진다.

‘페이드아웃’이란 사라져 가는 것, 영화로 보면 형체가 점점 멀어지면서 소거됨을 의미하지 않던가. 제목이 암시하듯 〈페이드아웃〉은 보험 설계사로 일하는 한 여인의 삶을 통해서 정체성 상실의 위기에 처한 독신 여성의 세계를 보여 준다.

보험업계의 현장에서 생존이 얼마나 절박한 문제인가는 그쪽 세계를 조금만 경험해 본 사람이라면 능히 절감하고도 남음이 있을 것이다. 그곳에서는 갓 업계에 편입된 젊은 소장들, 보험에 가입할 사람을 모집하러 다니는 설계사들이 여성, 남성을 불문하고 모두 항상적인 퇴출 위기에 시달리게 된다. 살아남기 위해서 신규 보험 가입자의 납부액을 대신 내주다 빚을 짊어지고 그만두는 경우도 허다하다. 작중의 '나'는 바로 그런 상황 직전에까지 떠밀려 있는 경우다.

불황에 허덕이고 있는 그녀를 둘러싼 상황은 열악하다 못해 처참하기까지 하다. 친정어머니를 모시고 있는 올케는 날마다 돈을 내놓으라고 뻔뻔스러운 요구를 해온다. 그러나 전세에서 월세로 내려앉은 그녀는 이를 감당할 여력이 없다. 한국 사회에서 가족이 경제적 문제로 얽힐 때 그 갈등이 얼마나 큰지는 상상만으로도 알 만한 일이다.

그녀를 둘러싼 남성들의 모습은 음습하고 부도덕하기 짝이 없다. 밤마다 불현듯 전화를 걸어 오는 남자, 유부남으로 그녀를 탐하던 전임 소장, 두 사람의 관계를 다 알고 있다는 듯 음흉한 눈초리를 보내는 신임 소장, 누이에게 번번이 손을 내미는 무능력하고 무책임한 오빠, 보험 가입을 미끼로 육체 관계를 맺고는 구두 티켓을 내밀고 그만인 광고 대행사 감독.

이처럼 나날이 전락해 가는 상황 속에서 그녀가 꿈꿀 수 있는 것은 "완전한 소멸의 자유"뿐이다. '나'는 즐거움과 위안을 주는 일이 없는 삶, 자기가 도대체 왜 살아가는지를 알 수 없는 생활에 지쳐 죽음을 꿈꾼다.

이처럼 비참한 현실을 다시 한 번 실감하게 하는 작품이 바로 〈쇠꽃〉이다. 〈페이드아웃〉이 생존의 비탈에서 탈진해 가고 있는 독신 여성의 세계라면, 〈쇠꽃〉은 선희라는 젊은 여인을 중심으로 빈익빈 부익부의 부조리가 지배하는 세계, 부자는 부자대로 가난한 사람은 가난한 사람대로 이기적인 욕망에 사로잡혀 타인은 안중에 두지 않는 무정 세계를 그려 보여 준다.

부유한 노인을 위한 특급 호텔급 실버타운에서 혼자만의 안락한 삶에 빠져 있는 조 여사, 그녀의 도우미로 취직해 남자 친구와 함께 그녀의 승용차를 빼돌리는 선희, 함께 공모한 여자 친구를 버리고 여자 친구의 돈까지 떼먹고 행방을 감추어 버리는 창대. 창대로 인해 자기를 길러 준 고모를 버리고 그와 단둘이서 살아갈 궁리를 하던 선희는 절망에 빠지고 만다. 선희를 주인공으로 삼아 드러나는 세계는 속고 속이는 세계, 기생하고 기생당하는 세계에 다름 아니다. 작가는 가진 자의 이기심과 무관심, 못 가진 자의 비속한 욕망이 춤추는 현실을 냉정하게 순차적으로 보여 준다.

〈페이드아웃〉과 〈쇠꽃〉, 두 작품을 통해 작가의 현실 진단이 얼마나 냉정한지 알 수 있다. 이처럼 오늘의 세계를 냉정하게 보는 여성 작가는 《멋진 한세상》의 공선옥,《푸른 수염의 첫번째 아내》의 하성란 외에 정길연 정도를 꼽을 수 있을 뿐이다.

그런데 이처럼 현실이 부정적이라면 과연 어떤 처방이 가능한 것일까. 작중 등장인물들의 성격을 통해 작가의 생각을 유추해 볼 수 있을 것이다. 이 소설집의 중요한 특징 가운데 하나는 불안과 결벽증에 시달리면서도 돌연한 의지와 행동성을 보여 주는 인물의 존재다.

작가의 진실에 대한 천착, 그리고 지극히 냉정한 현실 진단은 작중 인물들이 보여 주는 내성 및 행동성과 깊은 관련을 맺고 있는 듯하다. 그도 그럴 것이 진실 앞에서, 부조리한 현실 앞에서 물러설 자리가 없는 사람은 결연하게 행동할 수밖에 없지 않을까. 나는 〈손〉과 〈꿈속의 천 년〉의 두 작품을 통해 이것에 관해 말할 수 있으리라 생각한다.

〈손〉의 여주인공은 불안과 함께 결벽증을 앓고 있다. 그녀는 성폭행을 당한 후 남편의 곁을 떠나 한 아파트의 15층에서 홀로 살아가게 되었다. 아이는 남편이 이미 시댁에 맡겨 버린 후였다. 그녀의 남편은 자기 눈앞에서 폭행을 당하던 아내의 모습을 잊을 수 없어했지만, 정작 그녀는 남편이 무력했던 자신에 대한 자책감 대신에 훼손된 아내의 정조 때문에 괴로워한다는 사실을 견뎌 낼 수 없었다.

이제 혼자가 된 그녀는 전화 상담을 받으며 생활하지만 카운슬러에게도 마음을 쉽게 열지 못한다. 신경이 예민한 탓에 불면증에 시달린다. 바람을 타고 밀려드는 인근 주정 공장의 효모 냄새까지 못 견뎌 한다. 누군가 새벽마다 그녀의 아파트의 투입구에 손을 들이밀고 우유와 신문을 가져가는 일에 시달린다.

작중 첫머리에는 작가의 직접적인 목소리인지 주인공의 마음인지 분간하기 어려운, 다음과 같은 문장이 있다. "타인의 손은 불결하다. 그 손에 서식하고 있을 수십 수백 종의 욕망들은 불온하다. 만약에 손이 달리지 않는 손목들뿐이라면…… 세상은 좀 더 다소곳해지지 않을까." 이처럼 무분별한 타인의 욕망에 의해 희생당하지 않기 위해서는 자기를 지킬 방법이 필요하다. 마침내 여인은 그녀의 아파트의 투입구를 드나드는 손의 정체를 파악하고는 어느 날 새벽 과도를 들고 침입자를 응징하는 과감성을 보여 준다. 사태가 절박하고 투명해질 때 남은 것은 행동인 것이다.

〈꿈속의 천 년〉은 아무 말 없이 집을 떠나 버린 남편을 찾는 아내, '나'의 이야기다. 이야기는 행방을 알 수 없는 남편에게 건네는 '나'의 대화체 목소리로 전개된다. 어느 날 갑자기 남편이 사라진다. 그는 노숙자의 유형 분석과 실질적 지원 대책에 관한 보고서 작성을 위한 자료를 수집 중이었다. 남편이 사라진 다음에야 임신한 사실을 알게 된 '나'는 그의 행방을 수소문하기에 이른다. 엄창휘라는 사람을 통해서 남편이 연구를 위한 위장 노숙 와중에 아이러니컬하게도 "노숙의 매너리즘", 즉 자기를 잃어버리는 무아의 단계에 빠져 가출을 단행했으리라는 심증을 굳히게 된다.

그렇다면 '나'는 어떻게 살아가야 하는가. 계속 남편을 찾아다닐 것인가. 결론적으로 '나'는 직장에 사직서를 쓰는 한편으로 남편의 실종 신고서를 작성하면서 남편 없는 삶, 아이와 함께 살아가는 삶에 관해서 생각하고 있다. 남편이 '나'를 버렸다면 '나' 또한 남편 없이 살아가지 않으면 안 된다.

이때 남편의 가출은 행위 그대로가 아니라 미친 여인을 겁탈해 임신시킨 직장 상사 배 실장의 모습에 겹쳐 남성들의 폭력적이고 무책임한 논리를 구성하는 몫을 할당받는다. 무서운 현실 앞에 직면한 '나'는 자위 수단이 필요하다. 자기를 지키기 위해서는 결단이 필요하다.

〈손〉과 〈꿈속의 천 년〉의 여주인공들은 모순과 부조리로 점철된 세상을 대하는 작가의 태도를 암시하고 있다. 비타협적으로 결단력 있게 대처하는 것, 자기를 지키고 살아가기 위해서는 그럴 수밖에 없다.

4

그러나 정길연의 이번 소설집에 두드러진 마지막 특징은 앞에서 살펴본 것처럼 모순과 부조리로 가득 찬 세계를 단순히 비판하는 데 머무르지 않고 부드럽게 포용해 가는 또 다른 면모일 것이다. 나는 이것을 〈분실물〉과 〈연(緣)〉의 두 작품을 통해서 확인한다.

<분실물>은 이 소설집에 실린 작품 가운데 가장 이채를 띤 작품이다. 예외적으로 남성 주인공을 전면에 내세웠을 뿐만 아니라 문제를 심각하게 끌어가지 않고 유머러스하게 결말지은 데에도 이 작품은 주목할 만한 점이 있다.

또한 여성이 아니라 남성의 처지에서 현실에 접근한 점은 최근의 소설 경향을 생각해 볼 때 색다른 면이다. 계급으로서의 부르주아지 분석으로 일개 부르주아를 설명할 수 없듯이 '계급'으로서의 남성 분석은 한 개체로서의 남자를 다 설명해 주지 못한다. 한 개체로서의 남자는 '지배 계급'의 일부임에도 불구하고 그 자신 '계급적' 구조의 희생양으로서 할당된 배역을 연기할 뿐인 경우가 많다.

이 이야기의 화자이자 주인공인 '나'는 세상이 지옥이라고 생각한다. 그리고 집은 그 지옥의 모델 하우스, 즉 축도다. 항상 투덜대는 아내, 줄곧 무엇인가를 요구하기만 하는 아이들, 늙은 어머니의 잔기침……. '나'는 직장에서는 위아래로 치이고 집에서는 아내와 어머니 사이에 끼여 옴짝달싹 못한다.

간신히 연립 주택을 마련한 후 남들 다 새로 이사를 나가는 동안에도 그 끔찍한 생활 공간에서 벗어날 방도를 찾지 못한 '나'에게 귀가는 지옥의 복무규정처럼 느껴진다. 의무 연한도 만기 제대도 없는 규율이 바로 귀가라는 것이다. 또한 이 같은 강박 관념 때문인지 한밤에 큰 소리를 치고 현관문을 두드리는 소동의 주인공이 되곤 하는 '나'다. (귀가 공포증은 한국의 소설이나 언론 매체를 통해서 적극적으로 분석된 것을 본 적이 없다. 내가 읽은 소설 가운데서도 귀가 공포증을 다룬 것은 이 작품이 처음이다.)

이날도 역시 억지 귀가를 하던 '나'는 초인종을 눌러도 반응이 없자 포장마차로 다시 돌아가 인사불성이 되고 만다. 속된 말로 필름이 끊긴 '나'는 동사무소 국기 게양대에 올라갔다 떨어져 정신을 잃게 되는데, 깨어나는 과정에서 꾼 한바탕 백일몽이 바로 소설의 속 이야기를 구성한다. 꿈속에서도 '나'는 귀가 강박증, 출근 강박증에 시달리며 잃어버린 팬티를 찾아 헤맨다. 이처럼 웃지 못할 상황에 빠진 '나'는 오늘날 한국을 살아가는 숱한 샐러리맨들의 초상 가운데 하나일 것이다. 결국 '나'는 꿈에서 깨어나 근심스러운 표정으로 그를 살펴보고 있는 아내를 발견하게 된다.

좁은 연립 주택에서 한데 얽혀 살아가는 아내와 나와 어머니라는 갈등 관계를 유머러스한 구성으로 감싼 작중 결말은 작가가 문제를 남성과 여성으로, 대립적으로 이원화해서 보려 하지 않음을 시사한다. 이러한 관용과 포용은 작가적 경험을 통해 획득한 성숙한 시선이 없이는 불가능한 태도일 것이다.

〈연〉이라는 작품에 대해서도 같은 맥락에서 설명이 가능하다. 이 작품에는 외롭고 고통스러운 삶을 살아가는 두 여성이 등장한다. 영선과 은임이 그들이다. 두 사람은 오랜 친구 사이다. 한 4,5년 연락이 끊겼던 은임은 누구의 아이인지 알 수 없는 아이를 데리고 영선 앞에 나타난다. 이야기의 결말에 이르러 이 아이는 영선의 오빠에게서 난 것임이 밝혀진다. 은임은 친구의 오빠와 결합될 수 없는 사랑 끝에 아이를 가졌던 것이다.

작중에 전개되는 은임과 은임의 어머니 개산댁의 불행한 사연, 만남과 헤어짐을 반복하면서 삶의 안정을 찾지 못하고 있는 영선의 사연은 한국에서 여성의 삶이 얼마나 고통스럽고 부조리한 것인지 암시해 준다. 그러나 이것을 작가는 '연(緣)'이라는 개념으로 감싼다. 이 '연'이란 사람과 사람을 이어 주는 보이지 않는 끈이자 불가사의한 윤회의 원리를 실현하는 기제가 아니던가. 이것은 현세의 고통을 설명해 주고 감당하게 해주는 우주적 가치관이기도 하다.

이번 소설집을 통해서 보면 정길연은 아직 이러한 세계관, 가치관의 문제를 전면화하지는 않았지만, 현실이 해결을 요구할 때 필요한 것은 바로 그와 같은 방향의 문제일 것이다. 이 점에서 〈연〉은 하나의 가늠자가 될 수도 있을 것이다. 현실의 장을 뚫고 앞으로 나아가려는 작가에게는 방향을 조정해 줄 내적인 수단이 필요하다.

〈분실물〉과 〈연〉은, 하나는 유머라는 기법으로 하나는 불교의 커다란 개념을 빌려, 현실을 포용해 가는 작가의 태도를 보여 준다. 나는 이것을 정길연의 작품 세계가 앞으로 나아갈 두 가지 가능성으로서 생각해 보게 된다. 그 어느 쪽이든 독자들은 이를 새로운 양상으로 인식하게 될 것이다.

여성을 둘러싼 현실을 냉정하고도 진지하게 묘사해 온 작가 정길연의 새로운 소설집은 그녀의 현실 진단이 더욱 비판적임을 보여 주면서도 새로운 가능성을 생각하게 한다. 이러한 모색의 과정에서 진실을 향한 작가의 관심과 의지는 매우 중요한 역할을 하게 될 것이다. 작가의 향후 작업에 대해 관심과 기대를 표명해 본다.

쇠꽃

초판 1쇄 발행일 · 2003년 9월 25일
초판 2쇄 발행일 · 2003년 12월 15일
지은이 · 정길연
펴낸이 · 임성규
펴낸곳 · 문이당

등록 · 1988. 11. 5. 제 1-832호
주소 · 서울시 성북구 동소문동 4가 111번지
전화 · 928-8741~3(영) 927-4991~2(편)
팩스 · 925-5406
ⓒ 정길연, 2003

홈페이지 http://www.munidang.com
전자우편 webmaster@munidang.com

ISBN 89-7456-235-9 03810

값은 뒤 표지에 표시되어 있습니다.

잘못된 책은 바꾸어 드립니다.
저자와의 협의로 인지는 생략합니다.
이 책의 판권은 지은이와 문이당에 있습니다.
양측의 서면 동의 없는 무단 전재 및 복제를 금합니다.

이 소설집은 한국문화예술진흥원에서 문예창작지원금을 받아 출간되었습니다.